Frédéric Beigbeder
Endlos leben

Frédéric Beigbeder

Endlos leben

Roman

Aus dem Französischen
von Julia Schoch

Mehr über unsere Autoren und Bücher:
www.piper.de/literatur

Von Frédéric Beigbeder liegen im Piper Verlag vor:
Ein französischer Roman
Neununddreißigneunzig
Das verflixte dritte Jahr
Oona und Salinger
Endlos leben

Das Zitat auf Seite 7 von Louis-Ferdinand Céline stammt aus:
Louis-Ferdinand Céline, *Reise ans Ende der Nacht*, Deutsch von
Hinrich Schmidt-Henkel, Reinbek, Rowohlt 2004. S. 86.

Dieses Buch erscheint im Rahmen des Förderprogramms des französischen Außenministeriums, vertreten durch die Kulturabteilung der französischen Botschaft in Berlin.

MIX
Papier aus verantwortungsvollen Quellen
FSC® C083411

ISBN 978-3-492-05923-7
© Frédéric Beigbeder et les Editions Grasset & Fasquelle, 2018
Titel der französischen Originalausgabe: »Une vie sans fin«
bei les Editions Grasset & Fasquelle, Paris, 2018
© Piper Verlag GmbH, München 2018
Satz: Kösel Media GmbH, Krugzell
Gesetzt aus der Palatino Linotype
Druck und Bindung: CPI books GmbH, Leck
Printed in the EU

Für Chloë, Lara und Oona

»*Der allmächtige Gott erbarme sich unser.*
Er lasse uns die Sünden nach und führe uns
zum ewigen Leben.«
»*Amen.*«

        Text in der katholischen Messe

»*Ihr liebt das Leben, wir lieben den Tod.*«

        Osama bin Laden

»*Und selbst wenn sie neunhundertfünfundneunzig*
Millionen wären und ich ganz allein, sie hätten trotzdem
unrecht, Lola, und ich habe recht, denn ich bin der
Einzige, der weiß, was ich will: Ich will nicht sterben.«

        Louis-Ferdinand Céline: Reise ans Ende der Nacht

Kurze, aber wichtige Vorbemerkung

»Der Unterschied zwischen Fiktion und Realität ist, dass die Fiktion glaubhaft sein muss«, sagt Mark Twain. Doch was, wenn die Realität es nicht mehr ist? Die Fiktion ist heute weit weniger abgedreht als die Wissenschaft. Dies hier ist ein »Science-non-Fiction«-Buch. Sämtliche technischen Entwicklungen, die in diesem Buch beschrieben sind, entstammen den Wissenschaftsmagazinen *Science* oder *Nature*. Die Gespräche mit Medizinern, Forschern, Biologen oder Genetikern, allesamt real, wurden so übernommen wie sie in den Jahren 2015 – 2017 aufgezeichnet worden sind. Alle im Buch erwähnten Personen, Firmen, Adressen, Entdeckungen, Start-ups, Geräte, Medikamente und klinischen Einrichtungen existieren tatsächlich. Ich habe lediglich die Namen meiner Familienangehörigen geändert, um sie nicht in Schwierigkeiten zu bringen.

Als ich mit meinen Recherchen zum Thema »Der unsterbliche Mensch« begann, hätte ich nie gedacht, wohin mich das führen würde.

Der Autor übernimmt keinerlei Verantwortung hinsichtlich der Folgen dieses Buches für die Menschheit (im

Allgemeinen) oder für die Lebensdauer seines Lesers (im Speziellen).
 F. B.

1.
Sterben ist keine Option

»Der Tod ist idiotisch.«

Francis Bacon zu Francis Giacobetti
(September 1991)

Bei klarem Himmel lässt der Tod sich Nacht für Nacht beobachten. Man braucht nur nach oben zu schauen. Das Licht erloschener Gestirne hat die Galaxie durchquert. Ferne, seit Jahrtausenden versunkene Sterne senden uns beharrlich eine Erinnerung am Himmelszelt. Manchmal kommt es vor, dass ich jemanden anrufe, der gerade beerdigt worden ist, und ich höre seine kerngesunde Stimme auf der Mailbox. Eine solche Situation erzeugt ein bizarres Gefühl. Wie lange dauert es, bis das Leuchten weniger wird, nachdem ein Stern aufgehört hat zu existieren? Wie viele Wochen braucht eine Telefongesellschaft, um den Anrufbeantworter einer Leiche zu löschen? Zwischen Ableben und Verlöschen liegt eine Zeitspanne: Die Sterne sind der Beweis, dass man nach dem Tod weiterglänzen kann. Ist der *Light gap* vorbei, kommt zwangsläufig der Moment, da der Schein einer längst vergangenen Sonne zu flackern beginnt wie die Flamme einer Kerze, die erlischt. Das Licht stockt, der Stern ermüdet, der Anrufbeantworter verstummt, die Flamme flackert. Wer den Tod aufmerksam beobachtet, kann erkennen, dass die verschwundenen Sterne etwas schwächer funkeln als die lebenden. Ihr Lichthof wird matter, das Glänzen blasser. Der tote Stern beginnt zu blinken, als würde er uns einen verzweifelten Hilferuf senden … Er versucht durchzuhalten.

Meine Auferstehung begann in dem Pariser Viertel, wo die Anschläge stattgefunden haben, an einem Tag mit besonders hoher Feinstaubbelastung. Ich hatte meine Tochter in ein Neo-Bistrot namens Jouvence mitgenommen. Sie aß einen Teller Bellota-Wurst, ich trank ein Hendrick's Tonic mit Gurke. Seit Erfindung des Smartphones haben wir es verlernt, uns zu unterhalten. Sie checkte ihre WhatsApp, ich folgte Topmodels auf Instagram. Ich fragte sie, was sie sich am meisten zum Geburtstag wünschen würde. Sie sagte: »Ein Selfie mit Robert Pattinson.« Meine erste Reaktion war Fassungslosigkeit. Aber wenn man's genau nimmt, verlange ich in meinem Job als Fernsehmoderator auch Selfies. Ein Typ, der vor laufender Kamera Schauspieler, Sänger, Sportler und Politiker interviewt, macht im Grunde nichts anderes als lange Aufnahmen neben Persönlichkeiten, die interessanter sind als er selbst. Im Übrigen bitten mich die Leute auf der Straße auch ständig um ein Foto mit mir, und wenn ich mich bereitwillig darauf einlasse, dann nur, weil ich gerade im Scheinwerferlicht in meiner Sendung das Gleiche getan habe. Wir führen alle dasselbe Nicht-Leben, wir wollen im Licht der anderen glänzen. Der moderne Mensch ist ein Haufen aus 75 000 Milliarden Zellen, die danach gieren, in Pixel umgewandelt zu werden.

Das Selfie, das in den sozialen Netzwerken präsentiert wird, ist die neue Ideologie unserer Zeit. Der italienische Schriftsteller Andrea Inglese nennt sie »die einzige legitime Leidenschaft, die der permanenten Eigenwerbung«. Das Selfie etabliert eine aristokratische Hierarchie. Die Einzel-Selfies, auf denen man sich vor einer Sehenswürdigkeit oder einer Landschaft zur Schau stellt, bedeuten: Ich war an diesem Ort und du nicht. Das Selfie ist ein visueller Lebenslauf, eine elektronische Visitenkarte, ein soziales Sprungbrett. Das Selfie an der Seite eines Promis ist bedeutsamer. Der Selfie-Macher will beweisen, dass er eine größere Berühmtheit getroffen hat als sein Nachbar. Kein Mensch bittet einen Unbekannten um ein Selfie, es sei denn, er hat irgendeine körperliche Besonderheit zu bieten: Zwerge, Wasserköpfige, Elefantenmenschen oder Verbrennungsopfer. Das Selfie ist eine Liebeserklärung, aber nicht nur: Es ist auch ein Identitätsnachweis (»the medium is the message« hatte McLuhan vorausgesagt, ohne zu ahnen, dass irgendwann jeder zum Medium werden würde). Wenn ich ein Selfie von mir mit Marion Cotillard poste, drücke ich nicht dasselbe aus, wie wenn ich mich an der Seite von Amélie Nothomb verewige. Das Selfie gibt einem die Möglichkeit, sich darzustellen: Schaut nur, wie schön ich bin, vor dieser Sehenswürdigkeit, mit dieser Person, in dieser Gegend, an diesem Strand, außerdem strecke ich euch die Zunge raus. Jetzt kennt ihr mich besser: Ich liege in der Sonne, lege den Finger auf die Spitze vom Eiffelturm oder hindere den schiefen Turm von Pisa am Umfallen, ich reise, ich nehme mich nicht so wichtig, ich existiere, weil ich eine Berühmtheit getroffen habe. Das Selfie ist der Versuch, sich einen höheren Bekanntheitsgrad zu verschaffen und die Blase der Aristokratie platzen zu lassen. Das Selfie ist ein Kommunismus: Es ist die Waffe des Fußsoldaten im Kampf um Glamour. Man posiert nicht neben *irgendwem*: Man will, dass die Persönlichkeit des anderen auf einen selbst abfärbt. Das Foto mit einem Promi ist eine Form des Kannibalismus: Es verleibt sich die Aura des Stars ein. Es katapultiert dich auf eine neue Umlaufbahn. Das Selfie ist die neue Sprache eines narzisstischen Zeitalters: Es ersetzt Descartes' »Cogito ergo sum«. »Ich denke, also bin ich« wird zu »Ich posiere, also bin ich«. Wenn ich zusammen mit Leonardo DiCaprio ein Foto mache, bin ich dir überlegen, schließlich posierst du bloß mit deiner Mutter beim Skifahren. Im Übrigen würde auch deine Mutter liebend gern ein Selfie mit DiCaprio machen. Und DiCaprio mit dem Papst. Und der Papst mit einem Kind, das das Downsyndrom hat. Bedeutet das etwa, dass die wichtigste Person auf der Welt ein Kind mit Downsyndrom ist? Halt, ich verzettle mich: Der Papst ist die Ausnahme, die die Regel von der Maximierung der Berühmtheit durch die Handyfotografie bestätigt. Der Papst hat das System des ego-aristokratischen Dünkels zerschlagen, das 1506 von Dürer mit seinem Gemälde *Das Rosenkranzfest* eingeführt wurde, auf dem der Künstler sich selbst über Maria, der heiligen Mutter Gottes, gemalt hat.

Die Selfie-Logik lässt sich in etwa so zusammenfassen: Bénabar hätte gern ein Selfie mit Bono, aber Bono will kein Selfie mit Bénabar. Also tobt ein neuer Klassenkampf, jeden Tag, in sämtlichen Straßen dieser Welt, dessen einziges Ziel die mediale Herrschaft ist, die Präsentation einer höheren Beliebtheit und der Aufstieg auf der Leiter des Bekanntheitsgrads. Der Kampf besteht darin, die Anzahl der MAP (Mediale-Aufmerksamkeits-Punkte), über die ein jeder verfügt, zu vergleichen: Auftritte im TV oder Radio, Fotos in der Presse, Likes auf Facebook, Klicks auf YouTube, Retweets usw. Es ist ein Kampf gegen die Anonymität, bei dem sich die Punkte leicht zählen lassen und die Gewinner die Verlierer von oben herab behandeln. Man sollte diese neue Gewalt *Selfismus* taufen. Es ist ein Weltkrieg ohne Armee, in dem es keinen Waffenstillstand gibt und der rund um die Uhr tobt: der von Thomas Hobbes beschriebene »Krieg jeder gegen jeden«, »bellum omnium contra omnes« – nun ist er technisch umgesetzt und kann unmittelbar erfasst werden. Auf seiner ersten Pressekonferenz nach seiner Amtseinführung im Januar 2017 wollte der amerikanische Präsident Donald Trump nicht etwa seine Vision von Amerika oder die Geopolitik der zukünftigen Welt darlegen: Er hat nur die Zuschauerzahlen seiner Vereidigungszeremonie mit den Zuschauerzahlen seines Vorgängers verglichen. Ich nehme mich keineswegs von diesem existenziellen Kampf aus: Ich selbst habe stolz meine Selfies mit Jacques Dutronc oder David Bowie auf meiner Fan-Page gepostet, die 135 000 Likes zählt. Trotzdem halte ich mich seit ungefähr fünfzig Jahren für extrem einsam. Außerhalb von Selfies und Dreharbeiten pflege ich keinen Kontakt zu Menschen. Der Wechsel zwischen Einsamkeit und dem allgemeinen Weltgetöse schützt mich vor unangenehmen Fragen über den Sinn meines Lebens.

Um festzustellen, ob ich noch am Leben bin, bleibt mir oft nur die Möglichkeit, auf meiner Facebook-Seite nachzuschauen, wie viele Personen meinen letzten Post gelikt haben. Bei über 100 000 Likes kriege ich bisweilen eine Erektion.

Was mir an jenem Abend bei meiner Tochter Sorgen machte, war, dass sie nicht davon träumte, Robert Pattinson zu küssen, geschweige denn, sich mit ihm zu unterhalten oder ihn kennenzulernen. Sie sehnte sich nur danach, ihr Gesicht neben seinem im Netz zu posten, um ihren Freundinnen zu beweisen, dass sie ihn auch wirklich getroffen hatte. Wir alle befinden uns genau wie sie in diesem Rausch. Ob groß oder klein, jung oder alt, reich oder arm, berühmt oder unbekannt, die Veröffentlichung unserer Fotos ist wichtiger geworden als unsere Unterschrift auf einem Scheck oder Ehevertrag. Wir gieren nach Gesichtserkennung. Ein Großteil der Erdbewohner schreit sein unstillbares Verlangen, gesehen oder einfach nur bemerkt zu werden, ins Leere hinaus. Wir wollen angeschaut werden. Unser Gesicht sehnt sich nach Klicks. Und habe ich mehr Klicks als du, ist das der Beweis für mein Glück, genauso wie ein Fernsehmoderator mit höheren Einschaltquoten denkt, er würde mehr geliebt werden als seine Kollegen. Das ist die Logik des Selfietums: die Vernichtung der anderen durch die Maximierung öffentlicher Liebe. Etwas ist im Zuge der digitalen Revolution geschehen: Die Ichbezogenheit ist zur globalen Ideologie mutiert. Da wir keine Macht mehr über die Welt haben, bleibt uns nur noch der individuelle Horizont. In früheren Zeiten war die Herrschaft dem höfischen Adel vorbehalten, später den Filmstars. Seitdem jeder Mensch zum Medium geworden ist, will alle Welt über seinen Nächsten herrschen. Überall.

Als Robert Pattinson nach Cannes kam, um seinen neuen Film *Maps to the stars* zu promoten, konnte ich ihm zwar kein Selfie mit meiner Tochter Romy, aber immerhin ein Autogramm für sie abluchsen. In der Maske meiner Sendung schrieb er mit rotem Filzstift folgende Notiz auf sein Porträt, das ich aus der *Vogue* gerissen hatte: »To Romy with love xoxoxo Bob«. Als Dankeschön begnügte sie sich mit der Frage:

»Und du hast das Foto auch wirklich nicht selbst unterschrieben?«

Wir haben eine Generation von Zweiflern hervorgebracht. Was mich jedoch am meisten kränkte, war, dass meine Tochter noch nie, absolut niemals ihren Vater um ein Selfie gebeten hat.

In diesem Jahr hatte meine Mutter einen Herzinfarkt, und mein Vater ist in der Lobby eines Hotels gestürzt. Allmählich bin ich zu einem Stammgast in den Pariser Krankenhäusern geworden. Auf diese Weise erfuhr ich, was ein Gefäß-Stent ist, und machte die Entdeckung, dass es Knieprothesen aus Titan gibt. Ich fing an, das Alter zu hassen: das Vorzimmer zum Sarg. Ich hatte einen überbezahlten Job, eine hübsche zehnjährige Tochter, eine Wohnung über drei Etagen mitten in Paris und einen BMW Hybrid. Ich hatte es nicht sonderlich eilig, all diese Annehmlichkeiten zu verlieren. Irgendwann, ich war gerade von der Klinik zurück, kam Romy mit einer hochgezogenen Augenbraue in die Küche.

»Stimmt es, Papa, dass jeder mal stirbt? Zuerst Opa und Oma, dann Mama, du, ich, die Tiere, die Bäume und Blumen?«

Romy starrte mich an, als wäre ich Gott, während ich doch nur ein mononuklearer Familienvater war, der gerade einen Crashkurs in der Abteilung für Gefäß- und orthopädische Chirurgie absolvierte. Ich musste aufhören, Lexomil-Pillen in meiner morgendlichen Cola aufzulösen, und ihr aus ihrer Angst heraushelfen. Ich schäme mich, es zugegeben, aber ich hatte nie in Betracht gezogen, dass mein Vater und meine Mutter irgendwann mal achtzig sein könnten und dass danach ich an der Reihe wäre und danach Romy. Was Mathe und Altern angeht, war ich nie besonders gut. Zwischen Mikrowelle und dem summenden Kühlschrank füllten sich zwei blaue Kugeln unter dem blonden Schopf eines perfekten Püppchens mit Tränen. Mir fiel wieder ein, was für einen Aufstand sie gemacht hatte, als ihre Mutter erzählt hatte, dass es den Weihnachtsmann nicht gibt: Romy hasst Lügen. Sie fügte einen überaus netten Satz hinzu:

»Papa, ich hab keine Lust, dass du stirbst ...«

Wie köstlich es doch ist, seinen Schutzpanzer abzulegen ... Diesmal war ich es, dem die Tränen in die Augen schossen, und ich verbarg mein Gesicht im sanften Mandarinen- und Limonenduft ihres Shampoos. Es war mir immer noch ein Rätsel, wie aus einem solch hässlichen Mann eine so hübsche Tochter hatte hervorgehen können.

»Kein Sorge, Liebling«, antwortete ich, »von jetzt an stirbt niemand mehr.«

Wir waren ein schöner Anblick, wie traurige Leute oft. Das Unglück verschönert den Blick. »Alle glücklichen Familien sind einander ähnlich«, schreibt Tolstoi zu Beginn von *Anna Karenina* und fügt hinzu: »aber jede unglückliche Familie ist auf ihre besondere Art unglücklich.« Da bin ich anderer Meinung: Der Tod ist ein ziemlich gewöhnliches Unglück. Ich räusperte mich, wie mein soldatischer Großvater, wenn er spürte, dass er in seinem Haus wieder für Ordnung sorgen musste.

»Süße, du täuschst dich gewaltig: Es stimmt, jahrtausendelang sind die Leute, Tiere und Bäume gestorben, aber von uns an ist Schluss damit.«

Jetzt galt es nur noch, dieses leichtsinnige Versprechen zu halten.

Romy war ausgesprochen begeistert von der Idee, in die Schweiz zu fahren und der Genomklinik einen Besuch abzustatten.

»Essen wir dann auch Fondue?«

Das ist ihr Leibgericht. Das ganze Abenteuer begann also in Genf, wo wir uns mit Professor Stylianos Antonarakis treffen würden. Unter dem Vorwand, eine Sendung zum Thema Unsterblichkeit vorzubereiten, hatte ich einen Termin bei dem griechischen Wissenschaftler bekommen, der uns erklären sollte, inwiefern Eingriffe an der Desoxyribonukleinsäure unser Leben verlängern konnten. Da ich in der Woche meine Tochter hatte, nahm ich sie mit. Die Veröffentlichung einer Reihe transhumanistischer Essays hatte mich auf den Gedanken gebracht, eine Runde mit illustren Gästen zum Thema »Stirbt der Tod?« zusammenzubringen, darunter Laurent Alexandre, Stylianos Antonarakis, Luc Ferry, Dmitry Itskov, Mathieu Terence und Sergey Brin, der Erfinder von Google.

Romy schlief zusammengesunken in einem Taxi, das den Genfer See entlangfuhr. Die Sonne setzte die verschneiten Gipfel des Jura in Flammen, von wo wie eine durchscheinende Nebellawine eine Wolke herunterperlte. Genau diese weiße Landschaft hat Mary Shelley zu *Frankenstein* inspiriert. Ist es ein Zufall, dass Professor Antonarakis ausgerechnet in Genf zur gentechnischen Manipulation der menschlichen DNA forscht? In der Schweiz, der Heimat der gewissenhaftesten Uhrmacher, geschieht nichts zufällig. Im Jahre 1816 hatte Mary Shelley in der Villa Diodati gespürt, was für ein Schauerpotenzial in dieser Stadt steckt. Das Friedliche, Beschauliche hier beruht nur auf vorgetäuschtem Rationalismus. Ich fand das Klischee von der ach so friedlichen Schweiz schon immer fragwürdig, vor allem nach ein paar Champagnerschlägereien im Baroque Club.

Genf – das ist Rousseaus Edler Wilder, von Calvin gezähmt: Als Helvetier weiß man, dass man jederzeit in einen Abgrund stürzen, einer Gletscherspalte erfrieren oder einem Bergsee ertrinken kann. In meiner Kindheitserinnerung ist die Schweiz das Land komplett verrückter Silvesterpartys auf dem großen Platz in Verbier, seltsamer Kuckucke, märchenhafter Chalets bei Nacht, leerer Paläste und von Nebel verhangener Täler, wo allein ein paar Gläser Williamine Birnenbrand vor der Kälte schützen. Genf, das um sein Bankgeheimnis trauernde »protestantische Rom«, scheint mir auf perfekte Weise die Lebensweisheit des Fürsten von Ligne zu veranschaulichen: »Die Vernunft ist oft eine unglückliche Leidenschaft.« Was mir an der Schweiz so gefällt, ist das Feuer, das unter dem Schnee schwelt, der verborgene Wahnsinn, die regulierte Hysterie. In einer derart zivilisierten Welt kann das Leben jederzeit aus den Fugen geraten.

Schließlich trägt Genf das Wort »Gen« bereits in sich: Willkommen im Land, das seit jeher die Menschheit kontrollieren wollte. Am Ufer des Sees kündigten überall Plakate eine Ausstellung in der Fondation Martin Bodmer in Cologny an, in der es um »Frankenstein, Schöpfer der Finsternis« ging. Ich war sicher, dass die Bentleys, die lautlos um die Fontäne glitten, voller diskreter Monster waren.

»Können wir in die Ausstellung, Papa?«

»Wir haben Wichtigeres zu tun.«

Das Fondue halb Gruyère, halb Vacherin im *Café du Soleil* war beinahe leicht. Kein Vergleich zu den gelben Fettbrocken, die man sich in Paris einverleibt. Stöhnend vor Freude tunkte meine Tochter ein weiches Stück Brot ein.

»Mench, dasch isch lange her! Mmmmmm!«

»Man spricht nicht mit vollem Mund!«

»Ich spreche ja gar nicht, ich lautmale.«

Romy verfügt über hervorragende Gene: Meinerseits entstammt sie einer langen Linie von Medizinern aus dem Béarn, und von ihrer Mutter hat sie einen äußerst kreativen Wortschatz geerbt. Bevor sie mich verließ, verwandelte Caroline oft Substantive in Verben. Jeden Tag schuf sie neue Wörter: Heute Nachmittag »pilate« ich, heute Abend »theatre« ich. Irgendwann werden ein paar von ihren Neologismen mit Sicherheit ins Wörterbuch aufgenommen, so wie es ja auch »Screenager« oder »facebooken« gibt. Als sie mit mir Schluss gemacht hat, sagte Caroline nicht »ich verlasse dich«, sondern »es wird Zeit, dass wir cutten«. Zugegeben, ein Schweizer Fondue ist kein Gericht, das die Weltgesundheitsorganisation (Avenue Appia Nr. 20, 1211 Genf 27) empfehlen würde, vor allem nicht zur Mittagszeit. Aber Romys Glück war wichtiger als unsere Unsterblichkeit. Anschließend stellten wir unsere Koffer im La Réserve ab, einem Luxushotel direkt am Genfer See. Während ich durch das Angebot der Spa- und Gesundheitsanwendungen des Hotels blätterte, das ein »Anti-Aging«-Programm mit Gendiagnostik meiner »bio-individuality™« empfahl, schlief die Kleine auf dem von Jacques Garcia ausgewählten Samtsofa ein.

In der Eingangshalle des Genfer Universitätsklinikums standen alte Strahlengeräte herum, seltsam überholte Konstruktionen, Vorläufer von Computertomografen. Seit den Sechzigerjahren ist die Nuklearwissenschaft zu winzig kleinen, platzsparenden Anwendungen übergegangen. Draußen saßen mehrere Gruppen von Medizinstudenten im Gras, drinnen hantierten andere AIPs in weißen Kitteln mit Fläschchen, Reagenzgläsern und Blutplättchen. Hier hatte es Tradition, den Menschen zu zähmen, die Fehler des Homo sapiens zu korrigieren und es sogar verbessern zu wollen, das alte Wirbeltier. Die Schweiz stand dem Thema Posthumanität nicht argwöhnisch gegenüber, man wusste, dass der Mensch von Geburt an unvollkommen ist. Das Glück glich einem sympathischen Campus, die Zukunft war ein *Teen movie*, der im Ärztemilieu spielte. Romy war entzückt: Im Gemeinschaftsgarten gab es ein Klettergerüst mit Schaukeln, einem Trapez und Ringen sowie ein Drehkarussell.

Im neunten Stock befand sich die Abteilung für genetische Medizin der Fakultät. In seinem flaschengrünen

Polohemd wirkte Professor Stylianos Antonarakis nicht wie Doktor Faust, sondern eher wie eine Mischung aus Paulo Coelho und Anthony Hopkins. So herzlich wie der Erste und so fesselnd wie der Zweite. Als wäre er der zerstreute Professor Bienlein bei *Tim und Struppi*, strich sich der Präsident der Human Genome Organisation (HUGO) über den weißen Spitzbart oder putzte seine Metallbrille, während er nebenher erklärte, wie die Menschheit in Freude und Glückseligkeit landen würde. Romy war sofort hin und weg von seiner New-Age-Art: sanfter Blick, nettes Lächeln, glückliche Zukunft. Sein Büro war ein unbeschreibliches Chaos, das wahrhafte Durcheinander eines biotechnologischen Alchimisten, doch man spürte, dass die Unordnung System hatte. Auf einem Tapeziertisch lag eine riesige DNA-Doppelhelix aus Plastik. Ich schaute mir die Buchtitel an: *History of Genetics Bd. 1, Bd. 2, Bd. 3, Bd. 4, Bd. 5* ... Für den international anerkannten Spezialisten waren die neuen genomischen Entdeckungen bereits Geschichte. Ein ausgeschlachteter Computer war zu einem Blumenkübel umfunktioniert worden, in den ein postatomarer Dekorateur Stahlstängel gepflanzt hatte, an deren Enden Nespresso-Kapseln steckten, sodass ein Strauß entstanden war, der niemals welken würde.

»Danke, Professor, dass Sie Ihre wertvolle Zeit darauf verschwenden, uns zu empfangen.«

»Vor uns liegt die Ewigkeit ...«

Seine gletscherblauen Augen passten zum hiesigen Schweizer Himmel.

»Würden Sie meiner Tochter erklären, was die DNA ist?«

»Wir kommen mit einem individuellen Genom zur Welt: Das ist ein riesiger Text aus drei Milliarden Buchstaben, multipliziert mit zwei (Ihr Vater und Ihre Mutter). Jeder von uns ist ein weltweit einzigartiges Individuum, weil unser Genom einzigartig ist, außer bei eineiigen Zwillingen. Hinzu kommen die somatischen Mutationen durch Sonne, Nahrung, Medikamenteneinnahme, Luftverschmutzung oder die jeweilige Lebensweise. Das nennt man Epigenetik. Der Alterungsprozess verläuft ebenfalls individuell verschieden. So altern manche Personen schneller als andere.«

Der Professor sprach Französisch mit einem warmen griechischen Akzent. Man wird sich wohlfühlen in der Welt nach dem Menschen, wenn sie mit Klonen von Dr. Antonarakis bevölkert ist.

»Zellen sind unsterblich. Die Menschen sind vor dreihunderttausend Jahren in Marokko aufgetaucht. Vorher war es eine andere Spezies und davor noch eine andere. Und der *Most common ancestor* war eine Zelle. Diese Zelle ist bei mir genauso vorhanden wie bei Ihnen beiden. Ich gebe diese Zelle mit meinem Sperma an die nächste Generation weiter, und Sie, Mademoiselle, werden dies ebenfalls eines Tages mit Ihrer Eizelle tun.«

Romy war vielleicht noch ein bisschen zu jung für einen Vortrag über Fortpflanzung. Ich beeilte mich, das Thema zu wechseln.

»Wir tragen also alle etwas Unsterbliches in uns?«

»Genau. Man kann keine neue Zelle erschaffen. Man kann Zellen um- oder rückprogrammieren, neue Gene in Zellen einschleusen oder bestimmte Gene entfernen, um so die Bestimmung einer Zelle zu verändern, aber man kann keine neue lebende Zelle erschaffen. Und man kann heutzutage auch keine neuen Bakterien herstellen, auch wenn es in zwei oder drei Jahren höchstwahrscheinlich möglich sein wird.«

»Erzählen Sie mir etwas von der Sequenzierung des Genoms.«

»Das ist inzwischen sehr einfach. Man nimmt zwei Milliliter Ihres Speichels und isoliert die DNA. Als ich vor dreißig Jahren anfing, machten wir das alles noch manuell, aber inzwischen haben wir Ihre drei Milliarden Buchstaben innerhalb einer Woche vor uns. Mit einer extrem leistungsfähigen Software können wir sie mit der Referenzsequenz abgleichen, die 2003 fertiggestellt worden ist. Das war ein internationales Projekt, das 1990 gestartet wurde und bei dem ich das Glück hatte mitzumachen: das *Human Genome Project*. Die Datenbank ist allgemein zugänglich.«

»Die Vergleichs-DNA stammt von dem Amerikaner Craig Venter, oder?«

»Er hat seine Sequenzierung auf eigene Faust vorgenommen, parallel zu unserer. In den USA war er der Erste, der sequenziert wurde, zusammen mit ein paar anderen, darunter Hamilton Smith, der 1978 den Nobelpreis für Medizin bekommen hat. Es gilt die Übereinkunft: Craigs DNA ist zwar als Erstes entschlüsselt worden und man untersucht seither die Unterschiede in Bezug auf diese DNA, das bedeutet aber nicht, dass sie normal ist.«

»Papa, kann ich nach draußen spielen gehen?«

Der Professor und ich wechselten einen Blick. Es lag auf der Hand, dass eine Runde Schaukeln im Park für

Romy lustiger war als unser Gespräch über den Fortschritt der Genetik.

»Einverstanden, aber bleib beim Klettergerüst, dann kann ich dich vom Fenster aus sehen. Und lass dein Telefon an. Und klettre nicht im Stehen auf die Schaukel. Und mach ...«

»Papa, ich bin auf tausend Jahre Leben programmiert, da kann ich ja wohl mal rutschen. Es passiert schon nichts.«

Dr. Antonarakis brach in schallendes Gelächter aus.

»Mademoiselle, Ihr Genom ist noch nicht sequenziert, die Information muss erst noch überprüft werden!«

Er wandte sich an mich:

»Wenn Sie wollen, kann meine Assistentin mitgehen, bis wir fertig sind.«

Er drückte auf einen Knopf, und eine junge Laborantin erschien. Ihr braunes Haar hob sich vom Weiß ihres Kittels ab, sie schien entzückt darüber, plötzlich zum Babysitter befördert zu werden, so kam sie ein bisschen an die frische Luft. Glucksend verließen die beiden schönen Kinder das Büro.

»Wo waren wir stehen geblieben?«, fragte Antonarakis.

»Bei Craig Venter. Ich habe seine Arbeiten im Netz gesehen. Er ist tatsächlich Victor Frankenstein: Er hat ein synthetisches Mykoplasma-Genom hergestellt. Er soll angeblich: ›It's alive!‹ gerufen haben, genau wie der verrückte Wissenschaftler bei Mary Shelley, erinnern Sie sich? Doktor Frankenstein ruft: ›Es lebt!‹, als sein selbstgebasteltes Geschöpf hier in der Schweiz die ersten Atemzüge tut, sich nach ein paar elektrischen Schlägen bewegt und schließlich losmarschiert und alle Welt erdrosselt.«

»Ich habe *Frankenstein* nie gelesen, aber ich ahne, worauf Sie hinauswollen! Craig Venter hat ein natürliches Chromosom durch ein Chromosom ersetzt, das er in seinem Labor hergestellt hat. Und es ist ihm gelungen, es in einen winzigen lebenden Organismus einzupflanzen. Aus Spaß hat er sogar seine Initialen in sein Genom hineingeschmuggelt: ›JCVI-syn3.0‹. Es ist ein künstliches Geschöpf, das lebt und größer wird.«

»Für mich ist das eher ein spielerisches Experiment unter Forschern. Es ist bestimmt faszinierend, Bakterien am Computer zu erschaffen, aber ich sehe nicht, inwiefern das die Menschheit voranbringt.«

»Irgendwann werden wir auf diese Weise neue Materialien herstellen können, hybride Treibstoffe, bislang unbekannte Legierungen ...«

An dieser Stelle tat ich etwas, was Leute vom Fernsehen oft tun, wenn sie nicht mehr mitkommen: Ich senkte den Kopf und las die nächste Frage von meinem Zettel ab. Ich war davon ausgegangen, dass ich hier war, um eine Talkshow vorzubereiten, doch in diesem Augenblick begriff ich, dass ich wegen etwas anderem hergekommen war.

»Glauben Sie, dass die Sequenzierung meiner DNA meine Lebensdauer verlängern kann?«

»Wenn Sie krank sind, ließe sich auf diese Weise der Grund für Ihre Krankheit herausfinden. Es gibt ungefähr achttausend genetische Krankheiten, und mit Ihrer DNA kann man 3432 davon diagnostizieren. Man kann auch eine Pränataldiagnostik machen, um eventuell den Abbruch einer Risikoschwangerschaft vorzunehmen. Die Sequenzierung ermöglicht zudem die Behandlung einer ganzen Reihe genetischer Krankheiten, sie gibt Aufschluss über Krebs. Alle Krebsarten sind Störungen im Genom. Auf diese Weise lassen sich die verschiedenen Krebsarten bestimmten Kategorien zuordnen und eine individuelle Behandlung finden. Außerdem können wir mithilfe der Sequenzierung und dank der Statistik die Veranlagung zu bestimmten Krankheiten genauer untersuchen. Ich empfehle solche Untersuchungen aber nur für Alzheimer und Brustkrebs.«

»Hier in der ›Genom-Klinik‹ treffen Sie solche Voraussagen. Könnte man behaupten, dass die sequenzierte DNA das Stethoskop ersetzt hat?«

»Der Schweizer Staat mag es nicht, wenn ich ›Genom-Klinik‹ sage, er bevorzugt den Ausdruck ›genomische Beratung‹. Sie täuschen sich: Wir kommen Krankheiten auf die Spur, nicht jedoch Veranlagungen.«

»Was sind denn zuverlässige Vorhersagen – wissenschaftlich gesehen?«

»Wenn eine Frau das Gen BRCA1 oder BRCA2 in sich trägt, wie Angelina Jolie, liegt die Wahrscheinlichkeit, dass diese Frau Brustkrebs bekommt, bei siebzig Prozent, während die Wahrscheinlichkeit für die allgemeine Bevölkerung bei neun Prozent liegt. In solch einem Fall muss man alle halbe Jahr zur Vorsorgeuntersuchung oder eine beidseitige Brustamputation vornehmen lassen.«

Er sprach ganz sanft von solchen katastrophalen Operationen. Womöglich verbarg sich hinter den mit Textmarker gekritzelten unverständlichen chemischen Gleichungen an der Wand bereits die Lösung für die ewige Jugend. Gute Ärzte haben ihre Patienten immer zu ihren

Eltern und Großeltern befragt: Die Zukunft vorherzusagen ist Teil ihres Jobs, ob sie nun wollen oder nicht. Krebs ist wie ein Terrorist: Man muss ihn ausschalten, bevor er seinen Anschlag verüben kann. Darin liegt das Neue: Mithilfe der Genetik muss man nicht mehr abwarten, bis man krank wird, um sich behandeln zu lassen. Das Genom ist der *Minority Report* unseres Körpers.

»Nehmen Sie hier genetische Eingriffe vor oder nicht?«

»Selbstverständlich. Ich interessiere mich für Trisomie 21. Ich versuche, sämtliche wichtigen Gene im Chromosom 21 zu finden. Wir erschaffen hier transgene Mäuse mit menschlichen Krankheiten. Ich habe ein Labor, in dem wir iPS-Zellen herstellen. Wir erproben verschiedene Medikamente gegen geistige Entwicklungsstörungen. Es gibt Hoffnung. Wir machen klinische Versuche. Ich habe den Traum, irgendwann einen intelligenten Menschen mit Downsyndrom vor mir zu haben.«

Ich weiß nicht, ob er abschätzen konnte, wie skandalös dieser Satz klang. Ob es uns gefällt oder nicht, aber seit der Erfindung der Fruchtwasserentnahme ist der Rückgang des Downsyndroms eine Tatsache. Wir sind alle Eugeniker, auch wenn wir das Wort zu vermeiden versuchen.

»Was halten Sie von den kalifornischen Transhumanisten, die die Menschheit korrigieren, verbessern und ›aufrüsten‹ wollen?«

»Vor dem Zweiten Weltkrieg hat es diese Art Traum schon mal gegeben: die Experimente im Labor von Cold Spring Harbor. Es war dieselbe überaus schöne Utopie, eine Menschheit ohne Krankheit hinzubekommen.«

»Eine ›Menschheit ohne Krankheiten‹: Genau diesen

Ausdruck haben Bill Gates (Ex-Microsoft), Mark Zuckerberg (Facebook) oder Sergey Brin (Google) verwendet, drei der reichsten Männer der Welt. Vor Kurzem hat Zuckerberg eine Finanzierung von drei Milliarden Dollar angekündigt, mit der bis zum Jahr 2100 sämtliche Krankheiten ausgerottet werden sollen.«

»Damals in den Dreißigerjahren wollten die Forscher von Cold Spring Harbor Krankheiten durch Eugenik aus der Welt schaffen. Indem sie bestimmte Personen sterilisierten und andere Personen zur Ehe zwangen. Dieser hübsche Traum wurde von den Nazis weitergesponnen und ist seitdem in Verruf geraten. Aber alle Familien wollen Kinder, die gesünder sind als andere.«

»Wollen Sie damit sagen, dass die Transhumanisten Nazis sind?«

»Ich sage nur, dass die Folgen nicht absehbar sind, wenn man an unserem Genom Veränderungen vornimmt. Ein Beispiel: Vor zehn Jahren habe ich in Indien eine große Familie kennengelernt, ungefähr vierzig Personen, die alle sechs Finger und sechs Zehen hatten. Jeder Einzelne in dieser Familie besaß vierundzwanzig dieser Glieder! Bei mir dachte ich: Wenn diese Leute Pianisten werden, haben sie einen evolutionären Vorteil!«

Ich beobachtete, wie Romy sich an die Trapezschaukel schwang, und dachte, dass Mary Shelley der sympathische Grieche hier sehr gefallen hätte. Hinter seiner Schalkhaftigkeit blitzte der kühne Wissenschaftler durch. Ich bekam Bauchschmerzen, aber vielleicht lag mir nur das Fondue schwer im Magen.

»Und funktionierten ihre sechs Finger?«

»Sie konnten sie bestens benutzen. Es handelte sich

um einen zusätzlichen, äußerst beweglichen kleinen Finger. Stellen Sie sich vor, wie sich damit Harfe spielen lässt!«

»Das steigert die Technik um zwanzig Prozent, stimmt! Und auch beim Ohrensaubermachen ...«

»Damals dachte ich im Ernst, es wäre genial, wenn ich diese Genom-Variante der gesamten Menschheit einsetzen könnte. Also habe ich ihnen Blut abgenommen, in dem Gedanken, unsere Spezies zu verbessern. Schließlich habe ich die Mutation in einem Gen ausfindig gemacht. Diese Leute hatten wie Sie und ich zwei Genom-Kopien: Chromosom der Mutter, Chromosom des Vaters, sowie eine Mutation, die zu vierundzwanzig anstatt zwanzig Fingern und Zehen führte. Hatte ein Familienmitglied diese Mutation allerdings zweimal – was häufig vorkam –, starb er in der achten Schwangerschaftswoche. Es handelte sich um eine interessante Mutation bei einer Kopie, bei zwei Kopien jedoch wirkte sie sich zerstörerisch aus.«

»Mist. Adieu, Harfenkonzert.«

»Ich will Ihnen mit dieser Geschichte nur deutlich machen, dass man nie wissen kann, welchen Preis wir als Spezies bezahlen, wenn wir an unser evolutionäres Genom rühren. Wenn wir in unser Genom etwas einfügen, muss man sich klarmachen, welchen Schaden unsere Evolution davon nimmt. Wenn wir unsere Spezies verbessern wollen, muss diese Entscheidung von der gesamten Gesellschaft getragen werden.«

»Aber es stimmt doch, dass der Mensch unvollkommen ist ...«

»Richtig. Die Augen der Fruchtfliege sind um vieles

leistungsfähiger als unsere, Fledermäuse hören sehr viel besser als wir. Wir haben keinen Brustkorb, der unsere Leber oder Milz schützen könnte, weshalb wir im Falle eines Unfalls an einer Blutung dieser Organe sterben können. Wir laufen auf nur zwei Beinen, was unsere Vorfahren nicht taten, daher unsere Schmerzen im Lendenwirbelbereich. Das Pumpsystem des Menschen ist zu kompliziert, und die Wechseljahre könnten auch später eintreten.«

»Und trotz all dieser Mängel sollte man nicht eingreifen?«

Dr. Antonarakis stand auf und betrachtete die Bäume draußen vorm Fenster. Im Garten wirbelte die Brünette im weißen Kittel Romy auf dem Karussell herum, analog zu den Zentrifugen, die ich im Labor gesehen hatte, mit denen sich das Flüssige vom Festen trennen lässt. Man hörte ihr Lachen, fest und flüssig zugleich, das in den Himmel stieg, um wie ein leichtsinniges Rotkehlchen an der Glasfront zu zerschellen.

»Wir reden seit einer halben Stunde miteinander. In dieser halben Stunde haben sich Abertausende unserer Zellen erneuert. Allein in meinem Blut eine Million. Und eine halbe Million in meinem Darm. Damit sich die Zellen erneuern, muss das Genom kopiert werden. In den letzten dreißig Minuten sind also sechs Milliarden Buchstaben ungefähr zwei Millionen Mal kopiert worden. Um die Erneuerung der Zellen zu bewerkstelligen, ist ein außergewöhnliches und hochpräzises Kopiersystem vonnöten. Doch dieses System funktioniert nicht immer genau. Es macht Fehler. Jedes Mal, wenn sich Zellen erneuern, tritt alle zehn hoch acht Mal ein Fehler auf. Alle hundert Millionen Mal ein Kopierfehler, das macht vierzig bis fünfzig Fehler bei drei Milliarden Buchstaben. Genau diese Fehler ermöglichen es uns, uns voneinander zu unterscheiden. Wir brauchen das, um weiterzuleben, wenn die Umwelt sich verändert. Im Falle eines Virus oder einer Klimaerwärmung braucht es Vielfalt, damit die Evolution weiter voranschreiten kann. Bestimmte Mutationen verursachen Krankheiten, aber das ist der Preis, den wir für unsere Anpassungsfähigkeit zahlen müssen. Ein gängiges Beispiel für die Evolution unserer Spezies ist Diabetes. Er kommt immer häufiger vor, weil Nahrung und Zucker heutzutage reichlich vorhanden sind. Vor hundert Jahren gab es noch keinen Diabetes. Vor dreihundert Jahren, als wir nicht so viel zu essen hatten, waren die schlechten Gene, die heutzutage Diabetes verursachen, noch Abwehrgene.«

Ich kratzte mich am Kopf. Da er meine Enttäuschung bemerkte, versuchte mich Professor Antonarakis zu trösten.

»Wissen Sie, die Leute, die für saubereres Wasser sorgen, tun im Grunde mehr für eine längere Lebenserwartung als alle Medizin und sämtliche Genetiker.«

»Professor, wie lässt sich der Tod in Zukunft hinauszögern?«

»Vor allem werden wir uns ums Gehirn kümmern müssen: Man kann eine neue Leber erschaffen, einen neuen Darm, das Blut, ja sogar das Herz. Die Gehirnzellen jedoch lassen sich nicht erneuern. Man kann Zellen in die endokrinen Drüsen injizieren. Aber ich glaube nicht, dass man ein künstliches Gehirn erschaffen kann. Wir müssen uns damit abfinden. Ich treffe viele Patienten, die achtzig oder neunzig Jahre alt sind, und sie alle versichern mir: Es ist o.k., wenn das Leben zu Ende geht. Es gibt einen Moment, da man müde wird. Sie werden sehen! Es gibt eine Spezies, die nur einen Tag lebt, die Eintagsfliegen. Der gesamte Zyklus: Geburt, Erwachsenenalter, Altern und Tod, alles an einem Tag. Vielleicht ist diese Spezies ja glücklich.«

Ich fuhr mir durchs Haar, ein Tick, wenn ich nicht mehr weiß, was ich sagen soll. Ich hatte nicht sonderlich viel übrig für den Buddhismus der *Ephemera vulgata* und anderer Eintagsinsekten. Die Sonne ging rasch hinter den Bäumen unter, ich wollte Romy nicht länger allein lassen. Ich bedankte mich bei dem netten Genetiker, der mir leider nicht das Leben gerettet hatte, und eilte zum Fahrstuhl. Romy stand in der Eingangshalle mit der hübschen Medizinstudentin. Mir kam ein verrückter Gedanke: Wenn Romy sich gut mit der jungen Frau verstand ... konnten wir ... vielleicht ... in Betracht ziehen ... eventuell ...

»Papa, das ist Léonore, und sie möchte ein Selfie mit dir. Sie ist ein Fan von deinen Sendungen!«

»Mademoiselle, das bin ich Ihnen schuldig. Wie soll ich Ihnen nur danken.«

Die hübsche Léonore hatte bereits ihr Handy gezückt.
Sie hatte ein entzückend Kinn, ein Kinn
Wie von Charlotte Le Bon, Schauspielerin.

Klick-klack. In dem Bruchteil der Sekunde, in dem ich für das Foto neben ihr stand, atmete ich alles ein. Die Brünette mit der hohen Stirn hatte sich gerade die Zähne geputzt, ihre Haut war mit einem Kirsch-Duschgel abgeseift worden, die Haare dufteten nach Orangenblüte, ihr

Lächeln war gesund, sie war die Sorte Mensch, die keinen Hintersinn kennt. Die Art, wie sie mir direkt in die Augen sah, den Mund halb geöffnet, signalisierte: Ich weiß, was ich im Leben will, und du könntest vielleicht Teil meines Programms werden. Ich nahm die Herausforderung an und hielt ihrem Blick stand, bis sie ihren in Richtung Alpen abwandte. Zwischen ihren Haaren und dem Hals war genügend Platz, um hinterm Ohr drei Quadratzentimeter zartsamtene Haut erkennen zu lassen, und diese Stelle mit den Lippen zu berühren wäre vermutlich das Beste, was man in diesem Jahr tun konnte. Kurzum, ich hatte augenblicklich Lust, mit der schönen angehenden Fachärztin ein Kind zu zeugen. Leben zu erschaffen ist so viel einfacher für einen Mann als den Tod hinauszuschieben. Ich schwöre, es ist die Wahrheit: Ich hatte nicht einfach bloß Lust, mit ihr zu schlafen, sondern wollte sehen, wie ihr Bauch durch mein fruchtbares Sperma darin immer dicker wurde. Ich fühlte mich wie ein Alien in der Fortpflanzungsphase; ich hatte Lust, einen meiner Tentakel in diese Person zu bohren. Ich war in eine Falle getappt, die mir mein kleines Mädchen zusammen mit dem griechischen Professor gestellt hatte. Wir hatten so viel über DNA geredet, dass sich mein Geschlecht schon für Victor Frankenstein hielt.

»Ihre Tochter ist ein richtiger Schatz«, sagte Léonore, während sie sich unser Selfie auf ihrem Handy ansah. »Und eine perfekte Sportlerin dazu: Am Trapez und auf der Schaukel ist sie einsame Spitze!«

»Papa, können wir sie nicht zum Essen ins *La Réserve* einladen? Komm schon ...«

»Aber ich habe schon eine Anti-Age-Massage im *Spa Nescens* gebucht ...«

»Sie ist einverstanden, ich hab sie gefragt! Komm schon, sag Ja ...«

»Nun denn, also gut«, willigte ich in demselben Tonfall ein wie John Wayne in *Der schwarze Falke*, synchronisiert von Raymond Loyer.

Meine Greisenstimme widerte mich an. Kein Mensch sagt mehr »nun denn«, aber es war mir einfach so entschlüpft. Bei manchen Begegnungen schaltet man eben auf Autopilot. Das Komplott der Frauen zugunsten meines Glücks hatte soeben einen weiteren Anschlag angezettelt.

Wir gingen also los und kauften Baisers, Doppelrahmfrischkäse und Himbeeren. Dann setzten wir uns zu dritt auf einen Steg am Genfer See, stippten unser Zuckergebäck in den Becher mit der Frischkäsecreme und lauschten dem Wasser, das sanft gegen die Boote schlug. Léonore erklärte Romy das Prinzip des ewigen Schnees.

»Siehst du da oben auf dem Berg, dort ist es so kalt, dass der Schnee nie schmilzt.«

»Wie der Käserahm in Papas Bart?«

»Ja, genau.«

Ich wischte mir mit dem Ärmel den Mund ab. Auf dem glitzernden Wasser schnatterte eine Ente. Der See schimmerte in der Dämmerung, dann wurde er dunkel: Gott hatte das Licht ausgeknipst. Inzwischen waren Wolken aufgezogen, und ein Sommergewitter ging direkt über uns nieder. Mit nassen Haaren war Léonore noch hinreißender: sinnlich wie ein Foto von Jean-François Jonvelle (ein toter Freund).

»Welche Blutgruppe haben Sie, Léonore?«
»Null positiv, warum?«
»Weil ich dieselbe habe. Haben Sie Ihre DNA sequenzieren lassen? Ihre Eizellen eingefroren? Haben Sie vor, Ihre Stammzellen in einer Bank für tiefgefrorene *Stem cells* einzulagern? Haben Sie was gegen *Brain Uploading*? Oder die *Self-regenerating blood shots*? Wollen Sie meine Frau werden?«

An der Stelle hielt sie mich für einen kompletten Idioten, Beweis für ihre enorme Scharfsichtigkeit. Romy lud Léonore in unser Appartement ein, damit sie sich die Haare trocknen konnte. Während wir *Black Mirror* guckten, aßen wir die Baisers auf, bis Romy einschlief. Später erfuhren wir auf CNN, dass George Michael mit dreiundfünfzig Jahren gestorben war. Sie sendeten seine Duettversion mit Elton John von *Don't Let the Sun Go Down on Me*. Als der Sänger, der genau wie Professor Antonarakis einen griechischen Migrationshintergrund besaß (in Wirklichkeit hieß er Kyriacos Panayiotou), sang: »All my pictures seem to fade in black and white ...«, rollte mir eine Träne aus dem rechten Auge und verschwand unter Léonores aufmerksamem Blick in meinem Bart. Ich beweinte auf selbstsüchtige Weise meine eigene Endlichkeit, sie aber hielt es für Altruismus. Verlegen sagte sie:

»O.k., tja, also es hat mich wirklich gefreut, Sie kennenzulernen, danke für die netten Stunden, aber es ist schon ziemlich spät, und ich glaube, ich muss jetzt los ...«

... Ich ließ nicht zu, dass sie mich verließ.

Manchmal verwandelt sich meine schüchterne Art urplötzlich in Entschlossenheit. Mit meinem Zeigefinger schob ich ihr eine Haarsträhne hinter das linke Ohr. Meine andere Hand hatte nach ihrem Handgelenk gegriffen. In Zeitlupe legte ich meine Wange an ihre. Suchte mit den Augen ihre Augen und mit dem Mund ihren Mund. Ich lächelte mit angehaltener Luft und schleuste freundlich meine Zunge ein. An diesem Punkt hätte das Unternehmen enden können. Ein kurzes Zurückweichen ihrerseits hätte genügt. Wenn sie gezögert hätte, hätte ich sofort aufgegeben: Sie konnte mein Leben mit einem einzigen Tweet zerstören. Doch sie spitzte ebenfalls ihre Zunge, außerdem biss sie mir in die Lippe, als wäre es ihre. Wir seufzten gemeinsam, vielleicht vor Erleichterung. Ich glaube, wir waren beide beruhigt, dass dieser Pornokuss nicht lächerlich rüberkam. Ich schob eine Hand auf ihre Brust und ein paar Finger etwas tiefer, unter die Baumwollfasern. Wie ich feststellte, beruhte meine Zuneigung auf Gegenseitigkeit. Unsere Häute hatten Lust, miteinander in Kontakt zu treten. Ich hatte es mit einer taufrischen Frau zu tun. Ein solch eindeutiges Vorspiel erlebt man selten. Während ich ihr das T-Shirt auszog, holte ich mein steifes Geschlechtsteil raus. Für gewöhnlich ein schwieriges, ja sogar schmerzhaftes Unterfangen (Unterhose verhindert ein Durchkommen, T-Shirt verheddert sich um den Kopf, Schwanz wird vom Reißverschluss eingeklemmt: Derlei Zwischenfälle können ein Märchen zunichtemachen). Nichts davon geschah hier: Unsere Bewegungen waren fließend und schlüssig, wie in einem erotischen Traum mit nächtlichem Samenerguss. Ich glaube, Léonore war überrascht von meiner Ungeduld; sie konnte ja nicht ahnen, dass ich sie seit Jahrhunderten zu schwängern gedachte. Nichts trennte uns mehr, nicht mal ein Kondom. In dieser Nacht liebte ich Léonore, wie man die saubere Luft der französischen Schweiz bei Sommergewitter einatmet. Voller Wonne befleckte ich ihre Reinheit und ihre zwei Kugeln, deren Spitzen aufgerichtet waren wie mein Geschlechtsteil in der Mitte. Wir fickten im Stehen, schwitzend stießen wir uns aneinander gesund. Sie murmelte mir ins Ohr:

»Man merkt, dass du das oft machst.«

Ich traute mich nicht zuzugeben, dass ich seit zwei Jahren keine Frau mehr angefasst hatte. Sie hielt meine Begeisterung für Gewohnheit, und diese Illusion wollte ich ihr unter keinen Umständen rauben. Da ihre Lust meine angefacht hatte, spritzte ich ab, als sie kam. Jedes Mal, wenn sie in mein Ohr schrie, presste ich ihr die Hand auf den Mund, damit Romy nicht wach wurde, doch diese Knebelung erregte sie nur noch mehr. Guter Sex ist, wenn zwei Egoisten aufhören, welche zu sein.

Am nächsten Tag wollte Romy unbedingt, dass wir nach Cologny fuhren und uns die Ausstellung über Frankenstein ansahen. Es regnete wieder, aber nicht dieser feine Sommerniesel, den ich so mag: Dicke fette Schweizer Monsuntropfen platschten uns wie eiskalte Knutscher in den Nacken. Wir setzten Léonore am Klinikum ab, wobei wir während der Fahrt kaum ein Wort sprachen, aber es war keine beklemmende Stille, im Gegenteil, es war die Stille dreier Menschen, die keine Angst haben, gemeinsam zu schweigen, damit sie dem Zirpen der Scheibenwischer lauschen können. Nachdem sie ausgestiegen war, meinte Romy:

»Sie ist echt cool.«

»Hat es dir nichts ausgemacht, dass sie bei uns geschlafen hat?«

»Nein, ich find's traurig, dass sie weg ist.«

(Fröhliches Schweigen)

»O.k., gucken wir uns jetzt die Ausstellung über das Monster an?«

Dasselbe Taxi setzte uns an der Fondation Bodmer ab, einem gewaltigen Gebäude auf einem grünen Hügel, von dem aus man den Genfer See überblickt. In dem Privatmuseum ist eine der weltweit bedeutendsten Handschriftensammlungen zu sehen. Die Ausstellung »Frankenstein, Schöpfer der Finsternis« würdigte ein Nationalheiligtum: Mary Shelley schrieb den großen Roman über das künstliche Leben in einer Villa gleich nebenan, im Sommer 1816. Die Stadtverwaltung hatte sogar eine Frankenstein-Statue auf der riesigen Plaine de Plainpalais errichten lassen. Der Romananfang stand in goldenen Buchstaben neben dem Eingang zur Ausstellung: »Ich wurde in Genf geboren, meine Familie ist eine der vornehmsten dieser Stadt.«

»Siehst du, Süße, an dieser Stelle hat Mary Shelley *Frankenstein* geschrieben, vor genau zweihundert Jahren.«

»Hm, ja, weiß ich«, antwortete Romy und zeigte auf die Wand neben dem Eingang, »ich bin nicht blöd, da steht's!«

Romy blieb lange vor jedem Bild und jeder Handschrift stehen und las sich sämtliche Erläuterungen durch. Ich konnte nicht fassen, dass ich, der oberflächliche Moderator, jemanden gezeugt hatte, der derart gewissenhaft war. Wir betrachteten zahlreiche Manuskriptseiten sowie die Erstausgabe von *Frankenstein* (1818), die Mary Shelley mit der Widmung versehen hatte: »To Lord Byron from the author«. Die Stiche, auf denen das Monster durch Genf streift, jagten Romy keine Angst ein, schließlich war sie Fan von *The Walking Dead*. Die Illustrationen in den alten Museums-Wälzern zeigten tanzende Skelette, zerstückelte Leichen und die Kreise der Hölle, kurz, die alltägliche Tragödie der Menschheit. Ich vertiefte mich in Mary Shelleys Tagebuch. Die junge Romanautorin hatte früh ihre Mutter verloren. Im Alter von zwanzig Jahren hatte sie *Frankenstein* geschrieben. Danach waren ihre drei Kinder gestorben (Typhus, Malaria, Fehlgeburt), und ihr Mann ertrank bei einer Segeltour vor der italienischen Küste, und das alles vor Marys fünfundzwanzigstem Lebensjahr. Wenn man sich eine Figur ausdenkt, die den Tod bezwingt, geschieht genau das: Man macht ihn auf sich aufmerksam.

In ihrem Vorwort zur Ausgabe von 1831 erzählt die Autorin, welche Umstände sie veranlassten, *Frankenstein* zu schreiben: »Es wurde ein nasser, unfreundlicher Sommer, und endloser Regen zwang uns, oft tagelang im Haus zu bleiben.« Ich blickte auf und sah, wie der Regen gegen die Fensterscheiben und in den gepflasterten Hof des Museums prasselte, eine dunkle, rauschende Flut. »Schaurig muss es auf den Menschen wirken«, fuhr sie in ihren Erläuterungen zum Buch fort, »denn wenn sich der Mensch über den Weltschöpfer in seinem wunderbaren Wirken erhebt, kann die Wirkung nur in höchstem Maße schaurig sein ...«

»Was machst du da?«

»Aaah!«

Romy hatte mich erschreckt. Allmählich verstand ich, wie das schweizer Wetter erst der jungen Mary Shelley und dann der ganzen Welt Angst eingejagt hatte.

»Hier gibt's bloß alte Bücher, total öde«, sagte sie, »können wir gehen?«

»Warte mal kurz, *ein* altes Buch will ich dir noch zeigen.«

In dem Raum, in dem sich die Dauerausstellung befindet, kamen wir an einer Originalausgabe von Goethes

Faust vorbei. Das magische Buch war auf einer Seite mit einer Originalzeichnung von Delacroix aufgeschlagen.

»Wer ist Faust?«

»Ein Typ, der unsterblich werden will. Also geht er einen Pakt mit dem Teufel ein.«

»Und das funktioniert?«

»Am Anfang schon: Er tauscht seine Seele gegen die ewige Jugend. Aber dann wird's schwierig.«

»Geht's schlecht aus?«

»Zwangsläufig: Er verliebt sich.«

»Und das wolltest du mir zeigen?«

»Nein.«

Ein paar Meter weiter beeindruckte das Ägyptische Totenbuch mit der Pracht seiner magischen Hieroglyphen aus dem Jenseits. Vor fünftausend Jahren hatte ein Schriftgelehrter die Gebrauchsanleitung für das Leben nach dem Tod auf die Papyrusrolle gemalt. Grob gesagt wurde das Herz nach dem Hinscheiden auf einer Waage vor den Göttern gewogen. Unsere Seele durchlief eine Reihe von Prüfungen (konkret musste sie Schlangen, Krokodilen und ekligen Rieseninsekten trotzen), um »in das Tageslicht herauszutreten«, das heißt in der Sonnenbarke des Gottes Re gen Himmel aufzusteigen, nach Heliopolis, der paradiesischen Stadt. Später hatten die drei monotheistischen Religionen dieses Konzept bloß kopiert.

»Und das wolltest du mir zeigen?«

»Auch nicht.«

Ich war gerührt. Romy hatte eine widerspenstige Haarsträhne auf dem Kopf, die mich an Fotos erinnerte, auf denen ich in ihrem Alter zu sehen war: Lieben wir unsere

Kinder etwa bloß aus narzisstischen Gründen? Ist ein Kind ein lebendes Selfie? In einem anderen Raum blieben wir schließlich vor der Gutenberg-Bibel stehen. Die Heilige Schrift lag unter dickem Panzerglas und funkelte wie ein Edelstein. Die Illustrationen leuchteten farbenprächtig, voller Gold, und die vor 562 Jahren auf Pergament gedruckten Buchstaben schienen über der Seite zu schweben wie Untertitel in einem 3-D-Blockbuster.

»Hier: Das ist das erste Buch, das jemals gedruckt wurde. Es ist wichtig, dass du es siehst, erinnere dich gut an diesen Moment. Bald wird es keine Bücher mehr geben.«

»Dann kann ich sagen, ich hab den Anfang und das Ende der Bücher erlebt.«

Sie musterte mich mit ihren großen blauen Augen, in die nie wieder Naivität einkehren würde. Nie zuvor war ich so stolz auf Romy wie in diesem Augenblick, da sie seelenruhig diesen Satz aussprach. Es war so ziemlich das erste Mal, dass ich zwei Tage allein mit ihr verbrachte, ohne Clémentine (ihr Kindermädchen). Es war höchste Zeit, dass ich meine Tochter richtig kennenlernte.

Das Leben ist ein Massaker. Ein *Mass murder* mit 59 Millionen Toten pro Jahr. 1,9 Sterbefälle pro Sekunde. 158 857 Tote jeden Tag. Seit Beginn dieses Abschnitts sind ungefähr zwanzig Menschen auf der Welt gestorben – noch mehr, wenn Sie langsam lesen. Es ist mir ein Rätsel, warum Terroristen sich solche Mühe geben, die Statistik aufzubessern: So viele Leute wie Mutter Natur können sie nie umbringen. Die Menschheit wird unter allgemeiner Gleichgültigkeit dezimiert. Wir akzeptieren diesen täglichen Genozid, als handelte es sich um einen normalen Prozess. Mich schockiert der Tod. Früher dachte ich einmal am Tag an ihn. Seit ich fünfzig bin, denke ich jede Minute daran.

Um es klar zu sagen: Ich hasse den Tod nicht, ich hasse *meinen* Tod. Wenn die große Mehrheit der Leute die Unausweichlichkeit hinnimmt, bitte. Ich für meinen Teil sehe nicht ein, welchen Nutzen es haben soll zu sterben. Und ich gehe sogar noch weiter und sage: An mir kommt der Tod nicht vorbei, nicht über meine Leiche. Diese Geschichte erzählt davon, wie ich es angestellt habe, nicht mehr wie alle Welt dahinzuscheiden. Es kam nicht infrage, einfach tatenlos abzunippeln. Sterben ist was für Faule, nur Fatalisten halten den Tod für unausweichlich. Ich hasse Leute, die sich mit dem Makabren abfinden und seufzend äußern: »Tjajajaja, irgendwann ist jeder mal dran.« Ach, haut ab und krepiert woanders, ihr schwächlichen Normalsterblichen.

Jeder Tote ist in erster Linie ein *Has-been*.

Mein Leben hat nichts Außergewöhnliches, aber mir wäre es trotzdem lieber, es geht weiter.

Ich war zweimal vergeblich verheiratet. Dafür bekam ich vor zehn Jahren ein Kind, ohne mit der Mutter verheiratet zu sein. Und dann traf ich in Genf Léonore, die konvexe Brünette, Doktor der Molekularen Virologie. Ich habe sofort um ihre Hand angehalten. Ich bin kein sonderlich begabter Aufreißer; deshalb heirate ich auch so schnell (außer Caroline, vielleicht ist das ja der Grund, warum sie weg ist). Zusammen mit Romy habe ich Léonore eine SMS geschrieben: »Wenn du uns in Paris besuchen kommst, vergiss nicht, Frischkäse mitzubringen, wir sorgen für die Baisers.« Ich glaube nicht, dass die Metapher offen erotisch war. Ich kann Liebe nicht erklären: Was mich angeht, empfinde ich sie wie den Schmerz, den man verspürt, wenn einem die Drogen ausgegangen sind. Léonore hat nicht nur einen Familienvater geheiratet, sie wurde auch von einer helläugigen Vorpubertären als Stiefmutter angestellt. Nach unserer Hochzeit in einer rosa Kirche auf den Bahamas pendelte Léonore zwischen Paris und Genf. Wir nahmen abwechselnd den TGV *Lyria*. Manchmal auch zusammen, für einen Fick unterwegs. Wir unterhielten uns viel, wenn wir zwischen zwei Waggons und zwei Ländern miteinander schliefen.

»Ich warne dich: Ich nehme nicht die Pille.«
»Das trifft sich gut, ich will dich nämlich befruchten.«
»Hör auf, so was erregt mich.«
»Meine Geschlechtszellen gieren nach deinen Eizellen.«
»Red weiter ... das liebe ich ...«
»Gleich lasse ich dreihundert Millionen Geißel auf deine Eileiter los ...«
»Oh, verdammt ...«
»Seh ich so aus, als würde ich bloß zum Spaß ficken?«
»Aah, testikel mich!«

Neun Monate später ... war Lou derart schnell da, dass wir nicht mal Zeit hatten umzuziehen. Ich beschleunige den Bericht, um ans Ziel zu gelangen: In diesem Buch geht es nicht um das Leben, sondern um den Nicht-Tod. Mit fünfzig ein Kind zu zeugen bedeutet, man versucht, ein festgelegtes Drehbuch umzuschreiben. Im Allgemeinen kommt der Mensch auf die Welt, heiratet, pflanzt sich fort, lässt sich scheiden und ruht sich dann mit fünfzig aus. Ich habe mich diesem Programm widersetzt, indem ich mich bewusst für die Fortpflanzung und nicht für den Ruhestand entschied.

An dem Abend, als unser Baby geboren wurde, verkündete David Pujadas in den Fernsehnachrichten, dass die Lebenserwartung der Franzosen immer noch bei 78 liege. Mir blieben also noch sechsundzwanzig Jahre. Nun war dies genau Léonores Alter, und wir wussten beide, wie schnell sechsundzwanzig Jahre rum sind: in fünf Minuten.

Sechsundzwanzig Jahre, das macht 9490 Tage zu leben. Jeder Tag musste voll und ganz ausgekostet werden, vom Aufwachen bis zum Schlafengehen, als käme ich geradewegs aus dem Gefängnis. Ich musste leben, als würde ich jeden Morgen geboren. Die Welt mit Babyaugen ansehen, während ich in Wirklichkeit ein alter Gebrauchtwagen war. Ich würde mir einen Adventskalender mit 9490 Türchen basteln müssen. Jeder vergangene Tag ist ein Tag weniger: 9490 Tage noch bis zum großen Finale. Ich habe meiner Tochter einen Scherz beigebracht, den meine Mutter schon mir beigebracht hat: die Schale von dem Ei, das man gerade in sich reingeschlungen hat, umdrehen. Lou tut so, als hätte sie noch gar nicht mit ihrem Ei angefangen, und ich rege mich zum Schein auf. Sie zerschlägt die Schale mit ihrem Löffel, und ich tue erstaunt darüber, dass gar nichts in der Schale drin ist. Wir lachen zusammen über einen Scherz, bei dem alle Theater spielen: Lou zwingt sich zu glauben, sie hätte mich ordentlich an der Nase herumgeführt, und ich tue, als sei ich jeden Tag von demselben Streich überrascht. Ist dieses kleine Sisyphos-Spielchen nicht eine Metapher für das menschliche Dasein? Deine Schale ist leer, stülp sie um und tu so, als wäre es lustig. Altern heißt über einen Witz zu lachen, den man in- und auswendig kennt.

Meine Angst vor dem Tod ist lächerlich, ich weiß. Es wird Zeit, dass ich es zugebe: Ich werte meinen Nihilismus als Scheitern. Mein ganzes Leben lang habe ich mich über das Leben lustig gemacht; die Ironie wurde zu meiner Geschäftsgrundlage. Ich glaube nicht an Gott: Deshalb will ich ja auch überleben. (Ich wäre sogar schon zufrieden, könnte ich *unterleben*.) Ich bin ein Nihilist, dem zwei Kinder geschenkt wurden. Hier stehe ich und sehe mich gezwungen, voller Stolz und zugleich kleinlaut zuzugeben, dass die Tatsache, Leben zu geben das Wichtigste war, was mir je passiert ist, mir, dem Talkshowmaster und Regisseur satirischer Filme.

Es gibt zwei Arten von Nihilisten: die, die sich umbringen, und die, die sich fortpflanzen. Die erste Gruppe ist gefährlich, die zweite erbärmlich. Die gewalttätigen Nihilisten haben es geschafft, meinen Salonpessimismus in Misskredit zu bringen. Die Djihadisten töten Cioran. Ich nehme es den Islamisten mächtig krumm, dass sie den Spott dem Spott preisgeben. Aber so ist es nun mal, ich muss es zugeben: Jedes Leben, und mag es noch so öde sein, ist dem Nichts überlegen, und sei es noch so heldenhaft. Wer nicht an ein ewiges Leben nach dem Tod glaubt, wünscht sich zwangsläufig, das eigene Dasein zu verlängern. Deshalb wird man ja auch vom zynischen Melancholiker zum wissenschaftsgläubigen Posthumanisten.

Die Lebensgeschichte, die Sie hier lesen, bürgt für meine Verewigung. Sie ist gespeichert auf der Software Human Longevity Aktenzeichen X76097AA804. Wir kommen später darauf zurück.

Bis fünfzig rennt man mit der Masse mit. Ist diese Altersgrenze erst mal überschritten, hat man es plötzlich nicht mehr so eilig. Um sich herum werden die Leute weniger, und vor einem liegt ein gähnender Abgrund. Mein Leben geht zur Neige. Ich spüre, dass mein Gehirn jünger ist als mein Körper. Beim Tennis schlägt mich mein zwölfjähriger Neffe 6 zu 2. Romy weiß, wie man die Patronen in meinem Drucker wechselt; ich bin dazu nicht imstande. Nach einer nächtlichen Tequila-Sause brauche ich drei Tage, um mich zu erholen. Ich bin jetzt in dem Alter, wo man Angst hat, Drogen zu nehmen: Man snifft nur noch »Spitzen« statt wie früher »Balken«. Man sieht ständig verkniffen aus, weil man sich zusammenreißt, um bloß keinen Schlaganfall mit Gesichtslähmung zu bekommen. Man trinkt Apfelsaft mit Eiswürfeln drin, damit die andern denken, es wäre Whiskey. Auf der Straße dreht man sich nicht mehr nach den Mädchen um, aus Angst vor einem steifen Hals. Kaum geht man im Meer surfen, holt man sich eine beidseitige Mittelohrentzündung. Jede Nacht wacht man ein- oder zweimal auf, um pinkeln zu gehen. Und auch das gehört zu den Freuden, wenn man um die fünfzig ist: Wer hätte gedacht, dass ich mich mal irgendwann hinten in Taxis anschnallen würde!

Alten tut immerfort irgendwas weh. Der Körper ist verbraucht; es gibt nur sehr wenige Tage ohne dämliche Schmerzen im Fuß, einen Krampf im Bein oder ein Stechen in der Brust. Ganz zu schweigen von den psychologischen oder nervlichen Schäden. Das Schlimmste ist das unaufhörliche Klagen. Das Alter besteht hauptsächlich darin, seiner Umwelt auf den Wecker zu fallen. Alte Menschen meckern, jammern und verscheuchen so die jungen.

Was sämtliche Fünfzigjährige verbindet, ist ihre Mordsangst. Man erkennt sie an bestimmten Dingen: Wir passen höllisch auf, was wir essen. Wir hören mit dem Rauchen und Trinken auf. Wir setzen uns nicht mehr in die pralle Sonne. Wir vermeiden alle Arten von Oxidation. Wir haben immerfort Schiss. Aus ehemaligen Nachteulen werden feige Luschen, die ständig um ihr Leben bangen. Da! Sogar das Wort »bangen« ist ein Anzeichen dafür, dass der Autor dieser Zeilen zu den Alten gehört. Wir schützen die letzten Augenblicke unseres Lebens. Wir schließen Rentensparverträge oder Lebensversicherungen ab und investieren in Eigentumswohnungen. Meine Generation ist mit einem Schlag vom Leichtsinn zur Paranoia übergegangen. Ich habe wirklich den Eindruck, der Wandel hat in einer einzigen Nacht stattgefunden: Plötzlich schwören meine ganzen abgefuckten Kumpel aus den Achtzigern auf Biokost, Quinoa, Veganismus und Radtouren. Wir stecken in einer Art GGH (Gigantischer Generations-Hangover). Je öfter sich meine Freunde vor zwanzig Jahren auf dem Klo vom Baron einen reingezogen haben, desto häufiger predigen sie mir heute, wie wichtig eine gesunde Lebensweise sei. Das ist umso surrealer, weil ich in keiner Weise darauf vorbereitet war! Vielleicht habe ich bei meinen ganzen Scheidungen und den TV-Sendungen in einem schwarzen Loch gehockt, ich dachte, es wäre immer noch cool, mit Escort-Girls Drogen zu nehmen, ich habe einfach nicht mitbekommen, dass die Welt sich um mich herum veränderte. Typen, die früher regelmäßig morgens um acht im Rinnstein endeten, sind zu Ayatollahs der Hülsenfrüchte geworden, und meine alten Dealer: Verfechter von Bergwanderungen mit Riesenbotten von North Face an den Füßen. Plötzlich ist man ein selbstmörderischer Killer, wenn man sich eine Zigarette anzündet; und wenn man einen Caipiroschka bestellt, ein verkommenes Subjekt. Du hast Sylvain Tesson nicht gelesen? Du Armer! Sie machen ihre eigene Vergangenheit nieder. Auch Sylvain wäre fast draufgegangen, weil er dauernd besoffen auf Dächer geklettert ist. Hört auf, einen asketischen Ökologie-Papst aus ihm zu machen! Tesson ist wie ich: ein russlandfreundlicher Alkoholiker, der Angst hat, endgültig die Hufe hochzureißen.

Ich habe angefangen, sämtliche Kochsendungen zu schauen. »Masterchef«, »Topchef«, »Les Escapades de Petitrenaud«: Ich bin ein Ex-Clubber, der auf leichte Küche umgestiegen ist. Und dann kam, was kommen musste: Ich meldete mich in einem Fitnessstudio an. Selbst in meinen schlimmsten Albträumen hätte ich nicht mit einer solchen Pleite gerechnet: ich auf einem Crosstrainer, durchgerüttelt von einem Power Plate, auf den Ellbogen im Unterarmstütz, mit dem Rücken an der Wand in Stuhlposition, am Gummiband oder beim Gewichtestemmen, damit aus meinen Brüsten ein Brustpanzer würde. Jahrhundertelang hat der Mann in heldenhaften Kriegen gekämpft; im 21. Jahrhundert sieht der Kampf gegen den Tod anders aus: ein Springseil hüpfender Typ in Shorts.

Ich habe Angst, weil Romy und Lou es nicht verdienen, Waisen zu werden. Ich versuche, mein Ende hinauszuschieben. Das Leben endet irgendwann, und dagegen habe ich was. Der Tod passt nicht in meinen Zeitplan. Heute Morgen lief ich barfuß über Erdbeeren, die meine Kleine aufs Parkett geworfen hatte.

Dieses Glück, so schwer errungen,
ist es auf ewig bald verklungen?

Ich werde schwerhörig: Ich bitte Leute, das Gesagte zu wiederholen. Aber vielleicht habe ich ja gar kein Problem mit den Ohren, vielleicht interessieren mich die anderen ganz einfach nur nicht. Ich bin in dem Alter, wo man anfängt, Cola Zero zu trinken, weil der Bauch wächst und man Angst hat, dass man seinen Schwanz nicht mehr sieht. Jeden Abend zähle ich meine ausgefallenen Haare im Badewasser. Wenn es mehr als zehn sind, bin ich deprimiert. Außerdem mache ich mit einer Pinzette Jagd auf die weißen Haare, die mir aus Nase und Ohren wachsen, und ich zupfe meine Augenbrauen, die so buschig sind, dass sie einem François Fillon zur Ehre gereichen würden. Ich behalte meine Leberflecke genauso im Auge wie die Milch auf dem Herd. Ich trage enge Anzüge von Hedi Slimane, in der Hoffnung, der Tod denkt, er hätte sich in der Person geirrt, wenn er einem in einer taillierten Jacke eingeschnürten Typen mit Bart gegenübersteht. Meine Fingergelenke werden taub, nach einer Viertelstunde sportlicher Betätigung bekomme ich Muskelkater. Mit fünfzig darf man seine Tage nicht mehr vertrödeln. Die Zeit ist genau eingeteilt. Meine Armbanduhr zeigt mir ständig meine Pulsfrequenz und die Kalorien an, die ich beim Laufen verbrenne. Mein Hexoskin-Shirt übermittelt mittels Bluetooth meine Schweißrate an mein iPhone 7. Über diese unnützen Werte Bescheid zu wissen, beruhigt mich. Ich kann Ihnen jederzeit sagen, wie viele Schritte ich seit dem Morgen gelaufen bin. Die Weltgesundheitsorganisation empfiehlt zehntausend Schritte am Tag; ich bin bei 6136 und jetzt schon kaputt.

Irgendetwas habe ich unterwegs verloren, und dieses Etwas heißt: meine Jugend. In unserer flachen Zeit wird einem nur noch vom Tod schwindlig. Seit Beginn dieses Kapitels sind auf der Welt zehntausend Menschen gestorben. Wie groß das Gemetzel am Ende des Buches sein wird, will ich lieber nicht ausrechnen, das Leichenfeld wäre zu abscheulich.

Eins kapiere ich nicht: Wer Auto fahren will, braucht eine Fahrerlaubnis, aber wer ein Kind zeugt – nichts. Jeder Hirni kann Vater werden. Er muss bloß seinen Samen einpflanzen, und neun Monate später bricht diese überwältigende, riesige Verantwortung über ihn herein! Welcher Mann ist auf solch eine Arbeit vorbereitet? Ich befürworte die Einführung einer »Vatererlaubnis« mit vorhergehender Prüfung, genau wie bei der Fahrerlaubnis, bei der man auf Großzügigkeit, Liebesfähigkeit, moralische Vorbildhaftigkeit, menschliche Wärme, Sanftmut, Höflichkeit und Kultur getestet wird und selbstverständlich auch, ob man frei ist von jeglichen pädophilen und inzestuösen Neigungen. Nur perfekte Männer dürften das Recht auf Fortpflanzung bekommen. Der Haken an der »Vatererlaubnis« ist, dass keiner von meinen Bekannten sie kriegen würde, vor allem nicht Ihr ergebenster Diener. Die Generation, die eine »Vatererlaubnis« ins Leben ruft, wird mit Sicherheit die letzte sein. Danach hätte kein Mann mehr das Recht, Kinder zu zeugen. Die Menschheit würde wegen Vaterscheinentzugs aussterben.

Vatersein ist ein Beruf, den man nicht erlernen kann, selbst wenn man sich immer gewünscht hat, einer zu sein. Logischerweise hat die Natur eine überwältigende Liebe vorgesehen, ein Glücksgefühl, das einen übermannt, sobald das Kind geboren ist. Der Vater bekommt ein brüllendes Baby in den Arm gelegt: und verliebt sich augenblicklich in dieses bläuliche, klebrige, pausenlos strampelnde Geschöpf. Die Natur verlässt sich auf diesen Moment, wo aus einem gedankenlosen Jungspund ein närrischer Alter wird. Das ist der Auslöser fürs Vatersein: Mit einem Schlag denkt man als Mann nicht mehr an sein Auto, sein Appartement, seinen Job oder gar daran, die Mutter seines Kindes zu betrügen. Der Mann ist kein Mann mehr, sondern Familienvater, laut Péguy der »große Abenteurer der modernen Zeit«: in Wahrheit ein glücklicher Idiot. Weiß er, was ihn erwartet? Nein: Auch in diesem Punkt hat die Natur Vorkehrungen getroffen. Wenn die Männer wüssten, was sie erwartet, würden sie nachdenken, bevor sie sich auf eine solch wahnwitzige Unternehmung einlassen. Sie würden sich für einfachere Abenteuer entscheiden: den Pazifik durchschwimmen oder barfuß den Himalaja besteigen, Fitnesswanderungen. Die Vaterschaft trifft den Laien ohne Vorwarnung. Eine Katastrophe, die Glück heißt.

Ich habe zwei Töchter: Die erste ist zehn, die zweite hat gerade gelernt, ihren Vornamen zu sagen. Ich hoffe, das Sprichwort »Aller guten Dinge sind drei« trifft auf mich nicht zu, doch die Tatsache, dass ich den Satz geschrieben habe, beweist in Wirklichkeit nur, dass ich längst aufs Schlimmste gefasst bin. Bin ich ein guter Vater gewesen? Wie soll man das wissen? Manchmal war ich nicht da oder nicht konsequent genug, ungeschickt oder einfach nur dumm; ich habe mein Möglichstes versucht. Ich habe geschmust und geherzt, ich habe gearbeitet, damit meine Töchter ein sauberes Heim und gesundes Essen haben und ihre Ferien im Süden verbringen können. Diese Dinge, die sie für selbstverständlich halten, haben mir viel Kraft abverlangt. Vatersein bedeutet für mich zweierlei: 1) Es hat meinem Leben Sinn gegeben; 2) Es hat mich vom Sterben abgehalten. Man muss den Irrglauben aus der Welt schaffen, ein Vater wäre jemand, der sich um andere kümmert. Das stimmt nicht. Ich schreibe das in vollem Ernst. Meine Generation ist die, in der sich die Kinder um die Eltern kümmern. Als ich Vater wurde, hielt ich mich für Kurt Cobain, der bekanntlich auch eine Tochter hatte. Allerdings habe ich mich im Gegensatz zu ihm nicht umgebracht. Oft denke ich an Frances Bean Cobain, die heute fünfundzwanzig Jahre alt ist. Wenn ich an Frances denke, finde ich Nirvana nicht mehr ganz so toll. Vatersein ist ein Job, den man nicht einfach so hinschmeißen darf.

Das hält mich nicht davon ab, dauernd Schuldgefühle zu haben. Ich bin nicht stolz drauf, dass ich es nicht geschafft habe, mit der Mutter meiner Ältesten zusammenzubleiben. Wie soll man eine Tochter großziehen, wenn man selbst alles getan hat, um nicht erwachsen zu werden? Ich glaube, ich habe versucht, der Herausforderung gerecht zu werden. Mich meiner Kinder würdig zu erweisen, auch wenn mein Vater sich weniger um mich gekümmert hat als meine Mutter. Es war nicht seine Schuld und ist alles schon lang verziehen. Ich kenne so viele Väter, die denken, sie würden sich um ihre Sprösslinge kümmern, dabei aber nicht einen Moment allein mit ihnen verbringen, weil sie den ganzen Tag im Büro sitzen oder zu Hause vorm Laptop, die nie eine Frage stellen und auch nicht bei den Antworten zuhören, die Fernsehnachrichten, dringende Telefonate und illegale Einwanderer zwischen sich und ihre Kinder schieben. Nichts ist leichter, als dem kleinen Auswuchs, der bei einem zu Hause wohnt, aus dem Weg zu gehen. Man richtet es so ein, dass man ihnen nicht in die Quere kommt, statt sie für den Aufstieg, der noch fehlt, zu benutzen. Mein Vater hatte keine Wahl: Seine Frau ist mit seinen Kindern einfach auf und davon. In den Siebzigerjahren war das Mode. Ich bin altmodischer, da ich meine in den Neunzigern habe gehen lassen. Angeblich ist unsere Gesellschaft die der abwesenden, fahnenflüchtigen Väter: So habe ich das nicht erlebt. Als ich mich von Caroline trennte, habe ich mich dazu verpflichtet, jedes zweite Wochenende, später jede zweite Woche, allein für Romy zu sorgen. Auf diese Weise habe ich sie vielleicht mehr großgezogen, als wenn ich ständig mit ihr zusammengelebt hätte ... Und jetzt probiere ich mit Lou das nicht geteilte Sorgerecht aus. Es ist gar nicht so schrecklich, jemanden Tag für Tag heranwachsen zu sehen. Bald habe ich mehrere Stile des Vaterseins durch: gar nicht, abwechselnd und immer da. Irgendwann muss ich meine Töchter fragen, welcher Papa ihnen am liebsten war: der, der verschwindet, der, der bleibt, oder der zwinkernde? Nicht nur beim Theater gibt's Kurzzeit-Engagements.

Zum Glück habe ich Töchter bekommen. Keine Ahnung, ob ich einen Jungen ebenso hätte vergöttern können: Für mich heißt Vatersein in Verzückung zu geraten über einen blonden Pony, Mäusezähnchen und rosa schimmernde Ohren, über Grübchen, Pfirsichhaut, ein schelmisches Profil, eine Stupsnase, Zahnspangen und ein spitzes Kinn über einem Schwanenhals. Vaterschaft bedeutet auch, aus Faulheit die Infantin ein Videospiel spielen oder *Harry Potter* gucken zu lassen, damit man sich außerhalb der Mahlzeiten nicht um sie kümmern muss. Durch die Scheidung war ich gezwungen, bescheuerte Spiele zu spielen, wie zum Beispiel UNO (eine Art zeitgenössische Variante von *Tausend Kilometer*, einem Gesellschaftsspiel meiner Kindertage). Heute übertrifft mich meine älteste Tochter auf vielen Gebieten. Im Tischtennis schlägt sie mich 21 zu 8. Sie spricht fließend Spanisch. Sie will mal Filme drehen wie Sofia Coppola (was aus mir Francis Ford macht!).

Manche Leute sagen, die Filme eines Regisseurs seien seine Kinder. Selten ist mir etwas Dämlicheres zu Ohren gekommen. Ich habe nur zwei Meisterwerke zustande gebracht, und die bestehen nicht aus Pixeln.

Ich war wie alle: Ich wollte ein Haus mit Swimmingpool in Los Angeles, und falls es im Untergeschoss noch ein Kino, eine Bar und einen Stripklub gäbe, umso besser. Zum ersten Mal wollte die gesamte Menschheit an demselben Ort leben.

Bislang habe ich es versäumt, mich vorzustellen, da die meisten von Ihnen mich bereits kennen. Überflüssig, aus einem Leben zu berichten, das mir nicht mehr gehört, schließlich wird es jeden Freitag in der *Voici* ausgewalzt. Lieber erzähle ich Ihnen von etwas, das mir gehört: meinem Tod.

Ich bin gegen den Herbst allergisch, denn danach kommt der Winter, und den Winter brauche ich nicht: In mir drin ist es schon kalt genug. Ich bin der erste Mensch, der unsterblich sein wird. Dies ist meine Geschichte; ich hoffe, sie dauert länger als meine Bekanntheit. Ich trage ein nachtblaues Hemd, eine nachtblaue Jeans und nachtblaue Mokassins. Die Farbe Nachtblau gibt mir die Möglichkeit, Trauer zu tragen, ohne dass ich aussehe wie Thierry Ardisson. Ich moderiere die erste chemische Sendung der Welt. Sie haben mich mit Sicherheit in meiner

»Chemical Show« auf YouTube gesehen, wo die französischen Gesetze nicht gelten, wo das Fernsehen alles darf und keine Zensur existiert. Es handelt sich um eine Talkshow, bei der ich Pöbeleien zwischen meinen Gästen über aktuelle Themen anzettele. Das Neuartige des Formats besteht darin, dass sie verpflichtet sind, eine Stunde vor Ausstrahlung eine Tablette zu schlucken: Ritalin, Methadon, Captagon, Xanax, Synapsyl, Rohypnol, LSD, Ecstasy, Modafinil, Cialis, Solupred, Ketamin oder Stilnox, ganz wie es kommt. Sie fischen ihre Kapsel aus einem mit schwarzer Seide abgedeckten Tonkrug, sodass sie nicht wissen, was für einen Wirkstoff sie einwerfen. Amphetamine, Opiate, Kortison, Schlafmittel, Beruhigungsmittel, sexuelle Aufputschmittel oder psychedelische Halluzinogene: Sie haben keine Ahnung, in welchem Zustand sie die medienwirksamste Unterhaltung ihres Lebens führen werden. Das Ganze bringt Millionen von Klicks auf sämtlichen Plattformen. Was den Moderationsstil angeht, verkörpere ich eine Mischung aus Yann Moix und Monsieur Poulpe – kluger Kopf und zugleich Blödelheini (die Pressemitteilung meint »treffsicher und frech«). Ich gebe mir den Anschein von Allgemeinbildung, aber ich trage sie nicht vor mir her, um die Ungebildeten nicht zu verschrecken: einer von diesen Saukerlen, die es draufhaben, mühelos zwischen Theologie und Fäkalsprache zu switchen. Letzte Woche ist ein Minister daumenlutschend an meiner Schulter eingenickt, anstatt seinen Gesetzesentwurf zu verteidigen, eine Schauspielerin steckte ihre Zunge in meinen Mund und entblößte dabei ihre Brust (ich musste die Security rufen, damit sie sich vor Kamera 3 nicht auch noch befingerte), und ein

Sänger brach in Tränen aus, bevor er sich in die Hose pinkelte, während er nebenher von seiner Mutter erzählte. Was mich betrifft, kommt's drauf an: Einmal brauchte ich zehn Minuten, bis ich »Madame, Mademoiselle, Monsieur, guten Abend« endlich deutlich ausgesprochen hatte, ein anderes Mal führte ich eine halbe Stunde lang ein Interview mit meinem Sessel (ich stellte die Fragen und gab die Antworten), letzten Monat kotzte ich mir auf meine *Blue suede shoes*. Meine erfolgreichste Sendung ist die, in der ich die Gäste mit meinem Gucci-Gürtel auspeitsche und anschließend Champagner ins Bühnenbild spritze und den Herzinfarkt meiner Mutter vermelde. Ich habe keinerlei Erinnerung an den langen, paranoiden Monolog, der vier Millionen Mal auf YouTube angeklickt worden ist: Ich weigere mich, ihn mir anzusehen; ich soll gesabbert haben. Wenn meine Gäste sich nicht heftig genug streiten, schaue ich auf meine Blätter: Meine Assistentin hat immer eine Liste mit unangenehmen Fragen vorbereitet, mit denen ich sie aus dem Konzept bringen kann. Sie alle ziehen wutschnaubend von dannen. Manche bitten mich, sie beim Schnitt »ein bisschen besser rüberkommen zu lassen«. An der Stelle informiere ich sie mit aufrichtigem Mitleid, dass das Ganze live gesendet wurde. (Es nennt sich *Live hangout*, aber es ist wie eine gute altmodische Runde bei *Hart aber fair*.) Persönlich ist es mir ein Rätsel, warum Künstler in mein Studio kommen und sich lächerlich machen, während ich als Einziger bei der ganzen Veranstaltung Geld bekomme (nicht übermäßig viel: 10 000 Euro pro Woche, schließlich leben wir nicht mehr in den Neunzigern). Die Einschaltquoten haben sich im Moment etwas festgefahren, aus diesem

Grund habe ich mich aufs Filmemachen verlegt. Als die Techniker beim Dreh meines ersten Spielfilms fanden, ich sei zu ungeduldig, sagte ich: »Wieso drehen wir nur zwei Minuten pro Tag? Auf YouTube brauche ich für einen Neunzig-Minuten-Dreh genau anderthalb Stunden!« Man müsste alle Filme live drehen, das würde weniger Zeit kosten, eine einzige Einstellung, und alles wäre im Kasten, wie bei Iñárritu oder Chazelle. Der Trend zu langen Sequenzaufnahmen kommt von daher: Das Publikum will keine Kinofilme mehr, es will das Leben auf einer Leinwand betrachten, was nicht dasselbe ist. Hätten Filmschauspieler dasselbe Lampenfieber wie Theaterschauspieler, wären sie weniger launisch. Ich habe eine romantische Komödie rausgebracht: *Liebst du mich oder täuschst du's nur vor?* − finanziert von einem ehemaligen Pay-TV-Sender −, die auf 800 000 Zuschauer kam: Der altmodische Sender hatte seine Kosten wieder drin, obwohl die Presse »geteilter Meinung war«. Mein zweiter Spielfilm *Alle Mannequins der Welt* war böser: Er bekam keine Fernsehgelder und lockte viermal weniger Leute ins Kino. Ich weiß noch nicht, ob ich einen dritten mache, seitdem ich eine andere Möglichkeit gefunden habe, unsterblich zu werden.

Vor- und Nachteile des Todes

Vorteile	Nachteile
Verkürzt die Leiden der Alten	Bringt ihre Kinder um eine Erfahrung
Endlich ist man das widerliche Leben los	Das Widerlichste am Leben ist, dass es irgendwann zu Ende geht
Man muss die Dummen und Hässlichen nicht mehr ertragen	Man verpasst die nächsten tausend Staffeln von *Black Mirror*
So dämmert man wenigstens nicht irgendwann nur noch vor sich hin	Wie viele Bücher man lesen und wie viele Filme man anschauen könnte
Man fällt der Gesellschaft nicht zur Last	Wozu Schuldgefühle, schließlich hat man in die Krankenversicherung und Rentenkasse eingezahlt
Wozu leben, wenn man keinen Sex mehr hat?	Viagra gibt es für Männer und Frauen
Vorher war's besser	Hinterher wird's besser
Es wird Platz auf dem überbevölkerten Planeten geschaffen	Wir bräuchten nur den Mars zu kolonisieren
Ich begreife mein Zeitalter nicht mehr	Wäre doch schade, die kommenden Jahrhunderte nicht kritisieren zu können
Selbstmord ist was Schönes	Umbringen kann man sich später immer noch
Wie langweilig, 300 Jahre leben zu müssen	Bislang hat's noch keiner probiert
Das Alter ist ein einziges Scheitern	Woody Allen hat mit achtzig *Café Society* gedreht
Man muss keine zeitgenössische Kunst mehr ertragen	Wie viele alte Museen auf dieser Welt man besichtigen könnte

Vorteile	Nachteile
Die Welt geht sowieso bald unter	Wäre doch schade, dieses Schauspiel zu verpassen
Die siebzig Jungfrauen in Allahs Garten vögeln	Und wenn's nun doch nur 69 sind?
So bleibt einem erspart, die eigenen Kinder altern zu sehen	Wäre doch schade, dieses Schauspiel zu verpassen
Ich bekomme eine schöne Beerdigung	Ich werde nicht zuschauen können
Sie werden mich vermissen...	... ungefähr drei Tage lang!
In Lausanne kann man in Würde sterben	Trotzdem ist eine Spende bei der Samenbank lustiger
Ab einem bestimmten Alter wird man wirklich unfickbar	Vier Wörter: Clint, Eastwood, Sharon, Stone
Das Leben ist anstrengend	Sterben ist also was für Faule
Man muss keine Rechnungen oder Steuern mehr bezahlen	Deine Kinder müssen sich um die Erbschaftssteuer kümmern
Man muss sich nicht mehr für jünger ausgeben	Lebt wohl, Geburtstagsgeschenke
Wenn man alt ist, hat man kein Recht mehr auf Alkohol und Drogen	Vier Wörter: Keith, Richards, Michel, Houellebecq
Man entgeht lästigen Familienfeiern (Weihnachten, Neujahr)	Aber an Allerheiligen wirst du die Verwandtschaft doch sehen
Über Tote wird nur Gutes gesagt	Du wirst deinen Nachruf nicht lesen können
Du kannst dich endlich ausruhen	Dafür reicht auch eine Detox
Vor dem Tod sind alle gleich	Wähl doch einfach die Kommunisten
Dann muss ich wenigstens keine Realityshows mehr im Fernsehen ertragen	Du kannst den Fernseher ausschalten, und die Realität bleibt an

Vorteile	Nachteile
Keiner ist zu ewigem Leben verpflichtet	Wenn du das Leben nicht magst, vermies es gefälligst nicht den anderen
Der Tod ist ein Ende	Das Leben ist eine Vorbedingung
Worum ginge es in der Literatur, gäbe es den Tod nicht?	Die Kunst dient einzig und allein dazu, die Schönheit des Daseins zu preisen
Durch den Tod wird alles wertvoll	Wer sagt uns denn, dass ein Leben im Überfluss nicht kostbarer wäre?
Ophelia von Millais	Die grässlichen Schädeltattoos bei den Mexikanern
Der Friedhof Père-Lachaise ...	... ist komplett belegt
»Der Tod hilft uns zu leben.« (Lacan)	»Der Tod ist eine Endlösung.« (Hitler)
Freut diejenigen, die uns nicht mögen	Bedeutet großen Schmerz für die, die uns lieben
Ohne den Tod hätte Goethe nicht *Faust* und Oscar Wilde nicht seinen *Dorian Gray* geschrieben	Ohne die Unsterblichkeit hätten die Sumerer nicht *Gilgamesch* und Bram Stoker nicht *Dracula* geschrieben
Und wozu soll das Panthéon dann gut sein?	Und wozu soll die Académie dann gut sein?
Wie cool, dass die Doofen sterben	Wie doof, dass die Coolen sterben
Man sieht nicht aus wie Jeanne Calment	Man kann Jeanne Calments Rekord nicht toppen (122 Jahre, fünf Monate und 14 Tage)
Das ist die allerletzte Detox, die Krönung des Entzugs ...	... begleitet von einem schweren FOMO-(Fear Of Missing Out-)Syndrom

Seit Beginn der Menschheit gab es rund 100 Milliarden Tote. Ich behaupte nicht, dass es einfach wird, Unsterblichkeit zu erlangen. Ich beneide meine Töchter um ihr Alter. Sie werden das 22. Jahrhundert erleben. André Choulika, Geschäftsführer von Cellectis (französischer Marktführer in der Biotech-Forschung), behauptet, dass Babys, die nach 2009 geboren wurden, einhundertvierzig Jahre leben werden. Ich beneide Romy und Lou. Ich bin ein mieser Egoist, der sich weigert, den Platz zu räumen. Mein Beruf ist vergänglich, ich weiß nur allzu gut, dass alles, was ich im Fernsehen mache, nach meinem Abgang vergessen sein wird. Meine einzige Chance ist, mich ans Leben sowie die kleinen und großen Bildschirme zu klammern. Solange Bilder von mir kursieren, wird man sich an mich erinnern. Mein Tod wird das Ende meines Schaffens einläuten. Schlimmer noch, ich werde nicht bloß vergessen, sondern ersetzt werden. Schon merkwürdig, wie gewisse Erfolgsmoderatoren (Drucker, Pivot, Arthur, Cauet, Courbet), kaum ist ihr Stern im Sinken, auf die Provinzbühnen stürmen und alten eingeschlafenen Fernsehzuschauerinnen mit blasslila Haar ihre

Erinnerungen erzählen, um einem Rest ihres einstigen Ruhms nachzuhaschen. Ihr ganzes Leben lang haben sie anderen Künstlern Fragen gestellt, und plötzlich, wenn das Karussell stoppt, möchten sie ihrerseits Ovationen bekommen, doch niemand interviewt sie, es ist zu spät, sie sind nur noch Imitatoren von Johnny oder Modiano in der Mehrzweckhalle von Romorantin. Sie möchten weg von den Belanglosigkeiten und stattdessen Beständigkeit, wollen die Berühmtheit durch die Nachwelt ersetzen. Ein besonders beängstigender Fall ist Thierry Ardisson, durch den ich zum Fernsehen gekommen bin. Thierry träumte von einem Leben als Schriftsteller, dabei stammt kein Wort von dem, was er sagt, von ihm selbst: Seine Telepromptertexte, die witzigen Sprüche und Fragen schreiben freie Journalisten für ihn. Alles, was Thierry Ardisson seit dreißig Jahren tut, ist, Texte abzulesen, die andere für ihn geschrieben haben. Wen wundert's, dass er wie besessen Schuber mit Zusammenschnitten seiner alten Sendungen herausbringt – der frustrierte Autor will um jeden Preis einen Platz in Ihrem Regal. Wenn ich einem solchen traurigen Schicksal entgehen will, muss ich mich *richtig* verewigen. Physisch. Was heißt: auf medizinische Weise.

In einer Welt, in der die Menschen sterblich sind, ist jeder Optimist ein Heuchler.

Ich habe meine wenigen Freunde verloren. Christophe Lambert, Generaldirektor bei EuropaCorp, mit 51 Jahren vom Krebs dahingerafft. Jean-Luc Delarue, Präsident von Réservoir Prod und mein Nachbar in der Rue Bonaparte, mit 48 von uns gegangen. Philippe Vecchi, sein Mitbewohner, im Alter von 53 Jahren. Maurice G. Dantec, Cyberpunk-Autor, mit 57 Jahren. Richard Descoings, Direktor der Elite-Uni Sciences-Po, im Alter von 53 Jahren an Herzversagen gestorben. Frédéric Badré, der Gründer der Literaturzeitschrift *Ligne de risque*, starb mit 50 an einer neurodegenerativen Erkrankung. Mix & Remix, mit richtigem Namen Philippe Becquelin, der meine Kolumne in *Lire* illustrierte, gestorben mit 58 Jahren an Bauchspeicheldrüsenkrebs. Ich habe sie alle ins Fernsehen eingeladen: Sie waren tolle Gäste, stets bereit, sich den Leuten auszuliefern, ohne Phrasendrescherei. Ich erinnere mich, wie sich Dantec mit einer herausgerissenen Seite aus dem Evangelium einen Joint anzündete und dabei murmelte: »Vergib ihnen, denn sie wissen nicht, was sie tun.« Jean-Luc hat sich für einen Breakdance-Kurs auf dem Fußboden das Hemd zerrissen. Christophe imitierte einen Stierkampf, wobei Luc Besson, sein Kompagnon in der Sendung, den Stier mimte, die nach vorn gerichteten Finger wie Hörner an der Stirn. Philippe tanzte mit gefesselten Füßen Pogo nach *Should I Stay or Should I Go*, Richard hatte den Luftgitarrenwettbewerb gewonnen, Frédéric machte sämtliche Tierstimmen nach, der andere Philippe zeichnete Vaginas mit Zähnen. Sie dachten, sie hätten nichts zu verlieren. Ein paar Monate darauf verloren sie alles. Wenn man die fünfzig überschritten hat, ist der Tod immer weniger eine abstrakte Vorstellung. Ich hasse die heimtückische Art, mit der er einen bei jedem Gesundheits-Check überfällt. Es erinnert mich an den Pfeilregen in *The Revenant:* Man muss im Slalom rennen, wie Leonardo DiCaprio, um dem Zischen, das einen bereits heiß und giftig streift, auszuweichen. Ich höre nicht auf, meinen Zickzacklauf zu beschleunigen. Ich würde liebend gern pausieren, ein bisschen durchatmen, doch um mich auszuruhen, brauche ich ein neues Leben, wie in *Call of Duty*, wo es nach einer Schießerei nur zwei Klicks dauert, um wiederaufzuerstehen. Schenken Sie mir bitte ein paar zusätzliche Jahrzehnte, und ich verspreche, sie besser zu nutzen. *I am still hungry. I need seconds, o.k.?* Ein kleines Sekundenpölsterchen nur. Ein zweites Leben.

Ich habe es nicht eilig, Waise zu werden. Der elterliche Anblick hat mir gar nicht gefallen: Die, die mir das Leben geschenkt haben, in Krankenhausbetten liegen zu sehen, hatte etwas Triviales, es war vorhersehbar wie das schlechte Drehbuch einer Realityshow. Irgendetwas sagte mir, dass ich sie retten musste. Ich wollte sie nicht verlieren; sie waren meine menschlichen Schutzschilde. Die Tatsache, dass sie mir das Leben geschenkt hatten, verdiente nicht die Todesstrafe.

Mein Vater mit Krücken in der Reha auf den Buttes-Chaumont, meine Mutter in Cochin nach einem Sturz vollkommen lädiert: Keiner von beiden schien daran zu zweifeln, dass er allein enden würde. Die Grausamkeit des Lebensendes meiner Eltern war die pure Werbung gegen Scheidungen und Herz-Kreislauf-Erkrankungen. Sie hatten ihr Leben getrennt voneinander verbracht, aber ich stellte mir dummerweise vor, dass sie zusammen sterben müssten. Monatelang drehte ich meine Sendungen mit einem künstlichen Lächeln im Gesicht, dem Dauergrinsen eines komplett zugekoksten Möchtegernschauspielers, sobald die Kamera an meinem Set rot aufleuchtete. Damals habe ich angefangen, Charity-Galas zu moderieren: den Telethon, Künstler gegen Aids, Konzert gegen Krebs ... Es ging mir gehörig gegen den Strich, dass ich wegen eines so banalen Ereignisses wie der Krankheit meiner Eltern litt, dass mein Herz zu einer, statistisch gesehen, derart vorhersehbaren Gefühlsregung fähig war! Dabei hatte mich der Comiczeichner Joann Sfar bei einem Mittagessen im Ritz vorgewarnt:

»Wenn man seine Eltern im Alter von zehn Jahren verliert, tröstet einen jeder, du wirst zu einem interessanten Wesen; wenn du sie mit fünfzig verlierst, bedauert dich niemand, dann bist du wirklich die einsamste Waise auf der ganzen Welt.«

Ich wusste, wenn ich sie verlor, würde sich niemand mehr so für mich interessieren wie sie. Also war selbst meine Traurigkeit noch Narzissmus. Die Eltern beweinen heißt, die eigene Vergänglichkeit zu beweinen. Ich beschwor die Maskenbildnerin, meinen Kummer mit Make-up abzudecken, und brüllte in meinen Teleprompter, um den Applaus des Anheizers im Studiosaal zu übertönen: »Sterbliche Freunde, guten Abend und herzlich willkommen: Das hier ist keine Sendung, sondern ein ärztliches Rezept!«

Etwas Drohendes schwebt über dem europäischen Bürger; unser Komfort ist nicht von Dauer, wir haben gelernt, so zu tun, als ließe sich das Chaos, das zwischen Urknall und Apokalypse herrscht, mithilfe unseres Smartphones ordnen, zwischen zwei Selbstmordanschlägen auf Periscope und einem Snapchat von unserem Tagesgericht. Seit unserer Geburt wird uns unentwegt erzählt, es werde ein schlechtes Ende mit uns nehmen. Bevor ich mit dieser Studie begann, wusste ich, dass der Mensch ein Körper, aber nicht, dass er eine Pressmasse aus Milliarden von Zellen ist, die sich umprogrammieren lassen. Ich hatte von Stammzellen gehört, von genetischen Eingriffen, regenerativer Medizin, doch wenn die Wissenschaft meine Eltern nicht retten konnte, wozu war sie dann gut? Um uns zu schützen: meine Frau, meine Töchter und mich – die nächsten Kandidaten auf der *Death list*.

Der Auslöser war die Silvestersendung. Wie jedes Jahr zeichnete ich sie vorher auf, um Weihnachten auf den Bahamas verbringen zu können. Umgeben von Stripteasetänzerinnen aus dem Pink Paradise und mehreren Berufskomikern, tat ich so, als wäre der 31. Dezember und ich würde auf Mitternacht warten, um den Countdown runterzuzählen: »Fünf! Vier! Drei! Zwei! Eins! Proooosit Neujaaahr, Frankreich!«, während es in Wahrheit ein 15. November war, an dem wir uns in einem eiskalten Studio in Boulogne-Billancourt gegen 19 Uhr zuprosteten. Dreimal mussten wir den Countdown drehen, weil die Luftballons nicht rechtzeitig runtergetrudelt kamen. Wie sich herausstellte, waren zwei meiner Gäste zwischen Aufzeichnung und Ausstrahlung gestorben. Eine drogensüchtige Sängerin und ein schwuler Comedian haben den Jahreswechsel nicht überlebt. Ihretwegen verschwanden vier Stunden vorgetäuschter Livesendung in der Versenkung: Meinem Produzenten gingen zwei Millionen Euro durch die Lappen (minus meiner Provision). Nach der internen Sichtung war klar: Die Sendung ließ sich nicht zeigen, selbst wenn man sie neu schnitt – der verfluchte tote Komiker hatte sich wirklich in jede Großaufnahme gedrängelt. Meine Gäste waren stinksauer; die Spießer hatten mühsam so getan, als würden sie im Smoking oder Abendkleid Silvester feiern, eine Maskerade, die einen ganzen Winternachmittag gedauert hatte, und das alles für null Einschaltquote. Das brachte das Fass zum Überlaufen: Ich hatte es satt, mir vom Tod mein Leben versauen zu lassen. Von da an fing ich an, mich genauer über die Fortschritte der Genetik zu informieren.

Die gegenwärtige Welt macht auf mich den Eindruck von Überlastung im Beschleunigungsmodus. Als säßen wir in einem Stau fest, in dem die aneinanderklebenden Fahrzeuge aber nicht langsam vor sich hin tuckern, sondern mit 200 km/h ins Nichts rasen, wie in *Fast & Furious 7*, wo der Lykan HyperSport von Vin Diesel von einem Gebäude in Abu Dhabi abhebt, um ins 74. Stockwerk eines anderen Gebäudes in Abu Dhabi zu rauschen, das er komplett zerstört, bevor er auf einem dritten Wolkenkratzer in Abu Dhabi landet. Zugegeben, ein spektakulärer Stunt, aber wer will schon das Leben eines Stuntman führen? Wir altern immer früher: Schon mit dreißig ist einem die nachfolgende Generation ein Rätsel, ihr Kauderwelsch unverständlich, ihre Lebensweise undurchschaubar, und sie ... hat nichts Eiligeres zu tun, als dich vor die Tür zu setzen. Im Mittelalter waren wir mit fünfzig alle tot. Heutzutage melden wir uns im Fitnessstudio an und fuchteln auf einer Schaummatte herum, während wir Bloomberg TV schauen mit seinen dämlichen Zahlen, die in alle Richtungen laufen. Ich bin sicher, würde ich einen Fitnessklub aufmachen, der »Death Row« heißt, die Leute würden sich drum reißen, Mitglied zu werden.

Wenn Sie mich für verrückt halten, klappen Sie dieses

Buch zu. Doch das werden Sie nicht tun. Weil Sie genau wie ich ein »autonomes Individuum« sind, wie der Soziologe Alain Touraine es ausdrückt, das heißt ein freies, modernes Individuum ohne ländliche Bindungen oder religiöse Gemeinschaft. Eine Marketingstudie meiner Produktionsfirma hat gezeigt, dass sich ausschließlich unverheiratete Stadtbewohner, Entwurzelte, Abweichler, beruflich Höhergestellte und Atheisten mit hoher Kaufkraft von mir angesprochen fühlen; die anderen gehören nicht zu meinem Publikum. Der Meinungsforscher, der die Verbraucher zu meinem Image befragt hatte, zitierte in seinem Bericht den deutschen Philosophen Peter Sloterdijk, der vom gegenwärtigen Menschen als einem selbst generierten Bürger und Bastard ohne Stammbaum spricht. Fast hätte ich das übel genommen, doch als ich mich nach der Präsentation im Spiegel des Fahrstuhls betrachtete, konnte ich feststellen, dass ich definitiv wie ein »Geschöpf des Diskontinuums« aussah. Ich gehöre zur ersten Generation von Menschen, die ohne Patriotismus oder familiären Stolz aufgezogen wurde, ohne tiefere Wurzeln oder örtliche Zugehörigkeit und auch ohne speziellen Glauben, abgesehen vom Katechismus in einer katholischen Schule in meiner frühen Kindheit. Es handelt sich um ein gesellschaftliches Phänomen, das ich durchaus nicht im reaktionären Sinne beklage: Ich stelle nur fest, was historische Realität ist. Ich bin das Ergebnis einer altmodischen Utopie, der Utopie der Siebzigerjahre, als die Bewohner der westlichen Länder versucht haben, sämtliche Fesseln früherer Jahrhunderte abzustreifen. Ich bin der erste Mensch ohne Fessel am Bein. Oder die letzte Fessel am Bein der nächsten Generation.

Kein Mensch wünscht sich den Tod, von Depressiven und Kamikazefliegern einmal abgesehen. Wenn es eine Chance von eins zu acht Milliarden gibt, dass es mir gelingt, mein Leben um zwei oder drei Jahrhunderte zu verlängern, werden Sie es mir nachtun wollen. Behalten Sie die Tatsache gut im Gedächtnis: Sie werden sterben, weil Sie sich kampflos allem überlassen. *Sie* werden sterben, nicht ich. Die Menschheit hat alles bezwungen: die tiefsten Meere, die höchsten Berge, sogar den Mond und den Mars. Jetzt ist der Augenblick gekommen, da die Medizin den Tod sterben lassen muss. Danach wird man schon sehen, wie und wo man die Überbevölkerung unterbringt. In zwanzig Jahren wird es keine Sozialversicherung mehr geben. Angesichts der massiven Überalterung der Bevölkerung führt das enorme Defizit der Sozialkassen unweigerlich zum Prinzip *Jeder für sich:* Die Reichen werden nicht mehr zahlen, um die Armen zu retten. Es sei denn, das Rentenalter wird auf 280 Jahre angehoben ... Was die Krankenversicherungen und Versicherungsgesellschaften angeht, wird ihnen eine rasche Sequenzierung unserer DNA den Stand des Gesundheitsrisikos verraten, und ein Algorithmus wird die entsprechenden Beiträge errechnen. Eine höhere Lebenserwartung wird sich in finanzieller Hinsicht positiv auswirken: Jeder wird sich megateure Häuser leisten können, indem er sich auf mehrere Jahrhunderte verschuldet (außer im Falle eines defekten Genoms). Ein Beispiel: Ein Kredit von zehn Millionen Euro ist bei einem monatlichen Betrag von 2700 Euro auf dreihundert Jahre rückzahlbar. Sie wollen eine Jacht? Kein Problem, wenn Sie noch einige Jahrhunderte vor sich haben.

Ich erspare Ihnen den Mist, den die Religionen über das Leben nach dem Tod verbreiten. Ich bin kein Fan von Casinos oder Wettbüros: Wenn es darum geht, Wetten abzuschließen, bin ich nicht der Richtige für Sie. Ein Leben nach dem Tod ist mir schnurz, ich will mein Dasein auf unbegrenzte Zeit verlängern, und zwar bevor der Sensenmann vor der Tür steht. Die Katholiken lobpreisen das ewige Leben; ich will das ewige Leben um jeden Preis. Das Problem mit Gott ist, dass man echt aufgeschmissen ist, wenn man nicht an ihn glaubt. Vor allem mit fünfzig, wenn der Körper nicht mehr richtig funktioniert und man weiß, dass die Situation sich trotz aller Anstrengungen, trotz der Anti-Aging-Cremes, Botoxspritzen, Haarimplantate und Ayurvedamassagen immer mehr verschlechtern wird, bis zur endgültigen Niederlage. Aus diesem Grund sind die Kirchgänger auch alle über fünfzig. Die Kirche ist das Spa für die Seele.

Habe ich vielleicht den Geschmack am Nichts verloren?

2.

Gonzo Gesundheits-Check

(Europa-Krankenhaus *Georges Pompidou*, Paris)

»*Wie leben?*«

Bulgakow, *Die weiße Garde*, 1926

Romy und Lou hatten so viel mehr Zukunft als ich: Ich war voller Respekt für ihre Lebenserwartung. Schon bei der Geburt waren sie posthuman. Kinder sind fantastische vielzellige Organismen, die durchs Wohnzimmer flitzen und uns belohnen, wenn wir ihnen Aufmerksamkeit schenken.

Lous Geburt hat das Schreiben dieses Buches erheblich erschwert. Wenn dein Kind dauernd »Papa, Papa, Papa« ruft, muss man sich beim Schreiben schon sehr anstrengen, um nicht auf ein Lächeln zu reagieren, das unbedingt angeschaut werden will. Dieser Abschnitt wurde am Computer getippt, während Lou sich hinter dem Vorhang versteckte, weil sie von mir ertappt werden wollte, und als ich sie kitzelte, fing sie zu lachen an unter ihrem strohblonden Haar. Wie soll man unter solchen Umständen *Krieg und Frieden* schreiben? Dickens hat seinen *Oliver Twist* angeblich inmitten seiner Blagen zusammengeschustert, allerdings geht es in der Geschichte auch um misshandelte Kinder: Er hat sich gerächt, eindeutig. Meine Rache besteht darin, an Lous Ohren und ihren Zehen zu knabbern, bis sie um Gnade fleht: »Bitte nicht! Bitte nicht!« Sie hat die weichste Haut auf der ganzen Welt. Und die gleichen auseinanderstehenden Zähne wie Vanessa Paradis, nur fünfundvierzig Jahre jünger. Das Profil einer Göttin mit hoher Stirn und Pausbäckchen, einer schelmischen Nase und einem Aprikosenschmollmund. Gelungenere Grübchen lassen sich kaum vorstellen. Wie soll man schöpferisch tätig sein, wenn die reinste Schöpfung um einen herumtollt? Tut mir leid, ich muss ein Windelhöschen wechseln. Ich arbeite morgen weiter. Die Literatur wird warten müssen: Eine kleine Hand, die in meiner großen liegt, hält mich vom Schreiben ab.

Ich will nicht, dass Lou größer wird. Mir graut vor dem Tag, an dem Romy das Haus verlässt. Wenn Lou mit der Dusche spielt oder herausfindet, dass eine Hupe »tut, tut« macht, wenn sie eine Kirsche nascht oder trotz meiner Ermahnungen aus Spaß sämtliche von mir pedantisch aufgestapelten DVDs umstößt und ich dadurch den schon verloren geglaubten *Ehekrieg* von Cukor wiederfinde, sehe ich wieder Romy vor mir, die im selben Alter dieselben Wunder vollbrachte, und dann sehe ich mich, wie ich in Neuilly Tische umgekippt habe, und ich durchlebe meine Kindheit zum dritten Mal, wieder und wieder, ich verjünge mich in Endlosschleife; bei jeder Geburt erwache auch ich zu neuem Leben.

Ich erlaube Romy alles, was ihre Mutter ihr verbietet: vor dem Abendbrot Erdnussbutter und Schokoladenbonbons, bis Mitternacht fernsehen, im Bett telefonieren, Zeit mit ihren Klassenkameraden auf FaceTime verbringen ... Was Lou angeht, kann nichts ihr widerstehen, vor allem nicht ich. Ihre Malereien mit Wasserfarben haben Vorrang vor meinen Sendungen. Meine Töchter haben mir beigebracht, meine Zeit nicht mehr zu verschwenden. Meine Prioritätenliste hat sich in den 2000er Jahren erheblich verändert: Ein Seepferdchen aus Knete zu formen wurde dringlicher als ein flotter Dreier mit zwei Slowakinnen. Ein Tag ist geglückt, wenn Lou *Pierre Lapin* schaut, während ich Lou anschaue und dabei ein Bier trinke (ich habe festgestellt, dass ich mich durch Alkohol auf ihr Niveau bringe; ein besoffener Erwachsener entspricht in etwa einem Kleinkind, nur schlaffer).

Gestern habe ich geträumt, meine Eltern wurden eingeäschert. Lou spielte mit ihren Urnen in meinem Wohnzimmer. Sie schüttete die Asche meiner Mutter auf dem Teppich aus. Ein Haufen grauer Staub war über den Boden verteilt. Dann sah ich, dass sie auch die Asche meines Vaters ausgeleert hatte. Unmöglich, sie auseinanderzuhalten: Meine Eltern bildeten einen staubigen Hügel inmitten des Wohnzimmers. Ich wachte in dem Moment auf, als mein Saugroboter Dyson 360 Eye gleichzeitig meine Mutter und meinen Vater aufsaugte.

Es gibt viele Arten, den Tod zu besiegen, aber sie sind ein paar Milliardären aus China oder Kalifornien vorbehalten. Besser ein lebender Posthuman als ein Mensch in Pulverform. Ich habe begriffen, dass ich gar nicht so sehr an meiner Menschlichkeit hing, sonst wäre ich ja auch nicht Fernsehmoderator geworden. Ich bin kein Fundamentalist des biologischen Körpers. Wenn es nötig ist, dass ich in eine Maschine verwandelt werde, um länger leben zu können, verzichte ich ohne Gewissensbisse auf meine ohnehin nicht sonderlich ausgeprägte Menschlichkeit. Ich schulde Mutter Natur, dieser Mörderin, keinerlei Respekt. Ich habe mein Leben sowieso komplett vermasselt. Ich brauche eine zweite Chance: Ich verlange nicht viel, nur ein weiteres Jahrhundert. Ein kleines Zusatzdasein.

Lou sieht mir direkt in die Augen und verlangt Schmetterlingsküsse. Ich blinzle an ihren Wangen. Dann verlangt sie *Geht ein Mann die Treppe rauf, klingeling, klopfet an* ... Ich gehorche. »Noch mal.« Sie gluckst, wenn meine Finger sie am Hals kitzeln. »Noch mal.« Ich mag diesen Wonneaugenblick am Morgen, wenn ich Lou lieber bin als *Miffy*.

Ich profitiere von diesen Tagesanfängen, die meine Agonie beleben.

Der erste Schritt bei meiner Suche nach der Ewigkeit bestand in einem Gesundheits-Check bei einem Arzt, zu dem sämtliche Stars gehen, in der Abteilung für Apparate- und prädiktive Medizin im Europa-Krankenhaus Georges Pompidou im 15. Pariser Arrondissement, in der Nähe des ehemaligen Firmensitzes von Canal+, entworfen von Richard Meier, dem Studio, in dem meine Sendung und zugleich *Quotidien* von Yann Barthès gedreht werden.

Frédéric Saldmann ist ein berühmter Kardiologe und Ernährungswissenschaftler, dessen erstes Buch *Der beste Arzt sind Sie selbst* sich über eine halbe Million Mal verkauft hat. Im Prinzip muss man zwei Jahre warten, um einen Termin bei ihm zu bekommen, aber ich bin eine Berühmtheit, und wir leben nun mal nicht in einem vollends demokratischen System. Ich hatte vor, mich vertrauensvoll in Saldmanns Hände zu begeben. Ein Arzt, der in den Medien derart präsent ist, ist mit Sicherheit gewissenhafter als seine Kollegen: Schließlich weiß er, dass es seinem Ruf enorm schaden würde, wenn ich plötzlich dahinschiede.

Das aus Glas und Stahl erbaute Krankenhaus glich einem riesigen Raumschiff mit unzähligen Röhren, wie der Terminal 2E auf dem Flughafen Charles de Gaulle. In der Mitte sorgten zwei riesige Palmen für einen Hauch umweltbewusster Exotik. Die Kulisse hätte perfekt zu einem Videoclip von U2 oder als Sitz einer Stiftung für Zeitgenössische Kunst gepasst. Das Design war Teil der Utopie, es muss groß daherkommen, sonst würde niemand daran glauben: Seit Molières Stücken hat sich in der Medizin kaum was verändert. Das erste komplett künstliche Herz der Firma Carmat wurde hier, im Krankenhaus Pompidou, transplantiert. Zugegeben, der Patient, dem es eingesetzt wurde, ist drei Monate später verstorben, doch der Versuch war lobenswert. Sogar *Les Échos* berichteten in ihrer Ausgabe vom 24. Oktober 2016 über die futuristische Institution: »Die kühnsten Hoffnungen auf Geweberegeneration erhielten Anfang des Jahres Auftrieb, als Professor Philippe Menasché im Europa-Krankenhaus Georges Pompidou die erste Patientin präsentierte, die nach einem Herzinfarkt erfolgreich mit Herzzellen behandelt wurde, die zuvor aus menschlichen embryonalen Stammzellen gewonnen worden waren.« Jetzt weiß ich, wo ich Mamans Leben verlängern lassen kann, wenn ihr Herz wieder zu stottern anfängt.

Auf dem Gang im zweiten Stock, Aufgang C, kam ich an der Abteilung für »Pharmakologie/Toxikologie« vorbei, was ich als persönliche Warnung auffasste. In der Eingangshalle traf ich auf etliche vor sich hin zitternde, gebeugte Greise; sie schienen nicht zu wissen, dass man nicht mehr abzunippeln brauchte. Assistenzärzte eilten an die elektronischen Mikroskope, doch der Star der Etage stand reglos vor mir. Doktor Saldmann ist vierundsechzig Jahre alt, sieht aber mindestens zehn Jahre jünger aus. Schlank und gut gelaunt streckte mir der Arzt von Alain Delon, Sophie Marceau, Bernard-Henri Lévy, Isabelle Adjani, Jean-Paul Belmondo und Roman Polanski die Hand entgegen und bugsierte mich sogleich in sein kleines Büro. Hier wurden keine schmutzigen Laken irgendwelcher bettlägeriger Leute gewaschen; hier arbeitete man an lebensverlängernden Maßnahmen, die auf etwas anderem beruhen als bloß »Vertrauen«. Saldmann trug einen weißen Kittel und eine Brille mit einem Gestell aus verchromtem Metall. Er erinnerte mich an Michael York in *Flucht ins 23. Jahrhundert*. Die Ewigkeit kommt im cleanen Science-Fiction-Look daher. Ich sage lieber »clean« statt »sauber«, da schwingt das Wort »klinisch« mit. Er maß meinen Blutdruck: erhöht. Mein EKG: unauffällig.

Anschließend nahm er mithilfe einer eiskalten, klebrigen Sonde eine Ultraschalluntersuchung meines Bauches vor. Das Einzige, was bei ihm nicht ins Bild passt, ist seine beginnende Kahlköpfigkeit: Unter den Haaren war seine Kopfhaut zu erkennen. Dafür hatte er ein spitzbübisches Lächeln, was vermutlich an den leicht auseinanderstehenden Vorderzähnen lag. Für einen Arzt, der Langlebigkeit versprach, konnte eine Zahnlücke nur ein Beweis für Glaubwürdigkeit sein. Auf einem Monitor sah er sich meinen Magen an, meine Gallenblase, meine Bauchspeicheldrüse und meine Prostata – schwarzweiße Wolken, die herumwogten wie auf einem Gemälde von Pierre Soulages. Alle meine Organe funktionierten ordnungsgemäß, versicherte er mir, bis auf eines, das seltsam gluckerte.

»Deine Leber ist etwas fett.«

»Ich esse ja auch ständig welche.«

»Besser, es wär die von einer Ente als deine. Die Leber ist der Ort, an dem die Abfälle rausgefiltert werden. Deine ist wie ein verstopftes Sieb.«

Er zeigte mir ein Foto von einem alten vergammelten grün-gelben Stück Fleisch. Das Bild erinnerte an die gräulichen Organe, die auf Zigarettenpackungen gedruckt werden, um die Anhänger von Humphrey Bogart (Altherren-Assoziation) in Angst und Schrecken zu versetzen.

»Genauso sieht deine Leber aus. Du gibst ja äußerlich schon ein ziemlich seltsames Bild ab, aber innen ist es noch viel schlimmer, musst du wissen.«

Ich begann zu schmollen. Eine der ärgerlichsten Folgen meines Jobs als unverschämter Moderator ist, dass meine Mitmenschen denken, sie dürften auf die gleiche Art mit mir umspringen.

»Jetzt guck nicht so betroffen«, sagte er. »Es braucht fünfhundert Tage, bis die Leber sich erholt. Du wirst nur deine Ernährungsgewohnheiten ein wenig umstellen müssen. Wenn du tust, was ich dir sage, hast du bald wieder die Leber, die du als bartloser junger Hüpfer hattest, der mit Evian-Mineralwasser in Glasflaschen großgezogen wurde. Komm, jetzt geht's zum Belastungs-EKG.«

Er ließ mich auf einen Crosstrainer steigen. Nachdem ich mich eine Minute lang abgestrampelt hatte, lag mein Puls bei 180. Er bat mich, ganz schnell abzusteigen.

»Hilfe, mach mir hier nicht auf René Goscinny!«

»Ist doch normal, ich jogge ja nie.«

»Ich verbiete dir, deinen Herzinfarkt an meinem Arbeitsplatz zu kriegen.«

Der Tod des *Asterix*-Erfinders bei einem Belastungs-EKG im Jahre 1977 ist der Albtraum sämtlicher Kardiologen. Er war einundfünfzig: genau mein Alter.

»Gut, dann wollen wir dich mal ausführlich durchchecken. Mit einem Herzscan. Ich würde mir gern mal deine Herzkranzgefäße ansehen.«

Deprimiert zog ich ab. Am nächsten Morgen begab ich mich in nüchternem Zustand in ein Analyselabor, wo mir Blut abgenommen und mein Urin untersucht wurde und ich eine Stuhlprobe abgeben musste. Nach ein paar Tagen fand ich die junge Laborantin, der ich täglich ein mit meinem Namen beschriftetes Reagenzglas mit Kot überreichte, verführerisch. Diese gemeinhin »Alter« genannte Demütigung hatte etwas von einer besonders verschrobenen sexuellen Perversion – nie hätte ich mir vorstellen können, dass ich es einmal sexy finden würde, jeden Morgen in ein Plastikschälchen zu kacken, um herauszufinden, wie viel Zeit mir noch bleibt. Wir sprachen das Thema nicht an, aber ich spürte deutlich, wie sich zwischen uns beiden eine Art geheimes Fäkal-Einverständnis herauszubilden begann.

Ich ließ außerdem eine Computertomografie von meinem Herzen im Institut Labrouste vornehmen. Mir wurde ein jodhaltiger Stoff injiziert, um meinen Brustkorb in 3-D visualisieren zu können. Mit angehaltener Luft lag ich in einem Kreis aus radioaktiven Strahlen und starrte auf ein Schild, das mich anwies, nicht auf den Laser zu schauen. Naturgemäß suchte ich mit den Augen nach dem Lichtschwert von Darth Vader. Eine Viertelstunde später betrachtete ich mein Herz, meine Aorta und meine Arterien auf mehreren Flüssigkristallbildschirmen. Man hätte meinen können, eine Kalbshachse. Zu dem Techniker, der das bildgebende Verfahren überwachte, meinte ich:

»Ich habe mich schon immer gefragt, wie der Tod aussieht. Also eigentlich wie Sie.«

»Enttäuscht?«

Mein Leben hing an dieser dreidimensional aufgeschnittenen Rübe im Ekellook. Wäre eine gute Idee für eine Talkshow: »Zeig dein Innerstes«. Gedreht wird im Institut Labrouste, wo man sich die klopfenden Herzen und verstopften Arterien aller Teilnehmer live anschauen könnte. Und auch »Live«-Ultraschalluntersuchungen. Der emotionale Moment wäre dann, wenn die Gäste vor laufender Kamera erfahren, ob sie eine lebensbedrohliche Krankheit haben oder nicht. Unbedingt notieren fürs nächste Jahr!

In der Woche darauf erinnerten mich die Glasfronten des Pompidou-Krankenhauses nicht mehr an ein intergalaktisches Raumschiff, sondern an die Pyramide im Innenhof des Louvre. Allmählich begriff ich, wo ich mich befand: in einem gläsernen Grab, ähnlich dem Sarkophag von François Mitterrand. Meine Laune hatte sich gewandelt; ich streckte schon weniger die Brust raus. So ein Gesundheits-Check dämpft das Selbstwertgefühl. Doktor Saldmann hatte mich einbestellt, um mir die Ergebnisse meiner Vorsorgeuntersuchung zu offenbaren. Er sah sich die Analysewerte mit der sadistischen Langsamkeit eines Richters an, der darauf wartet, dass im Saal Ruhe einkehrt, damit er sein Urteil verkünden kann. Das ist mein Herz, das für euch gegeben wird.

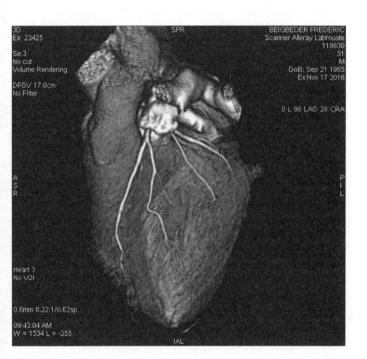

Kennen Sie viele Romanautoren, die Ihnen das Innere ihres Körpers offenbaren? Céline war der Ansicht, ein Schriftsteller müsse »sich ganz und gar ausliefern«. Angesichts des CTs von meinem Herzen steht fest, dass wir es mit einem Meilenstein in der Literaturgeschichte zu tun haben. (Anmerkung des Autors, der sich für nichts zu schade ist.)

»Du hast eine Fettleber und Bluthochdruck. Normale Obergrenze bei allem, was du dir so reinpfeifst. Aber dein Herz funktioniert einwandfrei, und deine Arterien sind sauber. Wirklich verrückt! Das Risiko für einen Herzinfarkt liegt bei null. Hast du eine Wallfahrt gemacht oder was? Ein koronarer Kalziumwert von null, das ist, als wärst du gerade geboren worden! Der Magen, die Lungen, die Eier, alles funktioniert vollkommen normal. Sogar deine Prostata ist klein. Wenn harte Drogen dermaßen schützen, nehme ich in Zukunft auch welche.«

Ich dankte dem Himmel, dass er mir eine zweite Chance gegeben hatte. Saldmann schien genauso erleichtert wie ich. Er hatte wohl damit gerechnet, einen vollkommen zerrütteten Organismus vorzufinden.

»Echt erstaunlich«, sagte ich und seufzte wie ein Todeskandidat, der gerade begnadigt wurde, »dass meine Leber erst nach fünfzig Jahren rebelliert hat. Kannst du diesen Zustand nicht endlos andauern lassen?«

»Wie bitte?«

»Ich möchte meinen Tod so weit hinausschieben, dass

er an meiner Stelle stirbt. Mein Ziel ist es, vierhundert Jahre mit meiner fetten Leber zu leben.«

»Peilen wir besser vier Monate an, seien wir realistisch. (Gezwungenes Lachen.) Die durchschnittliche Lebenserwartung eines Franzosen liegt bei 78 Jahren, mein Guter, 84 bei den Frauen, sie sind nun mal einfach intelligenter. Normalerweise sollten dir also noch dreißig schöne Jahre vergönnt sein, vorausgesetzt, du befolgst meine fettreduzierte Diät. Dein Zuckerwert liegt bei 1,33. Deine Harnsäure bei 91 und dein Triglycerid bei 2,36. Zu viel Fett, Alkohol und Zucker. Du musst dir andere Freuden suchen als Essen und Trinken; unternimm Reisen, fick mit Kondom, wen immer du willst, lies, geh ins Kino oder Theater, kurzum, tu, was man im Alter tut! Und vor allem jeden Tag vierzig Minuten sportliche Betätigung. So senkst du das Krebsrisiko um vierzig Prozent, weil 1004 Schutzmoleküle dabei freigesetzt werden. Aber schufte dich im Job nicht zu Tode. Hast du immer noch so gute Einschaltquoten?«

»Zwischen drei und fünf Millionen pro Woche.«

»Eine ganze Menge.«

»Wenn ich vor laufender Kamera kotze, sind's sogar noch mehr.«

»Musst du die gleichen Pillen schlucken wie deine Gäste? Dieser ganze Drogenmissbrauch empfiehlt sich seitens der Medizinischen Fakultät nämlich gar nicht.«

»Mach dir keine Sorgen wegen der Pillen, ich nehme sie nur bei der Livesendung. Danach verbringe ich den Rest der Woche damit, Mineralwasser zu trinken und die nächste Sendung vorzubereiten. Ich will mich nicht zu Tode schuften, verstehst du, Doktor? Weder im Job noch beim Sport. Ich habe angefangen, dem Tod aufzulauern wie einem Hirsch bei der Jagd.«

»Du bist der einzige Hypochonder, der Pillen schluckt, ohne zu wissen, was drin ist.«

»Hör mal, ich passe trotzdem auf. Ich überwache jedes Symptom, gehe jedem verdächtigen Schmerz nach. Ich habe mir ein Gerät gekauft, mit dem ich morgens, mittags und abends meinen Blutdruck messe. Ich informiere mich im Internet. Ich kenne für jeden Körperteil die besten Fachleute. Ich bin häufiger in Apotheken zu Gast als in Bars. Der Apotheker in der Rue de Seine grüßt mich jeden Tag, wie früher Alan, der Barkeeper vom Chez Castel! Das Geld, das ich früher für Cola-Wodka ausgegeben habe, wird nur noch in vitaminreiches Grünzeug investiert.«

Der Promi-Arzt hielt mich für einen kompletten Idioten, was sich bei ihm durch langsames Nicken mit anschließendem Blick ins Leere ausdrückte, wobei er »oh lalalalalalala« psalmodierte. Und der César für den Besten Geheuchelten Gefühlsausdruck geht aaaaan … Doktor Saldmann! Er horchte meine Lunge mit seinem eiskalten Stethoskop ab. Dann leuchtete er mir mit seiner Taschenlampe in die Ohren und den Rachen.

»Na schön. Ich werde Klartext mit dir reden. Ich halte jeden Tod unter 120 Jahren für einen verfrühten, aber ein bisschen helfen musst du mir schon. Von fünfzig an ist das Leben ein wahrer Schießplatz. Man kann sich nicht mehr wie mit dreißig aufführen. Du bist dabei, dich umzubringen. Selbst wenn ich deine Stammzellen in einer Bank einfrieren würde, um sie dir später wieder zu implantieren, wäre das nicht genug. Du musst aufhören mit deiner Rauschgift-Show. Falls das ein Problem für dich ist, kann ich nichts für dich tun. Lass notfalls deine Gäste Drogen nehmen, aber was dich angeht: Warum nicht den Leuten etwas vormachen? Du hast keine Wahl. Schluck weiße TicTac's oder braune M&M's. Schneide ein paar Grimassen, die merken schon nichts.«

»Hab ich schon versucht: Man spürt sofort was Unnormales, wenn ich in meinem Normalzustand bin. Der Ablauf der Sendung gerät komplett durcheinander. Leute, die nicht beim Fernsehen arbeiten, denken immer, Moderator ist ein einfacher Job. Aber du hast recht, ich könnte die Staffel problemlos beenden und anschließend ein Sabbatjahr nehmen.«

»Nutz die Zeit, und geh zu einem Psychoanalytiker, um deine makabre Angst in den Griff zu bekommen. Unser kleines Gespräch über den Tod war nett. Besonders gut hat mir gefallen, als der Googlegründer seinen Ohrknopf verschluckt hat.«

»Für gewöhnlich bringt der Tod keine Zuschauerzahlen. In dem Fall war's ein Hit.«

»Vielleicht, weil er die Mehrheit der Leute immer noch was angeht. Im Moment ist die Situation für dich sehr einfach: Du hörst mit den Drogen auf, oder du hörst zu leben auf. Such dir was aus.«

»Am liebsten würde ich mir was reinziehen, um nicht zu hören, was du sagst.«

»In dem Fall würde ich sehr gern dein Haus kaufen.«

»Ach so?«

»Ja: als Altenteil.«

Der Beruf als »bekannter Arzt« bietet einem dieses Privileg: das Recht auf eine Dosis schwarzen Humors, die über dem nationalen Durchschnitt liegt. Es war Juni: Beim Fernsehen stand die Sommerpause an, und auf meinem Konto war Kohle genug, um ein Jahr mit der Schinderei auszusetzen, ohne mich groß einschränken zu müssen. Meine einzige Sorge war, ob die Produktionsfirma mich im September des darauffolgenden Jahres wieder einstellen würde oder ich mich selbst produzieren musste. Das Sabbatjahr war eine ausgesprochen gute Idee. Ich könnte zusammen mit Romy eine Weltreise machen; und an den besonders gastfreundlichen Orten würden Léonore und Lou uns besuchen. Ich würde unsere vier Leben retten. Ich hätte Dr. Saldmann als Talentmanager engagieren sollen, er beriet mich besser als mein Produzent. Dem nämlich fiel nichts anderes ein, als mich schuften zu lassen, bis ich einen dreifachen Bypass hätte.

»Darf ich ehrlich zu dir sein?«, fuhr er fort. »Du brauchst Antioxidantien. Iss Radieschen, Rosinen, Quinoa, Clementinen und Pampelmusen. Hör mit deinen Kapseln und dem hochprozentigen Alkohol auf, keine Grillfeste mehr oder Wurst ...«

»Ach nö, nicht die Wurst! Aber ich versichere dir, dass ich Granatäpfel essen werde. Natürlich nur solche, die nicht hochgehen.«

Verzeihen Sie mir das klägliche Wortspiel. In meiner Talkshow gab es wenigstens einen Anheizer, der das Publikum dazu brachte, meine Rohrkrepierer durch Applaus zu übertönen. Es war bequem, im Falle eines Flops von Gejubel aufgefangen zu werden. Mein Bestseller-Arzt fuhr ungerührt mit seiner Aufzählung fort, genau wie Michel Cymes. (Ein ausgesprochen guter Talkgast, dieser Michel: In meiner Sendung hat er den Blumenstrauß gegessen, der am Set stand, um gleich darauf in einem aufblasbaren Planschbecken einen Rückenschwimmkurs zu geben und nebenbei eine Lobrede auf die Sodomie zu halten.)

»Stopf dich mit Knoblauch voll, iss Mandeln, Zitronen, Melone ...«

»Eingewickelt in San Daniele?«

»Nein: ohne den Herrn! Halt dich bei Wurst, Butter, Sahne, Käse, Fritten zurück. Keine Gänseleber und auch kein gegrilltes Fleisch mehr.«

»Verdammt!«

»... Stattdessen Möhren, Tomaten, Brokkoli, Fenchel, Porree, Zucchini, Auberginen ...«

»O.k., wenn du mir sagen willst, dass man Veganer werden muss, um niemals zu sterben, hätte ich nicht zu dir kommen müssen, das hätte ich auch im Gesundheitsmagazin *Santé* nachlesen können. Ich probiere diese schreckliche Diät ja längst aus, keine Sorge! Zum Beispiel esse ich nur die grünen Krokodile von Haribo.«

»Hör mal, du hast mich was gefragt, und ich antworte. Das hier ist nicht meine persönliche Meinung, aus mir spricht die Wissenschaft. Und du brauchst nicht Veganer zu werden, denn Fisch ist erlaubt. Sardinen sind Tiere, oder etwa nicht? Nur bitte, lass die Finger von dem Haribo-Zeug aus Schweinegelatine! Und nicht einen Tropfen Coca-Cola mehr! Das ist Gift! Trink lieber Leitungswasser! Viel Wasser, das zügelt den Appetit, und außerdem gibt es nichts Gesünderes für den Magen.«

»Scheiße ... nicht mal ein Bonbon ist erlaubt?«

»Pistazien, dunkle Schokolade mit hundert Prozent Kakaoanteil und Honig, das geht. Und auch nicht zu viel Salz.«

»Pfff ... Kein Alkohol?«

»Kommt drauf an. Willst du unsterblich werden oder ein Straßenpenner? Trink Kräutersäfte!«

»Da sterbe ich lieber!«

»Das trifft sich gut ...«

»Okay, das war bloß eine Redeweise. Stell dir vor: Ich löffle oft Bowle mit Açai-Beeren und trinke Matcha Latte. Ich vermute, ich darf mich auch nicht mehr in die Sonne legen?«

»Nur wenn der Körper mit Sonnenschutzmittel 50 eingecremt ist. Allerdings ist etwas Vitamin D der Langlebigkeit durchaus förderlich.«

»Im Grunde genommen darf man also weder Baske noch Amerikaner sein, wenn man lange leben will. Wirklich schade: Das sind meine beiden Lieblingsnationalitäten.«

»Ach! Noch was zum Schluss: Wie bist du hergekommen?«

»Mit dem Motorroller.«

»Hör sofort damit auf, du Unglückseliger! Das ist bei Weitem das Gefährlichste, was du tun kannst. Rollerfahren ist blanker Selbstmord. Eine Sekunde unaufmerksam gewesen und ciao!«

»Echt witzig, jetzt verstehe ich, warum es mal ein Mofamodell gab, das Ciao hieß. O.k., ich gehe zu Fuß nach Hause.«

»Du musst dir eins klarmachen: Wir stehen am Beginn vollkommen verrückter Fortschritte, es gilt nur noch drei oder vier Jahrzehnte durchzuhalten. Ich erforsche eine kleine ostafrikanische Maus (aus Somalia, Äthiopien, Kenia), einen sogenannten Nacktmull. Dieses Tier übersteht alles und lebt dreißig Jahre; im Allgemeinen leben Mäuse zwei bis drei Jahre. Das ist so, als würden wir sechshundert Jahre in bester Gesundheit leben. Sie bekommt weder Krebs noch Alzheimer, auch keine Herzgefäßkrankheiten. Haut und Arterien weisen keinerlei Verschleißerscheinungen auf, dazu ist sie sexuell aktiv und fruchtbar bis zum Schluss. Wir haben ihr schlimme Krebstumore implantiert, aber sie stößt sie sofort wieder ab. Genauso, wenn man sie krebserregenden Stoffen aussetzt. Diese Maus verfügt über den Schlüssel zum ewigen Leben. Versuch also einfach nur durchzuhalten, bis der Rettungsdienst kommt.«

(Nachdem ich Nacktmull gegoogelt hatte, um ein paar Fotos von der Kreatur zu sehen) »Was für ein abscheuliches Tier!«

»Die Unsterblichkeit ist keine Misswahl!«

»Aber dieses Viech will doch keiner ficken!«

»Du hast recht, ich vergaß das Wesentliche. Wer lange leben will, muss Sex haben. Man schätzt, dass zwölfmal Geschlechtsverkehr im Monat die Lebenserwartung um zehn Prozent erhöht. Und wenn du es auf einundzwanzig Mal monatlichen Verkehr bringst, senkst du das Risiko für Prostatakrebs um ein Drittel. Im Großen und Ganzen musst du Fressen und Partymachen durch Sex ersetzen: eigentlich kein so übler Tausch.«

»Der kleine Tod schlägt den großen!«

»Na dann, auf Wiedersehen, ich wünsche dir eine tolle Auferstehung. Hättest du was dagegen, wenn wir zusammen ein Selfie machen, als Überraschung für meine Frau? Sie ist totaler Fan von dir. Sie liebt die Sendung mit Depardieu und Poelvoorde, in der sie beschließen, sämtliche Kapseln auf einmal zu schlucken.«

»Ja, die lief supergut, es war eine tolle Idee, bis zu ihrer Magenspülung um vier Uhr morgens auf Sendung zu bleiben, live aus dem Hôtel-Dieu. Wie viel schulde ich dir für meinen Gesundheits-Check?«

»Schick mir zu Weihnachten ein Stück von deiner Stopfleber!« (Hämisches Lachen.)

Der Sommer draußen auf der Straße hatte etwas geradezu Obszönes. Die Trauer um sich selbst liefert eine gute Entschuldigung, in aller Öffentlichkeit die Fassung zu verlieren. Ich kritisiere den Tod, aber ich toleriere die Auflösung. Ich brach immer wieder in Tränen aus, einfach so; vielleicht lag es am Feinstaub in der Pariser Luft. Wie Salinger sagt: »Dichter nehmen den Wetterbericht allzu persönlich.« Ich schniefte, als ich einer blonden Mutter mit Kinderwagen begegnete. Beim Anblick der grünen Platanen vor grauem Hintergrund. Als ich hinauf zum stopfleberfarbenen Himmel sah. Mein berühmter Arzt hatte die Krankheit in mein Leben geholt. Ich bemitleidete mich selbst wegen meines Verfalls. Bringen Sie mir jetzt bloß kein Mitgefühl entgegen. Ich kann auf Kommando losheulen. Wenn ich spüre, dass einer meiner Gäste berührend ist, vergieße ich zuweilen eine Träne und sorge so für einen Hype in den sozialen Netzwerken.

Ich beneide die Uhr auf der Place Vauban, die nie kaputtgeht. Auf meinem Weg durch die düsteren Straßen im 7. Arrondissement kaufte ich einen Strauß Veilchen. Ein Gewitter zog auf. Die Geschäfte schlossen, eine Glocke läutete. Ich hatte nicht mal gemerkt, dass es Abend geworden war. Ich betrat eine festlich beleuchtete Kirche, die Saint-Pierre-du-Gros-Caillou, die der Akropolis ähnelt, bloß weniger zerfallen. Der Weihrauch stieg mir zu Kopfe, ich hatte Angst, ohnmächtig zu werden. Ich legte die Veilchen auf einem zartlila Altar ab; die Farben bissen sich, was störend wirkte an dem heiligen Ort. Ich zündete für meinen Vater und meine Mutter eine Kerze an. Ich wollte mich nicht plötzlich in vorderster Linie wiederfinden. Die Flamme der Kerze warf einen Schatten, der auf dem Stein flackerte. Das machte mir wieder Mut. Kirchen retten jeden Tag Hunderte von Atheisten. Wieder draußen in der Pariser Nacht, rief ich meinen Produzenten an, um ihm mitzuteilen, dass ich mit der Sendung aufhören würde: Der Vorteil einer Mailbox besteht darin, dass sie (noch) nicht den Versuch unternimmt, einen umzustimmen. Ich war erleichtert wie jemand, der nur knapp einer herabstürzenden 747 entgangen ist. Man sollte öfter alles hinschmeißen.

Über den Bäumen blinkten Flugzeuge am dunklen Himmel. Ich hatte den Eindruck, sie sendeten mir ein Signal, allerdings hatte ich keine Ahnung, was für eins. Vielleicht: »Hau ab«?

An diesem Abend führte ich Léonore, Lou und Romy zum Frittenessen ins L'Entrecôte aus, ein, ernährungswissenschaftlich betrachtet, unkorrektes Restaurant. Die Kinder waren glücklich, und da sie es waren, war ich es auch. Trotz meiner kranken Leber fand ich uns viel lebendiger als den Durchschnitt.

3.

Mein umprogrammierter Tod

»*Altwerden ist nichts für Weicheier.*«

Bette Davis

Regelmäßig sucht mich eine bestimmte Erinnerung heim. Nach Gérard Lauziers Beerdigung 2008 in der Kirche Saint-Germain-des-Prés ging ich mit Tonino Benacquista, Georges Wolinski und Philippe Bertrand auf ein Bier ins Flore. Flachsend fragte ich in die Runde:
»Und, wer ist der Nächste?«
Wir sahen uns an und lachten.
Zwei Jahre später traf ich Benacquista und Wolinski auf der Beerdigung von Philippe Bertrand wieder, der mit einundsechzig Jahren an Krebs gestorben war. Wir standen auf dem Friedhof Montparnasse, wo ich eine Rede auf ihn gehalten hatte. Ich versuchte, witzig zu sein:
»Und, wer ist diesmal der Nächste?«
Wir lachten nicht mehr ganz so laut.
Am 7. Januar 2015 wurde Georges Wolinski während einer Redaktionssitzung von *Charlie Hebdo* umgebracht. Er war achtzig Jahre alt. Bei seiner Beerdigung, wieder auf dem Friedhof Montparnasse, war Tonino und mir das Lachen gänzlich vergangen.
Wir blickten uns an wie Charles Bronson und Henry Fonda in *Spiel mir das Lied vom Tod*.

Immer häufiger treffe ich auf der Straße Leute, die ich kenne (Régine Deforges, Guillaume Dustan, Hugues de Giorgis, Jocelyn Quivrin), doch wenn ich auf sie zugehe, um sie zu umarmen, fällt mir ein, dass sie ja gar nicht mehr da sind, und ich stelle mit Erschrecken fest, dass ich gerade im Begriff bin, Unbekannte zu begrüßen, die nur so ähnlich aussehen. Es ist irritierend, wenn man sich dauernd beherrschen muss, Tote zu grüßen.

»Grüß dich, Régine!«

»Entschuldigung?«

»Aber ... Sind Sie denn nicht Régine Deforges?«

»Nein.«

»Ach, du lieber Gott, jetzt fällt's mir wieder ein, sie ist ja vor drei Jahren gestorben!«

»Sie sehen ja wohl, dass ich jemand anderes bin.«

»Werden Sie oft mit ihr verwechselt?«

»Kommt schon vor, wegen der roten Haare. Manche halten mich auch für Sonia Rykiel ...«

»... die auch schon tot ist! Ist es Ihnen nicht unangenehm, dass Sie die Doppelgängerin von so vielen verstorbenen Rothaarigen sind?«

»Und ist es Ihnen nicht unangenehm, dass Sie in echt viel weniger witzig sind als im Fernsehen?«

Man muss sich beeilen, wenn man mit den Lebenden sprechen will. Ein Regenwurm hält sich achtzehn Tage, eine Maus drei Jahre und ein Franzose achtundsiebzig. Wenn ich mich ausschließlich von Gemüse und Wasser ernähre, gewinne ich zehn Lebensjahre, langweile mich dabei aber dermaßen, dass sie mir wie hundert vorkommen werden. Vielleicht liegt darin das Geheimnis der Ewigkeit: ein Meer aus Langeweile, um das Dasein zu verlangsamen. Laut offizieller Statistik gab es 2010 in Frankreich fünfzehntausend Hundertjährige. Im Jahr 2060 sollen es bereits zweihunderttausend sein. Ich ziehe den transhumanistischen Übermenschen dem vegetarischen Ruheständler vor: Immerhin kann der sich den Bauch mit Wurst und Wein vollschlagen, vorausgesetzt, er lässt regelmäßig einen Organaustausch vornehmen. Alles, was ich verlange, ist, wie eine Maschine repariert zu werden. Ich träume davon, dass die Ärzte der Zukunft »Menschenmechaniker« genannt werden.

Ich vereinbare einen Notfalltermin bei meiner Psychoanalytikerin, Madame Enkidu. Das letzte Mal war ich vor zehn Jahren bei ihr gewesen; sie hatte mir geholfen, meine Kokainsucht in den Griff zu bekommen und meine ersten beiden Scheidungen zu überstehen. Ihre Praxis in der Nähe der Place de l'Étoile war immer noch genauso beige, und auf ihrem Schreibtisch lauerte dieselbe Kleenex-Box. Bei einem Psychotherapeuten ist das Papiertaschentuch die moderne Version des Damoklesschwerts. Bei Dr. Enkidu gibt's keine Couch: Man spricht Auge in Auge miteinander. Später mit den Augen im Taschentuch. Ihre

Bücherwand steht voller psychoanalytischer Schriften mit schwierigen Titeln: Lehrbücher zur Angst, Obduktionen des Leids, Heilmittel gegen Melancholie. In Aktenschränken geordnete Sammelbände mit wissenschaftlichen Artikeln zur Bekämpfung von Depression und Selbstmord.

»Letztlich ist die Psychoanalyse bloß schlecht geschriebener Proust.«

Meine Psychiaterin nickte höflich.

»Ist schon seltsam«, fügte ich hinzu, »ich werde dafür bezahlt, um zu Millionen von Fernsehzuschauern zu sprechen, aber die einzige Person, die mir wirklich zuhört, sind Sie.«

»Ja, weil Sie mich dafür bezahlen.«

»Also, warum ich hier bin: Ich habe beschlossen, nicht zu sterben.«

Auch ihr mitleidiger Blick war noch immer derselbe. Ein paar Falten mehr um die Augen herum, die Schatten ein bisschen dunkler, die Haare womöglich gefärbt. Das Geheimnis ewiger Jugend liegt offenbar nicht darin, sich den ganzen Tag das menschliche Unglück anzuhören. Sie wirkte erschrocken bei meinem Anblick. Wahrscheinlich hatte mir das Alter ebenfalls zugesetzt. Sie sah nie fern, sonst wäre sie von meinem grau melierten Bart nicht so überrascht gewesen.

»Nicht zu sterben ist eine weise Entscheidung«, spöttelte sie hinter ihrer halbrunden Brille. »Sie haben sich ziemlich verändert, Mannomann. Als wir uns das letzte Mal gesehen haben, verfolgten Sie eher das umgekehrte Ziel.«

»Es war mir noch nie so ernst. Ich werde nicht sterben, Punkt!«

»Und dieser famose Entschluss ist Ihnen wann eingefallen?«

»Ähm ... Meine Tochter hat mich gefragt, ob ich irgendwann sterbe. Ich hatte nicht den Mut, ihr mit Ja zu antworten. Also hab ich zu ihr gesagt, dass von nun an niemand mehr in unserer Familie stirbt. Bin ich ein schlechter Vater?«

»Ein guter Vater ist der, der sich fragt, ob er ein schlechter Vater ist.«

»Schön gesagt. Ist das von Freud?«

»Nein: von Ihnen. Das haben Sie 2007 gesagt, wahrscheinlich um sich selbst zu beruhigen, als Sie die Mutter Ihrer Tochter betrogen haben. Schon damals, bei unserer ersten Psychotherapie, haben Sie Ihre Angst vor dem Älterwerden erwähnt. Das klassische Peter-Pan-Syndrom beim westlichen Mann um die vierzig. Die Angst vor dem Alter ist eine Furcht vor dem Tod, die als verspäteter Hedonismus daherkommt.«

»Ich wusste nicht, dass Hedonismus eine Krankheit ist. Bald wird unsere Gesellschaft die Epikureer in Irrenanstalten sperren. Schon jetzt wird jegliches Vergnügen vom Gesetz bestraft und gleichzeitig von der Werbung befeuert. Diese paradoxe Anweisung erzeugt Millionen von schizophrenen Menschen: Sie sollten dem Kapitalismus dankbar sein. Er sorgt dafür, dass Ihre Bude immer voll bleibt.«

»Sie werden doch wohl hoffentlich nicht wieder mit Ihrer alten Salon-Anarcho-Leier anfangen? Wir sind hier nicht im Fernsehen. Sie können das gern überprüfen: Ich habe keine einzige Kamera versteckt.«

Plötzlich fiel mir wieder ein, warum ich nicht mehr zu

dieser grauenvollen Therapeutin ging: Ich hasste ihre Scharfsinnigkeit. Zu viel Intelligenz bei einer Frau hat mich immer verschreckt, seit meiner Mutter. Aber es war meine eigene Schuld: Ich hatte eine Computertomografie meines Herzens machen lassen, und jetzt würde mein Hirn durchgeröntgt werden. Ich kam mir wie ein altmodischer Anarcho mit libertären Ansichten vor, in einer Welt, in der Hedonimus als Perversion alter Drecksäcke galt. Wenn ich daran denke, dass man in meiner Jugend so tun musste, als wäre man Swinger, um trendig zu wirken! Man dichtete sich Heldentaten bei Kerzenschein an, um cool zu wirken. Heutzutage hat der Lebensversicherungsvertrag die Sexorgie vom Platz verwiesen, und Typen mit libertären Ansichten betrachtet man als dahinsiechende Widerlinge im Kimono, wie Hugh Hefner (noch so ein Toter). Wir befinden uns in der Phase eines sagenhaften sexuellen Rückschritts. Es wäre nicht mal übertrieben, von einer sexuellen Gegenrevolution zu sprechen.

»Doktor, die Friedhöfe sind voll von Leichen, die in Kisten verwesen, während andere, schwarz gekleidete Personen herumstehen und versuchen, ein Interesse für die Trauer der Waisen aufzubringen, indem sie die entsprechende Miene aufsetzen. Am liebsten würde ich ihnen eine reinhauen, diesen ganzen Dreckskerlen, die die Stirn runzeln und betroffen tun. Ich bin weder ein Fan von Empathie noch von Sympathie.«

»Der Tod macht böse«, sagte sie, ohne zu lächeln, um ihre Bezüge zu rechtfertigen (120 Euro pro halbe Stunde). »Wenn Tiere ihn in der Nähe spüren, werden sie manchmal gefährlich.«

»Da gibt's doch bestimmt ein Mittel, mit dem sich das Problem regeln lässt.«
»Welches Problem?«
»Der Tod. Der Mensch findet immer eine Lösung. Er hat die Elektrizität erfunden, den Verbrennungsmotor, das Radio, das Fernsehen, Raketen, einen Staubsauger, dem nie die Luft ausgeht ... Apropos, ich habe geträumt, mein Saugroboter hat die Asche meiner Eltern aufgesaugt, die auf dem Teppich verschüttet war. Was hätte Lacan dazu gesagt?«
»Typischer Fall von krankhaftem Wahnsinn, zu dem sich makabre narzisstisch-megaloman-paranoide Triebe gesellen, die durch Ihre Berühmtheit und mehrfache Drogensucht verstärkt werden. Mich würde interessieren, ob Sie Ihre Eltern wieder verheiraten wollten, als Sie ihre Asche vermengten. War es angenehm, sie in Ihrem Traum vereint zu sehen?«
»Hören Sie, die Wissenschaft ist im Begriff, den Tod abzuschaffen, und ich habe keine Lust, dass diese Entdeckung nach ihrem stattfindet. Sie müssen zugeben, dass es echt dämlich wäre, kurz vor der Entdeckung der Unsterblichkeit zu sterben. Wir müssen nur noch bis 2050 durchhalten, allerdings ist mein Tod laut der Lebenserwartung französischer Männer für 2043 vorgesehen. Da sind nur sieben Jahre zu überbrücken, ich verlange doch nicht sonst was! Die ganze Welt wünscht sich dasselbe wie ich. Mit dem Staubsauger über den Tod zu fahren war ein ausgesprochen angenehmes Gefühl in meinem Traum. Auf diese Weise habe ich ihn verschwinden lassen. Morgens beim Aufwachen war ich in Topform. Wollen *Sie* denn sterben?«

»Ich akzeptiere das menschliche Schicksal. Nicht dass die Aussicht mich sonderlich beglücken würde, aber ich habe gelernt hinzunehmen, was ich nicht ändern kann.«

»Werden Sie etwa demnächst mit Montaigne sagen: ›Psychoanalysieren heißt sterben lernen?‹ Philosophie und Freud'sche Analyse ist mir beides wurscht! Ich will nicht sterben lernen, ich will das Problem gelöst haben. Meine Zeit ist begrenzt: Mir bleiben noch sechsundzwanzig Jahre, um die endgültige Niederlage abzuwehren. Und meine Familie soll ebenfalls unsterblich sein. Das sollte doch wohl das Ziel jedes normalen Menschen sein.«

»Nein, normal ist zu sterben. Der Countdown läuft seit dem Tag Ihrer Geburt! Akzeptieren Sie es! Sie können alles kontrollieren, nur das nicht.«

»Sie verstehen nicht, was ich sage. Sie halten mich für Don Quichotte, dabei bin ich James Bond. Mein Tod ist eine Bombe, die hochgehen soll, und ich werde sie entschärfen. Wenn's sein muss, zur Musik von John Barry. Dann halten Sie mich eben für einen Kontrollfreak.«

Madame Enkidu betrachtete mich verlegen, wie man einen Bettler anschaut, der einem die Hand hinhält, wenn man kein Kleingeld in der Tasche hat. Draußen vorm Fenster hupten Autos, fuhren stockend an, verdreckten die Straße. In den stehenden Blechkisten atmeten rotgesichtige Fünfzigjährige Feinstaubpartikel ein und hörten France Info, wo alle fünf Minuten vor der erhöhten Schadstoffbelastung gewarnt wurde. Man konnte richtig hören, wie sie dachten: »Scheiße verdammt, ich brauche wieder eine Stunde, um über die Porte Maillot zu kommen, und dabei kratze ich in zwei Jahrzehnten ab. Auf meinem Sterbebett werde ich diese Stunde des Stillstands, in der ich ununterbrochen Gift inhaliert habe, bitter bereuen.« Das ist das wahre Rätsel unserer Gesellschaft: Wie stellen es sterbliche Individuen an, die täglichen Staus auf dem Pariser Autobahnring zu akzeptieren?

»Dabei ist es ganz einfach«, fuhr ich fort. »Ich gehöre zur letzten sterblichen Generation und will zur ersten unsterblichen gehören. Mein Tod ist nur ein Problem des falschen Timings.«

Meine Psychoanalytikerin lächelte, als hätte ich soeben einen Test für Psychopathen absolviert. Vielleicht zog sie einen Moment lang in Erwägung, mich in die nächstgelegene Psychiatrie einweisen zu lassen. Sie war es gewohnt, eine Menge Blödsinn zu hören, aber ich hatte den Bogen eindeutig überspannt; es ärgerte mich, dass sie sich mit verkniffenem Lächeln Notizen für ihren nächsten Aufsatz bei Odile Jacob machte. Schließlich kritzelte sie mit ihrem Montblanc eine Adresse hin, riss die Seite von ihrem Block und reichte mir das Rezept.

»Hören Sie, ich kenne da vielleicht jemanden, der Ihnen helfen kann, allerdings lebt er in Jerusalem. Ein Wissenschaftler, der zur Erneuerung der Zellen forscht. Sie werden schon sehen. Im schlimmsten Fall kriegen Sie eine Vitaminkur, das tut nicht weh. Dürfte ich Sie vielleicht um ein Selfie für meine Großnichte bitten? Die dumme Kuh fährt total auf Ihre Sendung ab. Am meisten mochte sie die Stelle, wo Sie wegen eines blockierten Kiefers nicht mehr richtig sprechen konnten.«

Am Himmel trieb eine Wolke in Form eines unbekannten Kontinents. »Erneuerung der Zellen«: Als ich aus dem grauen Gebäude trat, begriff ich, dass die bekloppte

Alte mich womöglich auf den richtigen Weg geführt hatte. Sie, die ihren baldigen Tod akzeptiert hatte, zeigte mir eine Möglichkeit auf, meinen hinauszuschieben. Ich schluchzte noch einmal, vor einem Geschäft für Luxuskoffer, dessen Namen ich aber nicht nenne (schließlich will ich hier keine Werbung für Goyard machen). Ein Passant gab mir einen Klaps auf den Rücken: »Hey, hab mich echt schlappgelacht, als du im Fernsehen gekotzt hast!« Ich wischte mir die Tränen weg, um für ein Foto zu posieren, auf dem ich das Victoryzeichen machte. Das Publikum erwartet, dass ich stets abgefuckt und lustig daherkomme. Wenn es merkt, dass ich schüchtern und stinklangweilig bin, ist es enttäuscht. Meine Fans wollen sich mit mir zusammen die Birne zusaufen, damit sie ihren Kumpels erzählen können, wir wären gemeinsam besoffen gewesen. Zu einem bestimmten Zeitpunkt meiner Karriere tat ich alles, um diesem Ruf voll und ganz zu entsprechen. Ich verteilte Drogen an wildfremde Leute, damit sie es auf Twitter verbreiteten. Ich posierte regelmäßig mit nacktem Oberkörper, in der einen Hand eine Flasche und in der anderen ein Beutelchen mit weißem Pulver. Doch von diesem Abend an hörte ich auf, an meinem Image als abgefuckter Moderator zu feilen, ich wollte nur noch, dass man mich für die drei Jahrhunderte, die mir noch blieben, in Ruhe ließ.

Ich rief mir ein Uber-Taxi, das eine Viertelstunde brauchte, um mich ausfindig zu machen. Wissen Sie, woran ich erkannt habe, dass ich alt bin? Als ich den Fahrer bat, das Radio anzustellen, sah mich der junge Mann lange an und schaltete dann auf Radio Nostalgie. Mächtiger Anfall von Trübsinn: Offenbar sah ich aus, als würde ich Gérard Lenorman mögen. Anschließend gab er per Spracheingabe meine Adresse in sein GPS ein, das ihn in die falsche Richtung lotste: Anstatt in die Rue de Seine zu fahren, setzte er mich in der Rue de Sèvres ab. Der Mensch verließ sich auf die Technik, aber die Technik war schwerhörig. Oder machten sich die Roboter etwa einen Spaß daraus, uns zu demütigen? Ich fand es überraschend, dass eine so mächtige Firma wie Uber so offen einen Nazi-Namen trug. Das Vertrauen, das wir in Software setzen, wird noch oft enttäuscht werden. Gewiss, es wird tastende Versuche und immer wieder Fehlschläge geben. Dennoch muss man daran glauben: Der wissenschaftliche Fortschritt wird die Menschheit eines Tages zur ultimativen Erlösung führen.

In *Manhattan* (1979) zählt Woody Allen zehn Gründe auf, am Leben zu bleiben:
- Groucho Marx
- Willie Mays (berühmter Baseballspieler)
- Der zweite Satz in Mozarts *Jupiter*-Symphonie
- *Potato Head Blues* von Louis Armstrong
- Schwedische Filme
- *Lehrjahre des Herzens* von Flaubert
- Marlon Brando
- Frank Sinatra
- Die Äpfel und Birnen bei Cézanne
- Die Krabben im Sam Wo's
- Tracys Gesicht (gespielt von Mariel Hemingway)

Auf den folgenden Seiten präsentieren wir eine Ergänzung der Liste mit Dingen, die den Tod unerträglich machen.

Ergänzung zu Woody Allens Liste der Gründe, am Leben zu bleiben
- Sämtliche Filme von Woody Allen, ausgenommen *Im Bann des Jade Skorpions*
- Die Brüste von Edita Vilkeviciute
- Die Dämmerung im September über der Bucht von San Sebastián, vom Monte Igueldo aus gesehen
- *Les Contrerimes* von Paul-Jean Toulet, besonders Gedicht Nummer LXII:
Gibst du, Baskische Küste,
Mit dem entschwundenen Glück und
Deinen Tänzen in salziger Luft
mir einst zwei Augen, hell unter der Maske, zurück.
- Der einhändig gespielte Rückhand-Passierschlag von Roger Federer, besonders im fünften Satz des Finales der Australian Open in Melbourne am 29. Januar 2017
- Das Hinterzimmer des Cafés *La Palette* in der Rue de Seine (steht unter Denkmalschutz)
- *Perfect Day* von Lou Reed.
- Die (gepiercten) Brüste von Lara Stone. Was sie an ihrem Hochzeitstag im Claridge's in London sagte: »Ich kenne sämtliche Zimmer in diesem Hotel.«
- Ich hab noch drei Flaschen vom 1999er Château de Sales im Keller.
- Die Lieder von Cat Stevens
- Frosties von Kellogg's
- Alle Filme mit John Goodman
- Die Karamellbonbons Salvators von Maison Fouquet
- Die Blitze am Himmel bei einem Sommergewitter
- Die Betten im ersten Stock der Buchhandlung Shakespeare and Company in Paris

- *Only You* von Yazoo.
- Wenn die ersten Sonnenstrahlen durch die zugezogenen Vorhänge schimmern.
- Nicht zu vergessen, dass ein Italiener eines Tages das Tiramisu erfand.
- Liebe machen, dann wieder einschlafen und hören, wie die Person, die man liebt, duscht.
- Die Brüste von Kate Upton, als sie den *Cat Daddy* tanzt und Terry Richardson sie filmt (2012).
- Der Satz in *Full Metal Jacket:* »The Dead know only one thing: it is better to be alive.«
- Der Park der Villa Navarre in Pau im Herbst, wenn die Pyrenäen sich erst blasslila, dann blau färben, dazu ein laues Lüftchen und ein Eiswürfel, der in einem Glas Lagavulin knackt.
- *Der Riffpirat* von F. Scott Fitzgerald
- *La rua Madureira* von Nino Ferrer
- Das Schnurren einer Katze an einem prasselnden Kaminfeuer
- Das Schnurren eines Kaminfeuers neben einer prasselnden Katze (kommt seltener vor)
- Zu hören, wie der Regen aufs Dach trommelt, wenn man in seinem Haus sitzt
- Wenn man nach dem Sex wieder einen Steifen kriegt
- Die Live-Version von *People Have the Power* von den Eagles of Deathmetal zusammen mit U2 in Paris drei Wochen nach dem Blutbad im Bataclan
- Ricky Gervais' Moderation bei den Golden Globes
- Der Instagram-Account von Marisa Papen
- Jean-Pierre Léauds Monologe in dem Film *Die Mama und die Hure*

- Ein altes angestaubtes Taschenbuch mit vergilbtem Schnitt von Colette wiederfinden und es im Stehen im Wohnzimmer von vorn bis hinten durchlesen.
- Die Partys, die um fünf Uhr morgens in meiner Küche enden
- Das Handy aus lassen
- Die Brüste von Ashley Benson in *Spring Breakers*. Die Szene, wo sie im Bikini in Polizeigewahrsam genommen wird. Und die im Swimmingpool, wo sie Vanessa Hudgens küsst. Selbstverständlich lohnt es sich zu leben.
- Das *Journal littéraire* von Paul Léautaud (die bei Mercure de France erschienene dreibändige Ausgabe). Immer dann durchblättern, wenn man an der Literatur zweifelt.
- Das ehemalige französische Bagno in Poulo Condor auf der Insel Con Dao in Vietnam, das zu einem Fünf-Sterne-Spa der Kette Six Senses umgebaut worden ist.
- In einer warmen Nacht unter einem Sternenhimmel in einer Hängematte liegen und an nichts mehr denken.
- Das Museum Gustave Moreau, Rue de La Rochefoucauld, vor allem, wenn man der einzige Besucher ist.
- Ein Samenerguss in einen Mund mit eiskaltem Perrier
- Die blauen und rosa Hortensien in Arcangues, wenn man zusammen mit besoffenen Freunden auf ein nicht ganz gares Steinpilzomelette wartet.
- Die Stimme von Anna Mouglalis
- Die Orte, die ich noch nicht besucht habe: Patagonien, das Amazonasgebiet, den Victoriasee, Honolulu, die großen Pyramiden, den Popocattépetl, den Kilimandscharo. Es kommt auch nicht infrage zu sterben, ohne

je den Smaragdfluss und den Amur runtergeschippert zu sein.
- GALAK von Nestlé
- Natürlich *The Big Lebowski*, insbesondere die Szene, in der John Turturro sagt: »Nobody fucks with the Jesus.«
- Das Schinkengratin mit Tagliolini bei Harry Cipriani auf der Fifth Avenue
- »Hören, wie ein kleines Mädchen, das einen nach dem Weg gefragt hat, singend davongeht« (Li Tai-Peh).
- Monty Pythons Sketch *Das Ministerium für alberne Gänge*
- Léonores Brüste
- Romys Lachen
- Lous strohblondes Haar: aus Kükenflaum

Ich habe in einem Moment ein Kind bekommen, als mir die Zukunft schnuppe war. Nein, korrigiere.

Ich habe zwei Töchter bekommen. Jetzt erwarte ich eine Zukunft.

Als auf Morandinis Website bekannt gegeben wurde, dass ich aufhören und Augustin Trapenard für mich einspringen würde, löste das eine Welle von Reaktionen in den sozialen Netzwerken aus: Ein Drittel war höfliches Bedauern, ein Drittel »Endlich sind wir den los!« und ein Drittel Arschkriecherei bei meinem Ersatzmann. Der *Parisien* titelte: »Chemical Show stirbt an Überdosis«, *Voici:* »Gibt's bald ein Comeback für den Ex-Star?«, *Le Figaro:* »Ein Bobo kommt selten allein«. Ich war gezwungen, ein Interview auf jeanmarcmorandini.com zu veröffentlichen, damit sich der Medienhype wieder legt,

Jean Marc Morandini: Sind Sie fürs Fernsehen erledigt? (lacht)

Ich: Keine Ahnung, ist mir auch egal. Im Gegensatz zu anderen Leuten gibt es für mich ein Leben außerhalb des Fernsehens. Außerdem glaube ich, dass das Fernsehen sowieso bald tot ist, deshalb werde ich ab September eine wöchentliche Kolumne im Radio übernehmen, auf France Inter.

JMM: Das dürfte das erste Mal sein, dass ein Moderator mit einer wöchentlichen Talkshow im Fernsehen zugunsten einer dreiminütigen Radiokolumne aufhört! Wollen Sie uns etwa weismachen, das wäre ein Aufstieg? (lacht)

I: Ja, da bin ich überzeugt. Weil sich meine Stimme dort frei äußern kann. Außerdem wird beim Radio schon seit Jahren mitgefilmt. Die Videos werden im Netz zu sehen sein. Das Radio ist kein Radio mehr.

JMM: Hatten Sie etwa genug davon, alles schlucken zu müssen? (lacht)

I: Ich höre nur auf, weil ich mich mehr um meine Töchter kümmern will. Scherzfrage: Wie nennt man die Sache außerhalb der Primetime?

JMM: Tote Hose? (lacht)

I: Nein: Leben. Die meisten Moderatoren ertragen die Vorstellung nicht, von den Bildschirmen zu verschwinden. Lieber moderieren sie irgendein idiotisches Ratespiel, als freiwillig abzutreten: Dechavanne, Sabatier, Nagui ... Ich musste weg, bevor ich am Ende noch irgendwelche Glücksräder vor Langzeitarbeitslosen drehe.

JMM: Stecken Sie etwa in einer Midlife-Crisis? (lacht)

I: Mit fünfzig befinde ich mich nicht in der Mitte meines Lebens, sondern bei zwei Dritteln. Und es ist auch keine Krise, sondern eine Lektion. Die Lektion, die mir die zwei Drittel erteilt haben.

JMM: Und was können wir von den zwei Dritteln lernen? (lacht)

I: Das würden Sie eh nicht verstehen.

JMM: Wie wollen Sie eine Weltreise und eine Radiokolumne unter einen Hut kriegen? (lacht)

I: Ich muss Sie warnen, Jean Marc, ich bin gezwungen, zwei Fachausdrücke zu verwenden: Duplex und Sofortübertragung. Tut mir leid, wenn ich in Ihrer Gegenwart Fachjargon verwende.

JMM: Und Sie rechnen ernsthaft damit, in einem Jahr mit dem Fernsehen weiterzumachen? Ihnen ist schon klar, dass nicht Sie das entscheiden, sondern die Sendeanstalten? (lacht)

I: Die »chemische Sendung« wird von den meisten Leuten auf YouTube live geschaut. Bekanntlich kann jeder auf YouTube gehen. Wer heutzutage Fernsehen machen will, braucht nicht mehr Vincent Bolloré oder Martin Bouygues um Erlaubnis zu fragen, ist Ihnen das etwa nicht klar? Augustin ist ein Freund, ich wünsche ihm tolle Drogenerlebnisse, und das live! Ich bin sicher, er wird seinen Spaß haben, und die Zuschauer ebenfalls. Was die Produktion angeht, bin ich selbst der Produzent, genau wie Sie. Ich prüfe sämtliche Optionen.

JMM: Sie haben mir nicht geantwortet. Sind Sie nicht gekränkt, dass man so schnell Ersatz für Sie gefunden hat? (lacht)

I: Schauen wir mal. Am Ende entscheidet das Publikum. Das Wichtigste ist Vertrauen. Das ist ungefähr so, wie wenn ein Jugendlicher ein Pornocasting bei Ihnen macht. Die Minderjährigen müssen mächtig Vertrauen haben, wenn Sie von ihnen verlangen, sich in Ihrem Büro einen runterzuholen. (lächelt spöttisch)

JMM: Du bist so ein Riesenarschloch. Schnitt, wir geben zurück. Du Kotzbrocken! (Er steht auf, um mir eine reinzuhauen, meine Bodyguards gehen dazwischen.)

Die Stichelei am Ende war billig, ich bin nicht stolz drauf. Es wurde vier Millionen Mal retweetet: der Skandal des Jahres.

Als ich wieder zu Hause war, bat ich Romy, ihr Handy wegzulegen, um mir fünf Minuten zuzuhören. Sie gehorchte seufzend. Ihre schlechte Erziehung gefällt mir. Sie ähnelt meiner so sehr.

»Warte kurz«, bat sie mich. »Weißt du ein Insekt mit sechs Buchstaben, das sticht und mit B beginnt?«

»Bremse.«

»Bist du sicher, das gibt's? Ah, echt, haut hin!«

Seit einigen Wochen spielte Romy »94 %«, eine App fürs iPhone, bei der man Wörter erraten muss. Irgendwie war es mir lieber, sie erweiterte mit diesem Spiel ihren Wortschatz, als dass sie bei *Candy Crush* bunte Bonbons zerstörte oder ihre Lehrer anschmierte, um in Klamottenläden rumzuhängen.

»Also, ich habe gründlich nachgedacht: Was hältst du davon, wenn wir zusammen auf Reisen gehen?«

»Es sind doch gar keine Ferien.«

»Aber bald. Du wirst nur einen Monat fehlen, dann ist eh Sommer. Mama ist einverstanden. Ich schreib dir einen Entschuldigungsbrief für die Schule. Aber einen richtigen: Diesmal musst du unsere Unterschrift nicht fälschen.«

»Njanjanjanja, sehr witzig. Und meine Freundinnen?«
»Du kannst ihnen schreiben, oder ihr unterhaltet euch über Skype.«
»Und Lou und Léonore?«
»Sie kommen so bald wie möglich nach. Wir werden das Meer sehen, Berge, ferne Länder ...«
»Sag mal, weißt du einen Baum mit sieben Buchstaben, der mit P beginnt?«
»Platane? Pflaume?«
»Er nimmt beide! Sechzehn Punkte!«
»Wir brauchen eine Luftveränderung, das wird uns guttun.«

Seit meiner Trennung von ihrer Mutter lässt Romy ihre Gefühle nicht mehr raus. Es ist ungerecht, so früh groß zu werden. Ich schaffe es nicht, das belastende Thema anzuschneiden. Von Zeit zu Zeit zwinge ich mich dazu:

»Wie läuft's? Kommst du klar?«

Sie sagt nichts. Also bringe ich ihr ein Pain au chocolat oder ein Päckchen Kaugummi oder ein Netflix-Abo mit. Sie ist Fan der Serie *How to get away with Murder*.

»Süße, mir war's lieber, als du noch *Hannah Montana* geschaut hast.«

»Tja, die Zeiten ändern sich: Jetzt ist Miley Cyrus eine megadoofe Ziege.«

Ich erinnere mich, wie Romy während eines Wochenendes auf Korsika mich darum bat, ihr den Rücken mit Sonnencreme einzuschmieren und mir plötzlich klar wurde, dass sie irgendwann eine Frau sein würde. Zum ersten Mal war es mir peinlich, sie zu berühren: Meine Tochter war kein kleines Mädchen mehr. Unter den missbilligenden Blicken der Hotelgäste im *Domaine de Murtoli*, die ich hinter meinem Rücken flüstern hörte: »Wann hört dieses alte Schwein endlich auf, seine Tochter zu betatschen?«, massierte ich zum letzten Mal diesen Rücken, den ich gezeugt hatte. Es kam nicht infrage, von diesem Kind wegzulaufen. Sie war der einzige Mensch, der mich wirklich kannte. Sie wusste, was für ein Hornochse ich war, und verzieh mir. Romy nahm es mir nicht krumm, dass ich ihre Mutter durch eine Schweizerin ersetzt hatte. Bei so was helfen Kinder: Kurskorrekturen. Manchmal, wenn sie lachte, erkannte ich das Gesicht ihrer Mutter wieder, manchmal auch das ihrer Großmutter. Normalerweise beherrschte ich mich, sie ständig an mich zu drücken, ich wollte sie nicht ersticken. Aber vielleicht war das falsch.

»Freust du dich denn gar nicht?«

»Doch. Mordsmäßig.«

»Nein. Das ist durchaus nicht *mordsmäßig*. Genau genommen ist es sogar das komplette Gegenteil.«

In meinen Filmen gäbe es an der Stelle eine drei Sekunden lange Großaufnahme meines undurchschaubaren Gesichtsausdrucks, um die Doppeldeutigkeit meiner schlagfertigen Antwort zu unterstreichen.

»Erinnerst du dich, als ich zu dir gesagt habe, wir würden nicht sterben?«

»Ähm, ja.«

»Hast du mir geglaubt?«

»Pff … Bei dem vielen Zeug, das du dauernd erzählst.«

»Kritisiere nicht meinen Broterwerb. Also, du musst dir klarmachen, wenn das mit dem Sterben aufhören soll, müssen wir zu ein paar Ärzten, die sich um uns kümmern werden. Verstehst du? Das ist das Ziel unserer Reise. Aber du darfst es niemandem verraten.«

»Wieso nicht?«

»Weil wir die Ersten sein werden. Es muss unser Geheimnis bleiben, sonst wollen es alle machen. Und ich darf dich daran erinnern, dass du die Warteschlangen in Disneyland hasst.«

»Ich darf's nicht mal auf Insta posten? #100% Jesus!«

»Nein.«

»Und wo fahren wir zuerst hin?«

»Nach Jerusalem.«

»Lol! Wir fahren in die Stadt, wo Jesus aufgestanden ist?«

»AufERstanden.«

»Was?«

»Es heißt ›Jesus ist auferstanden‹. Nein, mit ihm hat es nichts zu tun, ist bloß ein Zufall. Na ja ... glaub ich jedenfalls.«

Wieder mein vieldeutiges Gesicht in der Nahaufnahme, à la Bruce Lee in *Die Todeskralle schlägt wieder zu*. Eventuell mit einem Blick in die Kamera und einem langsamen Travelling davor (muss beim Schnitt mit Synthesizerklängen unterlegt werden).

»Du musst mir nur eins versprechen, Romy. Sieh mich an.«

»Und was?«

»Schwöre, dass du nicht wieder einfach so wegläufst.«

»Aber das war doch nicht meine Schuld.«

»Und wessen Schuld war's dann?«

»Daswarwegenmamadie...«

»Wie bitte? Ich versteh dich nicht. Sprich deutlich.«

»Ich hab gesagt, das war wegen Mama.«

»Davon, dass du deinen Sport geschwänzt und dich bei Brandy Melville eingeschlossen hast, ist deine Mutter auch nicht wieder zurückgekommen. Erklär mir doch mal bitte, wem es was bringen soll, wenn du dich in einer Umkleidekabine oder hinter einem Süßigkeitenstand verschanzt.«

»Aberklementinhatmirerzähltdasssieeinenneuentypenhat.«

»Ich fleh dich an, gib dir ein bisschen Mühe, deutlich zu sprechen, das kann doch nicht so schwer sein!«

»Ich hab gesagt, Clémentine hat mir erzählt, dass Mama einen neuen Typen hat.«

»Clémentine?«

»Deswegen bin ich rausgerannt. Ich brauchte Luft und wollte rüber ins Luco. Ich hab nicht nachgedacht. Und die Frau, die die Bonbons verkauft hat, war sehr nett. Als ich ihr erzählt hab, dass meine Eltern sich gerade scheiden lassen, hat sie mir so viele Marshmallows geschenkt, wie ich tragen konnte. Und außerdem hab ich mich gar nicht versteckt, ich saß an dem Stand, wo die Musik lief, jeder konnte mich sehen. Ich wusste, dass du mich ganz schnell finden würdest. Du solltest froh sein, immerhin bin ich nicht nach Syrien abgehauen!«

Ich stellte plötzlich fest, dass ich mit einem hochbegabten, undankbaren und dreisten Plagegeist um die Welt reisen würde, meiner Tochter, die ich als Redakteurin in einer Talkshow für pädophile Fans von *Kick-Ass* hätte engagieren können. Ein Hammer-Konzept: eine Sendung mit minderjährigen Redakteuren, das musste dringend beim Autorenverband hinterlegt werden! Ich tippte die Idee in mein Handy.

»Und?«, sagte ich (ich blieb dran). »Es ist normal, dass deine Mutter ein neues Leben anfangen will.«

»Was und?«

»Und: Versprichst du, dass du nie wieder wegrennst?«

»Ich habe eine Schale und beginne mit einem E.«

»Wie bitte?«

»Komm schon ... Ich habe eine Schale, sag schon!«

»Auster, Muschel?«

»Mit einem E! Und es hat zwei Buchstaben. Na los, Papa, du hast nur noch zehn Sekunden!«

»Ei?«

»Boa, super!«

»Na los, versprochen?«

»O.k. ... Du bist besser als Mama in dem Spiel.«

Ich stand vom Bett meiner Tochter auf und rief in den Flur:

»Clémentine? Könnten Sie Romy beim Kofferpacken helfen? Wir verreisen. Ach so, noch was: Wir brauchen Ihre Dienste nicht mehr. Oder wie ein Fernsehmoderator sagen würde, der Präsident der USA geworden ist: Sie sind gefeuert.«

4.

Nobody fucks with the Jesus

(Hebräisches Krankenhaus von Jerusalem)

*»Es ist nicht tot, was ewig liegt,
bis dass die Zeit den Tod besiegt.«*

(H. P. Lovecraft)

Woran sterben wir hauptsächlich? Die medizinische Fachzeitschrift *The Lancet* veröffentlichte 2014 eine Studie, die von der Bill-Gates-Stiftung finanziert wurde: Darin nahmen sich achthundert internationale Forscher 240 Todesursachen in 188 Ländern der Welt vor. Das Gewinnerquartett überrascht nicht im Geringsten: Es ist zuallererst unser Herz, das versagt (Herzkrankheiten: 8 Millionen Tote im Jahr 2013), danach brennt unser Hirn durch (Schlaganfall: 6 Millionen Tote), die Lunge erlahmt (3 Millionen), danach folgt Alzheimer (1,6 Millionen). Verkehrsunfälle kommen erst an siebter Stelle (1,3 Millionen Tote), punktgleich mit Aids.

Ich schrieb an den israelischen Professor, den Fachmann für Zellverjüngung, dessen E-Mail-Adresse mir meine Psychiaterin gegeben hatte.

»Dr. Buganim, ich schreibe Ihnen auf Anraten einer Ihnen bekannten Psychiaterin, Dr. Enkidu in Paris, in der Hoffnung, dass diese Empfehlung Sie nicht allzu sehr beunruhigt. Wären Sie einverstanden, mich zu empfangen, um meinen Tod aufzuschieben? Mein Budget ist beachtlich. Bei dieser Gelegenheit wüsste ich gern: Wie viel kostet das ewige Leben? Seien Sie doch so freundlich und senden mir postwendend einen Kostenvoranschlag für Unsterblichkeit zu. All the best.«

Wenn man so eine Mail an ein hohes Tier der Genforschung schickt, entsorgt er sie entweder in seinem Junkfolder, oder er ruft umgehend zurück, schließlich ist es immer unterhaltsam, mit Geisteskranken zu plaudern. Dr. Yossi Buganim antwortete binnen einer Viertelstunde. Besorgt erkundigte er sich, warum Dr. Enkidu ihn erwähnt habe und ob ich ihm eine Bestätigungsmail des Zuständigen für Außenbeziehungen an der hebräischen Universität von Jerusalem schicken könne. Schlagartig hatte ich das Gefühl, Teil eines Spionageromans zu sein. In der Welt der Biologieforschung geht es heutzutage ausgesprochen paranoid zu: Die Suche nach der Ewigkeit ist ein Rennen zwischen Chinesen, Schweizern, Amerikanern und Israelis (die Franzosen hinken hinterher: keine ausreichenden finanziellen Mittel und zu viel Ethikdiskussion). In diesem Wissenschaftskrieg wird betrogen, es gibt hochtrabende Ankündigungen, die sich dann doch als Lügen entpuppen (wie die Entdeckung einer neuen Genschere NgAgo durch Han Chunyu von der Universität Shijianzhuang), gewagte Werbetricks, eine Menge Falschmeldungen und Spionage. Die genetische Wissenschaft ist ein Marathon schlimmer noch als das Rennen um die Oscars. Dr. Yossi Buganim hat 2016 vom Wissenschaftsmagazin *Science* einen Preis verliehen bekommen: Er ist einer der weltweit führenden Forscher auf dem Gebiet der Herstellung von iPS-Zellen. Also sandte ich eine E-Mail an den Kommunikationsdirex seines Labors.

»Bitte erklären Sie Dr. Buganim, dass ich nicht krank bin. Ich bitte ihn nicht, mich zu heilen, sondern meine Lebensdauer zu verlängern. Wir bereiten eine große Dokumentation zum Thema Unsterblichkeit vor, und ich möchte einfach nur erfahren, ob sich mein Alterungsprozess durch die Injektion von Stammzellen aufhalten lässt. Meine Tochter wird mich zu unserem Treffen begleiten: Ihre Zellen sind eindeutig frischer als meine. Bitte schlagen Sie mir ruhig mehrere Termine vor. Wir sind jederzeit verfügbar.«

Ein bisschen Wissensvermittlung zum Thema Stammzellen. Keine Sorge: Ich schreibe hier nicht den Wikipedia-Artikel ab, der im Übrigen unverständlich ist. Ein amerikanischer Biologe namens Leroy Stevens, der in Maine Versuche mit Mäusen über den schädlichen Einfluss von Zigaretten machte, bemerkt im Jahr 1953, dass eine von ihnen einen besonders großen Hoden hat. Er tötet sie und schneidet sie auf: Tatsächlich hat sie einen Tumor an den Eiern. O.k., allein dieses Symptom bestätigt, dass Rauchen gesundheitsgefährdend ist. Doch Stevens stellt fest, dass der Tumor der Maus sonderbar ist. Im Innern enthält er Haare, Knochenstückchen und Zähne. What the fuck?! Er lässt weitere Mäuse Zigaretten rauchen und seziert weitere Tumore, die diesmal Embryonen ähneln. Das ist *Alien* in Kleinformat. Er beschließt, den Tumor jüngeren Mäuse einzusetzen, um zu sehen, was geschieht – und auch weil es zu der Zeit noch keine Allgemeine Erklärung der Mäuserechte gibt. Er stellt fest, dass die Tumore sich an ihre neue Umgebung anpassen und sich wie missgebildete, eklige Embryonen entwickeln, jedes Mal mit Haaren und Zähnen. Damals konnten sie lachen in Bar Harbor (Maine). Leroy Stevens hatte die Stammzellen entdeckt. Um es einfach auszudrücken: Wir Menschen sind vielzellige Tiere, große Mäuse, die aus 75 000 Milliarden Zellen bestehen. Vom Embryo an teilen sich unsere Zellen unendlich und sind in der Lage, sich in alles Mögliche zu verwandeln: in Knochen, Leber, Herz, Augen, Haut, Zähne, welliges Haar, deine Möse. (Sorry für diesen kleinen Trick, um die Aufmerksamkeit meines Lesers zu wecken.) Angenommen, jemandem gelingt es, die Stammzellen zu kontrollieren, dann könnte er uns entweder das Leben retten (zum Beispiel, indem er ein defektes Organ nachbildet) oder uns in riesige, klebrige Tumore verwandeln. Aufgepasst: An dieser Stelle wird die Sache kompliziert. Die Stammzellen vermehren sich im Embryo, allerdings werden wir kaum Tausende von Föten killen, um an ihre Zellen heranzukommen: Selbst wenn die Idee logisch erscheint – wir werden später sehen, dass der Kampf gegen das Altern in der Tat etwas Vampirisches hat –, das wäre unmoralisch und ist im Übrigen durch das Bioethikgesetz von 2004 in Frankreich verboten. Die Frage der menschlichen Klonung kam vor zehn Jahren auf, als es darum ging, Stammzellen zu züchten, aber 2006 fanden zwei japanische Wissenschaftler eine andere Lösung. Kazutoshi Takahashi und Shinya Yamanaka von der Universität Kyoto gelang es, Erwachsenenzellen, die zuvor der Haut entnommen worden waren, zu verjüngen, indem sie sie zu iPS (Induced Pluripotent Stem Cells = induzierte pluripotente Stammzellen) »umprogrammierten«. Einfacher ausgedrückt: Die Japaner nahmen einen gentechnischen Eingriff vor, indem sie vier Faktoren injizierten (Oct3/4, Sox2, Klf4 und c-Myc), durch welche erwachsene Zellen in »Offroad«-Babyzellen verwandelt werden konnten, die in der Lage waren, sich überall anzupassen und von selbst zu erneuern. Yamanaka erhielt für diese Leistung 2012 den Nobelpreis für Medizin. Und genau aus diesem Grund quälen seit fünf Jahren überall in der Welt Tausende von Biologen Millionen von Mäusen, in der Hoffnung, den Stein der Weisen zu finden. Kapiert? Ende unseres kleinen Wissensexkurses. Jetzt erwarte ich den Nobelpreis für Populärwissenschaft.

Die Businessclass, die uns nach Tel Aviv brachte, war voller Geschäftsleute, die *Darm mit Charme* lasen. Viele trugen eine Kippa. Ich war umgeben von sterblichen Wesen, die der Tod nicht schreckte. Die Juden wissen, dass er an jeder Straßenecke lauert; sie scheinen an den Umgang mit ihm gewöhnt zu sein. Es sieht ganz so aus, als lasse er sie kalt. Im Gegensatz zu Romy finde ich nicht, dass »mordsmäßig« ein Synonym von »genial« ist. Ebenso hasse ich es, wenn sie beim Videospielen verliert, weil sie dann immer diesen idiotischen Ausdruck verwendet:

»Ich bin so was von im Arsch.«

Worauf ich voller Stolz entgegne:

»Ich zuerst!«

Sie unterdrückte ein Gähnen, als ich ihr von den ungeheuren wissenschaftlichen Entdeckungen erzählte, die uns in diese Stadt führten. Romy ließ den Mund geschlossen, aber ihre zitternden Nasenflügel verrieten sie. Ich hatte Jerusalem noch nie zuvor betreten; ich mache mir nichts aus heiligen Stätten. Zum Beispiel habe ich nie die Mode mitgemacht, den Jakobsweg entlangzuwandern.

Romy schaute *Die Tribute von Panem* auf ihrem Laptop – auch eine Überlebensgeschichte. Die Hauptheldin Katniss Everdeen, gespielt von Jennifer Lawrence, ist in jeder Folge damit beschäftigt, in einer Reihe von immer sadistischeren Zirkusspielen um ihr Leben zu kämpfen. Wenn ich in ihrem Alter diesen Film gesehen hätte, wäre ich für mein Leben traumatisiert gewesen, aber Romy schlummerte vollkommen angstfrei ein. Die Jugend ist abgebrühter, seitdem das Prinzip »Jeder für sich« zum einzigen Storytelling unserer Kinder geworden ist.

Ich schickte Léonore, die mit unserem Baby in Paris geblieben war, folgende Nachricht:

»Liebste Liebe meines Lebens,

auch wenn ich noch so cool tue, es ist schon was, im Gelobten Land zu landen. Man überfliegt das Mittelmeer, und plötzlich erkennt man durch das kleine Fenster neben sich eine gerade weiße, flimmernde Linie: Israel, das Land, das seit dreitausend Jahren eine Utopie darstellt. Unsere Sitznachbarn, ein altes Ehepaar, haben sich an den Händen gefasst, als das Flugzeug auf dem Boden aufsetzte. Ich habe sie beneidet, denn mir fehlte deine Hand. Ich weiß, was du denkst: Meine Suche nach Unsterblichkeit ist vollkommen sinnlos. Wahrscheinlich hast du recht, und doch ist sie bereits von Erfolg gekrönt, sogar noch vor dem Treffen mit dem Kollegen von deinem Chef, denn jeder Kilometer, der mich von Lou und dir entfernt, misst eine Ewigkeit. Ich rufe dich an, sobald ich voll mit Stammzellen bin. Beiß doch bitte Lou in meinem Namen einen Zeh ab: Wir lassen ihn später wieder nachwachsen. Ich schreibe dir keinen allzu langen Brief, weil ich sonst noch vor Romy zu heulen anfange. Ich hasse es, irgendwas anderes zu tun, als dich in meinen Armen zu halten.

Dein rechtmäßiger Liebhaber mit den rostbeständigen Gefühlen.

PS: Im Ernst, ich glaube, meine Definition von Paradies ist, dich an mich zu drücken.«

Vielleicht sollte ich mir eine Kippa kaufen. Auf der Hochzeit meines Produzenten habe ich eine getragen. Das kleine Käppchen stand mir gut, es verlieh mir die Tiefgründigkeit, die mir immer fehlt. Mit meiner vorstehenden Nase und den hellen Augen habe ich eigentlich eine ziemlich aschkenasische Visage. Obgleich ich im Besitz einer ausgesprochen katholischen Vorhaut bin, rangiert mein Name auf einer »Liste von Juden, die über die Medien herrschen«, veröffentlicht auf einer Website der rechtsextremen Blogosphäre. Ich lasse sie in dem Glauben, da ich mich geschmeichelt fühle. Hauptsache, mein Name taucht irgendwo auf!

Die Landung weckte Romy auf, und wir baten einen Taxifahrer, uns direkt am Genomik-Labor für Zell- und Biotechnologie der Hebräischen Universität von Jerusalem abzusetzen. Von Tel Aviv aus ist das eine einstündige Hochsicherheitsfahrt zwischen Stacheldrahtzäunen hindurch. Da ich weder an Gott noch an Jahwe oder Allah glaube, versuchte ich aus dem Fenster zu schauen, als wäre dieses Land ein x-beliebiger Ort, doch es war kein x-beliebiger Ort. Viele Polizisten flankierten schwarz gekleidete, bärtige Männer, die schwarze Hüte und gekräuselte Zöpfe trugen. Israel ist das Pariser Marais-Viertel in groß, nur der Himmel ist weiter. Sogar das Licht ist metaphysisch. Ich merkte, dass ich abgesehen von »Schalom« kein einziges Wort auf Hebräisch wusste. Noch nicht mal »ja« oder »danke« konnte ich sagen! Zum Glück hatte Romy das 4G: Es brachte mir bei, dass es »ken« und »toda« heißt. Der Taxifahrer fuhr wie ein Besengter, in einem Höllentempo und mit voll aufgedrehter Klimaanlage: Ich hatte Angst, Romy würde sich erkälten.

»Schnall dich an, und nimm meinen Schal.«

Vatersein bedeutet, häufig den Imperativ zu verwenden. Auf den Gehwegen flanierten viele braune, groß gewachsene, schlanke Schönheiten mit seidigem Haar, grünen Augen, weißen Zähnen und triumphierenden Brüsten, aber ich gab mir Mühe, mich dadurch nicht von meiner wissenschaftlichen Mission abbringen zu lassen. Wie nennt man die grübchenartigen Höhlungen in den Kniekehlen, diese zartgoldene Stelle? Falls es jemand weiß, schreiben Sie mir bitte. Ich konnte schließlich nicht meine Tochter bitten, die Antwort zu googeln.

»Siehst du diese Israelinnen, Romy? Sie setzen eine genervte Miene auf, um schön zu wirken. Tu das nie, hörst du?«

Man spürte, dass die israelische Jugend kalifornisch sein wollte, ein Leben in T-Shirt und Flip-Flops; diese Juden sahen alle aus wie Jesus in Shorts. Wie in Paris, Rom, London oder New York waren Juden nur schwer von Hipstern zu unterscheiden. Wer hatte bei wem abgeguckt? War der Hipster ein als stylisher Typ verkleideter Jude? Oder war der Jude ein Hipster mit einer spirituellen Dimension? Ich hatte den Eindruck, es lag ein Krieg in der Luft, und die Israelis hatten sich auf dieselbe Seite geschlagen wie die Möchtegern-Bohemiens in Paris.

Romy hatte leichtes Bauchweh, als uns der Wagen vor der Cafeteria des Krankenhauses absetzte.

Ich war erleichtert; niemand erkannte mich, als wir aus dem Taxi stiegen; mein Gesicht nahm eine Auszeit. Es ist schön zu leben; aber wahres Glück ist, es in selbst gewählter Anonymität zu tun. Besonders wenn man weiß, dass jeder Mensch, der bei dir anruft, den angeberischen, von einer Automatenstimme gesprochenen Satz hört: »Die Mailbox Ihres Gesprächspartners ist voll.« Das ist die höfliche Variante von: »Ich bin beliebter als du – du kannst mich mal.« Nachdem mein Rücktritt öffentlich bekannt gegeben worden war, hatte kein Einziger der zighundert Stars, die ich in meine Sendung eingeladen hatte, bei mir angerufen. Ihre Undankbarkeit war vorauszusehen gewesen, trotzdem war es unangenehm, sie bestätigt zu finden: Nach zwanzig Jahren beim Fernsehen war die Anzahl der Berühmtheiten, die meine Freunde geworden waren, gleich null. Ich war nur ein Vermittler zwischen den Künstlern und ihrem Publikum gewesen. Sehe ich etwa aus wie ein Mittelsmann?

Dann tranken wir eine Cola und machten einen Rülpswettbewerb. Durch das offene Fenster hatte Romy Sonnenbrand auf der Nase bekommen. Vom vielen Rülpsen fing sie an, ihren French Toast wieder auszukotzen, zum Glück waren wir da.

Das *Hadassah Ein Kerem Hospital Center* in Jerusalem ist eine moderne Stadt auf einem Berg. Es besteht aus ungefähr dreißig Gebäuden, darunter ein Einkaufszentrum, eine Synagoge, Restaurants und eine Universität – ich glaube, es ist das größte Krankenhaus, das ich jemals betreten habe. Es ist älter als das Raumschiff Pompidou in Paris und wirkt zudem Respekt einflößender, wie jede streng überwachte Zone. Der riesige Ameisenhaufen wird von bewaffneten Soldaten geschützt. Um hineinzugelangen, muss man Sicherheitskontrollen passieren, die beeindruckender sind als auf jedem Flughafen. Wer keinen Termin bei einem bedeutenden Arzt vorweisen kann, wird zur Grenze zurückgebracht.

Doktor Yossi Buganim ist der Wunderknabe der medizinischen Forschung an der Medizinischen Fakultät der *Hebrew University of Jerusalem*. Der israelische Forscher mit dem rasierten Schädel wirkt eher wie ein Actionschauspieler, Typ Jason Statham. Er hat schöne Hände, lang und sehnig; Pianistenhände, die die vier Noten der DNA spielen: A, T, G, C (Adenin, Thymin, Guanin und Cytosin). Die Sorte Hand, die ideal fürs Zigaretterauchen ist, aber in Anbetracht seines Jobs raucht er natürlich nicht. In seinem Labor präsentiert sich Hightech ganz unspektakulär: hochkomplexe Mikroskope, 3-D-Videos von vielfarbigen Zellen, bebrillte Biologen, die mit Pipetten hantieren ... Er führte uns durch sein Büro, und ich fing an, von Posthumanität zu träumen, an genau dem Ort, wo die monotheistischen Religionen entstanden sind.

»Schalom Professor, danke, dass Sie uns empfangen. Ich komme gleich zum Punkt. Kann man durch Stammzellentransplantation bereits Kranke heilen?«

»Ja: Wir haben die Hoffnung, bald Alzheimer, Parkinson, Diabetes und Leukämie behandeln zu können. Wir haben hier plazentale iPS-Zellen geschaffen, um das Plazentagewebe von bestimmten schwangeren Frauen zu erneuern.«

»Und wenn Sie mir Stammzellen injizieren würden, könnte ich dann fünfhundert Jahre leben?«

»Sie sind nicht krank: Es könnte passieren, dass Sie an der Stelle, wo ich steche, Krebs bekämen. Darin liegt das ganze Problem: Die iPS-Zellen sind instabil, manchmal unberechenbar. Wenn sie schon nicht bei einer Maus halten, können Sie sich vorstellen, wie es bei Ihnen sein muss: Da ist ein Tumor garantiert.«

»Wann wird man dreihundert Jahre leben können?«

»Ich dachte, Sie streben fünfhundert an?«

»Wenn ich meine Ansprüche runterschrauben muss, wäre es auch o.k. für mich mit zweihundertfünfzig oder zweihundert.«

Da Romy ihr ganzes Leben noch vor sich hatte, war sie von diesem Treffen zutiefst gelangweilt. Für eine Zehnjährige ist die Vorstellung, zweihundert Jahre zu leben, genauso nervtötend wie eine 52-minütige Doku über die Loire-Schlösser, bei der als Hintergrundmusik der *Marche Royale* von Lully läuft. Doktor Buganim wandte sich vor allem an sie. Folglich sah er sich gezwungen, Begriffe zu benutzen, die für ein Mädchen in ihrem Alter verständlich sind. Man spürte, dass es in unserer Besprechung auch um Eigennutz ging: Geld von reichen Leuten einzutreiben ist einer der zeitraubendsten Aspekte für Biotechnologen, sie sind gehalten, ihre Entdeckungen zu »verkaufen«, um ihre Reagenzgläser bezahlen zu können. Im Grunde empfing er mich nur, weil ich der PR-Abteilung des Universitätskrankenhauses weisgemacht hatte, ich wäre ein bedeutender Reporter beim französischen Fernsehen. Er hoffte, ein bisschen was aus meinem Bekanntheitsgrad herauszuschlagen, um den Rest der Menschheit retten zu können. Also in etwa das, was Ségolène Royal eine »Win-win-Strategie« genannt hat, kurz bevor es »loose-loose« für sie hieß.

»Mademoiselle Romy«, sagte er, »ich will Ihnen erklären, wie Sie hierhergekommen sind. Zuerst befruchtet ein Spermium eine Eizelle, aus der ein Ei wird, die sogenannte Zygote. Diese einzelne Zelle beginnt sich zu teilen. Es entstehen zuerst zwei, dann vier, dann acht, dann sechzehn Zellen. Wenn es vierundsechzig Zellen sind, hat man einen sehr jungen Embryo, der Blastozyste heißt und ungefähr so aussieht wie eine Kugel mit einem Hohlraum im Innern. Als Wissenschaftler solche Zellen züchteten, stellten sie fest, dass sie sich erneuerten und auf unbegrenzte Zeit identisch blieben.«

Romy war gefesselt. Wie mein Meister Yves Mourousi, der berühmte Fernsehjournalist, hakte ich weiter nach.

»Ein bedeutender Kollege von Ihnen hat mir erklärt, dass bestimmte Zellen unsterblich seien.«

»Yez. Ze embryonic ztem zellz are immorrrtal.«

Ich vergaß zu erwähnen, dass wir uns auf Englisch unterhielten. Romy hatte einigermaßen Schwierigkeiten, den Ausführungen zu folgen, und ich, Professor Buganim ernst zu nehmen angesichts seines israelischen Akzents, der an den von Adam Sandler in *Leg dich nicht mit Zohan an* erinnerte, der besten Komödie über Israel. Um in dieser Situation keinen Lachanfall zu bekommen, musste man von den Feinheiten seiner Aussprache absehen und sich auf die Tatsache konzentrieren, dass ich in zwanzig Jahren beim Fernsehen noch nie einen Preisträger vom Wissenschaftsmagazin *Science* zu Gast gehabt hatte. Der Einfachheit halber übersetze ich im Folgenden seine Äußerungen.

»Die embryonalen Stammzellen sind unsterblich«, hatte er also seelenruhig gesagt.

»Diese Zellen sind wie Chamäleons, oder?«, fragte Romy, die eine prima Co-Interviewerin abgab.

»Ja. Sie können sich in alles Mögliche verwandeln. Na ja ... in fast alles. Daher auch ihr Name: pluripotent.«

Auf einem Flipchart zeichnete er runde Zellen, die aussahen wie *Die Shadoks* (weitere Altherren-Assoziation).

»Erzählen Sie uns was über die Japaner, die entdeckt haben, dass sich Stammzellen herstellen lassen. Was hat es mit diesem iPS-System auf sich?«

»Vorsicht: Es sind nicht bloß Stammzellen, sondern embryonale Stammzellen. Das heißt, sie sind fähig, alle Arten von Zelltypen des menschlichen Körpers zu bilden. Wir Erwachsenen haben allesamt Stammzellen. In all unseren Organen. Und Romy ebenfalls. Aber sie können jeweils nur ein bestimmtes Organ bilden. Die Japaner haben sich gefragt, ob es möglich ist, erwachsene Zellen zu embryonalen, also pluripotenten Stammzellen rückzuprogrammieren. Dadurch wurden zwei Probleme gelöst: 1) die ethische Frage: Schließlich ist es nicht gerade toll, menschliche Embryonen zu zerstören, selbst wenn ich nicht sicher bin, ob die Blastozyste, diese mikroskopisch kleine Kugel, wirklich schon als Leben betrachtet werden kann, und 2) die Immunabstoßung; denn wenn ich jemandem fremde embryonale Stammzellen injiziere, kommt es zu einer Abstoßungsreaktion. Während durch Hautbiopsie entnommene Zellen des eigenen Körpers nicht abgestoßen werden.«

Er deutete eine Bewegung an, als würde er sich unterm Arm kratzen. Romy wurde leicht unruhig. Sie wandte sich an mich.

»Wir kriegen doch keine Spritze, oder?«

»Aber nein, dir geschieht nichts, Schatz.«

»Und selbst wenn«, fügte der Forscher hinzu, »wir kratzen nur die Haut unterm Arm auf, das tut nicht weh.«

»Wenn ich richtig verstehe«, erwiderte ich, »haben die japanischen Wissenschaftler einem Erwachsenen Zellen entnommen und sie anschließend ... verjüngt?«

»Genauso ist es. Man nimmt Hautzellen, in die bestimmte Gene eingeschleust werden, dann wartet man zwei bis drei Wochen, und plötzlich werden ›gefakte‹ embryonale Zellen sichtbar, daher das ›i‹ in ›iPS‹ (induced, also induziert).«

»Verrückt!«

»Total verrückt! Keiner hätte geglaubt, dass so was möglich ist! Und nicht nur das, es hätte sich auch niemand vorstellen können, dass für solch eine Operation nur vier Gene nötig sind! Schließlich haben wir zwanzigtausend Gene in unserem Körper. Aber man braucht nur vier, um durch die Zeit zu reisen. Die Entdeckung muss auch dem Briten John Gurdon zugeschrieben werden – er war der Erste, der Zellen umprogrammiert hat. Übrigens hat er sich den Nobelpreis für Medizin 2012 mit Shinya Yamanaka geteilt. Mittels seiner Technik ist das Klonschaf Dolly entstanden. Er entnahm erwachsene Hautzellen und setzte sie in eine Frosch-Eizelle. Auf diese Weise entstand ein Embryo. Man nimmt den Kern einer adulten Zelle und setzt sie in die Zygote ein: Das ergibt einen Klon. Das Ei begann sich zu teilen, erst in zwei, dann in vier, dann in acht Zellen und immer so weiter. Mit seinem System kann man alles klonen.«

»Mich auch? Kann man mich etwa auch klonen?«, rief Romy.

Ich war einigermaßen erstaunt, wie gut meine Tochter Englisch verstand, und das trotz des israelischen Akzents.

»Nicht gerade wie in *Star Wars*, aber sagen wir, dass man eine genetisch identische Romy erzeugen kann. Ich kratze eine Zelle von deiner Haut, nehme deine DNA und setze sie in die entkernte Eizelle eines Menschen ein. Die lasse ich ein paar Tage wachsen und pflanze das Ganze anschließend einer Leihmutter ein: Nach neun Monaten bist du geklont. Wir hätten ein Baby, das genauso aussieht wie du.«

Da Romy sich jetzt ernsthaft Sorgen zu machen begann, beschloss ich einzuschreiten, um ihr einen weiteren Schock zu ersparen.

»Liebes, niemand wird dich klonen: Es ist anstrengend genug, sich um *eine* Romy zu kümmern. Schon komisch, Doktor, vor fünfzehn Jahren war alle Welt besessen vom menschlichen Klonen, aber heutzutage spricht keiner mehr davon. Ist es nicht mehr angesagt?«

»Es ist durchaus noch angesagt, um Ihren Ausdruck zu gebrauchen. Es ist vor allem aus ethischen Gründen verboten. Aber ich bin sicher, dass irgendwer irgendwo in China bereits gründlich an der Sache dran ist.«

»Im Ernst? Das glauben Sie?«

»Das glaube ich nicht nur, ich bin mir sicher. Sie haben schon Schweine, Hunde und Pferde geklont … 2013 ist einem Kasachen das erste menschliche Kloning gelungen, Professor Shoukhrat Mitalipov von der *Oregon Health and Science University* in Portland.«

»Aber das ist vollkommen unbemerkt geblieben!«

»Aufgrund von Yamanakas Entdeckung wurde dieser Weg nicht weiterverfolgt ... zumindest im Augenblick.«

»Und Sie? Verwenden Sie hier in Ihrem Labor geklonte oder umprogrammierte Mäuse?«

»Beides. 2009 wurde hier eine Maus geboren, die vollständig aus umprogrammierten Zellen bestand. Sie war funktionsgerecht, lebte und konnte sich fortpflanzen. 2011 haben wir einen Kehlkopf und 2012 eine Schilddrüse hergestellt. Vor achtzehn Monaten wurde durch iPS eine künstliche Mäuseleber erschaffen. Eine wirklich atemberaubende Sache. Aber das Problem mit den iPS-Zellen ist, dass nur dreißig Prozent von ihnen eine ganze Maus hervorbringen können. Die große Mehrheit der iPS ergibt nur zurückgebliebene Embryonen oder solche, die noch während der Schwangerschaft sterben. Die iPS-Zellen haben also keine sonderlich gute Qualität. Wohingegen mit *echten*, einer Blastozyste entnommenen embryonalen Zellen durch Klonen fast immer eine komplette Maus entsteht.«

»Da komme ich nicht mit. Ich rede von Verlängerung der Lebensdauer, und Sie halten eine Lobrede auf das Klonen?«

»Nein. Ich will damit bloß sagen, dass wir immer noch nicht die optimalen Bedingungen gefunden haben, unter denen sich unsere Zellen erneuern. Das Konzept ist da, aber wir haben noch nicht das richtige Mittel. Das Ziel des Klonens wie auch des Rückprogrammierens besteht darin, zum Ausgangspunkt zurückzukehren. Was wir ›Reset‹ nennen.«

»I want a reset, Doktor! It's time to reboot me! Ich 2.0!« Professor Buganim musste mich definitiv für einen Schwachkopf halten. Romy war an ihrem Handy zugange und spielte *Brick Breaker*. Auf gewisse Weise beruhigte mich das: In ihren Augen war es dringlicher, eine Wand aus klingelnden Backsteinen auf ihrem Smartphone zum Einstürzen zu bringen, als mehr über das *Reseting* unseres Lebens zu erfahren.

»Wenn ich Sie richtig verstehe, Professor, führen weder menschliches Klonen noch Rückprogrammierung zu Unsterblichkeit.«

»Stimmt. Ein Klon wird Ihnen vollkommen gleichen, doch man muss ihm auch ins Leben helfen: Neun Monate Schwangerschaft, Geburt, Erziehung, Ernährung, alles beginnt wieder bei null. Der Klon wird genauso aussehen wie Sie, aber er wird niemals Sie *sein*. Übrigens verwenden wir diesen Begriff längst nicht mehr, da er zu skandalträchtig ist. Wir sagen lieber ›somatic cell nuclear transfer‹, aber das macht keinerlei Unterschied. Tatsächlich stammt das Klonschaf Dolly aus dem Jahr 1996, seither ist man zu etwas anderem übergegangen. Wir versuchen das Maximum an hochqualitativen verjüngten Zellen zu erzeugen, in der Hoffnung, sie danach in gesundem Zustand zu reimplantieren.«

»Sie haben mir gerade erzählt, dass ich mir einen Tumor einfangen würde, wenn Sie mir iPS-Zellen injizieren würden. Na, herzlichen Dank!«

»(Lacht) Nehmen wir mal an, Sie hätten Parkinson und zittern überall, und ich injiziere Ihnen gentechnisch veränderte Nervenzellen, die Ihre Symptome deutlich verringern. Dann wären Sie hocherfreut, selbst wenn Sie zehn Jahre später einen Tumor entwickeln sollten. Wir haben hier vier Gene entdeckt (Sall4, Nanog, Esrrb und Lin28), die in der Lage sind, iPS-Zellen von besserer Qualität zu erzeugen. Im Augenblick halten sie bei geklonten Mäusen.«

»Das hat Ihnen den Preis vom *Science*-Magazin eingebracht.«

»Genau. Wir probieren andere Faktoren als Yamanaka aus.«

»Und wieso dauert das Ganze drei Wochen, während ein Ei nur drei Tage braucht?«

»Die Rückprogrammierung verläuft langsamer als die Programmierung! Und außerdem kann es in dieser Phase zu Mutationen der DNA kommen, zu Anomalien. Wir müssen diesen Eingriff erst noch besser kontrollieren können.«

»Die Unsterblichkeit ist ein langer und schwieriger Prozess.«

»Ich erforsche nicht die Unsterblichkeit. Ich versuche, eine Hautzelle von einem Parkinson- oder Alzheimerpatienten zu nehmen und diese dann zu einer neuronalen iPS-Zelle umzuprogrammieren, um so von Parkinson oder Alzheimer befallene Gehirnzellen untersuchen zu können. Durch die Untersuchung dieser gentechnisch verjüngten Gehirnzellen könnte ich die Krankheit vielleicht behandeln. Neue Moleküle finden, die uns dabei helfen, sie loszuwerden. Und dann ist da noch die andere Hoffnung: die regenerative Medizin. Man kann versuchen, das Neuron zu reparieren, um es anschließend wieder ins Gehirn des Kranken einzuschleusen.«

»Ah ja. Dazu kommen wir jetzt. Hat das irgendwas damit zu tun, was diese beiden Forscherinnen 2012 entdeckt haben? Dem CRISPR-Cas9?«

An dieser Stelle fürchte ich, meine tapfere Leserschaft endgültig abzuhängen. Fassen wir den aktuellen Stand der Genetik in wenigen Worten zusammen: 2012 (ein großes Jahr, denn da bekam auch Yamanaka den Nobelpreis) entwickelten zwei Biologinnen, Jennifer Doudna (eine Kalifornierin) und Emmanuelle Charpentier (eine Französin), eine Technik, mit der sich die DNA schneiden lässt, um anschließend ein verbessertes Gen einzuschleusen. Nachdem sie festgestellt hatten, dass es in der DNA von Bakterien zu kurzen palindromischen Wiederholungen kommt (das heißt umgekehrte Wiederholungen aus den Buchstaben A, C, T und G), gaben sie ihrer Entdeckung den Namen: CRISPR, die Kurzform von »Clustered Regularly Interspaced Short Palindromic Repeats« (was selbstverständlich so viel heißt wie: »gehäuft auftretende kurze palindromische Wiederholungen mit regelmäßigen Zwischenräumen«). Verlangen Sie bloß nicht von mir, dass ich Ihnen erkläre, wie – wir müssten alle zehn Jahre studieren, um irgendwas davon zu verstehen –, fest steht, die beiden Forscherinnen schnitten mittels CRISPR ein Gen in der DNA. »Cas9« ist der Name des Proteins, das bei diesem Vorgang genutzt wird. Diese neuartige Technik hat die genetische Veränderung des Menschen erheblich erleichtert. Yossi Buganim schien verwundert darüber, dass ich dermaßen gut über die Fortschritte der Wissenschaft informiert war, dabei hatte ich meine Assistentin vor der Reise einfach nur gebeten, mir ein paar Seiten vorzubereiten. Er redete jetzt nicht mehr allgemein verständlich, sondern als würde er sich auf dem jährlich in San Francisco stattfindenden, von J. P. Morgan gesponserten »Healthcare«-Kongress mit einem Kollegen unterhalten.

»Stellen wir uns die mutierte DNA eines Parkinsonpatienten vor«, sagte er. »Theoretisch können wir ihn behandeln, indem wir an der Stelle eine neue DNA einfügen. Mithilfe des von einem kurzen RNA-Schnipsel geleiteten Protein Cas9 schneiden wir die DNA und korrigieren sie. Inzwischen nutzen wir dieses Verfahren täglich.«

»Erschreckt es Sie nicht, dass Sie einen GVM (Gentechnisch veränderten Menschen) erschaffen? Amerikaner, Chinesen und Engländer haben ein Gentech-Moratorium in Bezug auf den Menschen empfohlen.«

»(Lächelt) In China nimmt Doktor Lu You von der Universität Chengdu in diesem Monat eine Veränderung der T-Lymphozyten bei Patienten mit metastasierendem Lungenkrebs vor, die auf keine Chemotherapie ansprechen. Mittels Blutabnahme werden dem Patienten T-Zellen entnommen und dann das Gen PD1 in der DNA verändert, das den Krebs ›schützt‹. Sie gehen davon aus, dass durch das Einschleusen dieser gentechnisch veränderten Zellen das Protein in Zukunft den T-Zellen nicht mehr befehlen kann, den Tumor in Ruhe zu lassen.«

»Und dieses Experiment findet jetzt gerade statt?«

»Ja. Sie haben mit Tests an Menschen begonnen. Theoretisch könnte es funktionieren, gleichzeitig aber besteht das Risiko, dass die gentechnisch veränderten Zellen nun, da die Zellen das Signal ›greift mich nicht an‹ nicht mehr bekommen, die gesunden Zellen angreifen ... Das kann zu Autoimmunkrankheiten führen.«

»Warum machen Sie solche Experimente nicht hier in Jerusalem?«

»Weil es noch Jahre dauern wird, bis wir die Erlaubnis dazu bekommen. In den USA sind ähnliche Immuntherapie-Versuche an Leukämiekranken abgebrochen worden (die ›Rocket‹-Studie), nachdem fünf Patienten gestorben waren. Und dann gibt es immer wieder Tragödien oder Scharlatane. Eine russische Familie, die hier in Israel lebt und deren Sohn an einer neurodegenerativen Erkrankung litt, hat ein Vermögen dafür bezahlt, Stammzellen nach Kasachstan einführen zu lassen. Als der Junge wieder hier war, musste er als Notfall ins Sheba Hospital eingeliefert werden: Er hatte zwei Gehirntumore. Kurze Zeit später ist er gestorben.«

»Nur die westlichen Staaten halten sich also an das Moratorium?«

»Das kann ich bestätigen. Wenn man Ihnen in Indien, Russland, Mexiko oder China eine Wundermethode verspricht, ist Vorsicht geboten: Dort herrscht keinerlei Kontrolle.«

»Im Internet habe ich eine schweizer Klinik gefunden, die Stammzellen von Schafsföten injiziert!«

»Ich hoffe, sie spritzen nur Placebos, ansonsten kann das tödlich enden. In China werden die Leute in fünfzig Jahren ein blondes Kind mit blauen Augen verlangen, und sie werden es herstellen können.«

»Seit der Ein-Kind-Politik gibt es dort nicht mehr

genug Frauen: In Zukunft könnten sie sich maßgeschneiderte Barbies machen!«

»Oder aggressive Tiere klonen und Super-Soldaten erschaffen. Oder unkontrollierbare blutrünstige Monster.«

»Damit kommt man dem Traum der Nazis ganz nah: die Erschaffung einer höheren Rasse.«

»Exakt. Wir dagegen arbeiten an der Herstellung pluripotenter Stammzellen. Wir sind die Ersten gewesen, die iPS-Zellen aus der Plazenta gewonnen haben. Und auch einzigartige, sogenannte ›totipotente‹ Zellen, die alles erzeugen können: Darüber wurde noch nichts veröffentlicht. Das sind embryonale, ins Blastomer gespritzte Stammzellen, die neue Zellen hervorgebracht haben, welche wiederum in der Lage sind, zu Plazenta zu werden. Diese Zellen zeigen sich schneller als nach der Methode von Dr. Yamanaka. Wir sind also bei der Entstehungsphase noch einmal einen Schritt weitergekommen. Wir versuchen weder, Menschen zu klonen, noch, den Übermenschen zu erfinden. Wir wollen bloß Kranke heilen, aber das wird noch viel Zeit brauchen.«

Doktor Buganim sah auf seine Uhr. Mir fiel plötzlich wieder ein, dass ich mich nicht am Set meiner Sendung befand, sondern im Büro eines der renommiertesten Biochemiker der Welt. Ich merkte, dass es höchste Zeit war, den Forscher weiterforschen zu lassen. Während er uns zum Fahrstuhl begleitete, versuchte Professor Buganim mich auf seltsame Art zu beruhigen.

»Vielleicht sind wir in zwei- oder dreihundert Jahren ja fähig, den Prozess des Alterns aufzuhalten. Aber ich glaube, bis dahin ist die Erde sowieso tot. So wie wir die Umwelt behandeln, hat sich das Problem in ungefähr einhundert Jahren von selbst erledigt: Der Planet wird verschwinden und die Menschheit mit ihm. Es ist also völlig überflüssig, dass Sie sich um ein Thema wie Unsterblichkeit sorgen. Jetzt entschuldigen Sie mich bitte, ich muss ein paar Mäuse vernichten.«

»Ah, der jüdische Humor.«

Glücklicherweise hatte Romy nichts mitbekommen: Sie war mit einer neuen Partie *Angry Birds* befasst.

Der Atheismus ist eine Religion wie jede andere auch. Die einzige Besonderheit besteht darin, dass Hölle und Paradies in ihrem Fall ein und derselbe Ort sind: hier. Es gibt kein *after*; nicht einmal im himmlischen Jerusalem. Dass mir der israelische Wissenschaftler am Ende eine Abfuhr erteilt hatte, entmutigte mich nicht. Hatte das Übernatürliche in diesem Land etwa ansteckend auf mich gewirkt? Wer nie dort gewesen ist, kann nicht verstehen, warum sich so viele Menschen über Jahrtausende hinweg gegenseitig bekämpft haben, um diese Stadt zu erobern. Ein anderes Taxi brachte uns wieder ins Zentrum zurück, bis zu einer Mauer aus rosafarbenem Stein, versteckt hinter einer Autobusschlange.

»Gucken wir uns die drei Götter an?«

Romy ließ nicht locker, sie wollte unbedingt die Altstadt besichtigen; wie alle Kinder war sie begierig auf Zauber. Mich gelüstete es nach einer anständigen Shawarma mit Hummus, einem frischen Pita-Fladenbrot, gehacktem Lammfleisch und Petersilie obendrauf. Ich dachte: Besuchen wir also die Stadt von König David. Viertausend Jahre metaphysischer Bullshit und religiöse

Kreuzzüge, genau das lockt den transzendentalen Tourismus an. Jerusalem ist die am wenigsten weltliche Stadt auf der Erde. Ein wahrer Supermarkt für Religiöses: Hier ist für jeden was dabei. Nachdem wir auf dem von den Sandalen begeisterter Horden blank polierten Straßenpflaster die Umfassungsmauer der Burg von Suleiman dem Prächtigen überwunden hatten, verirrten wir uns schnell im Labyrinth der drei monotheistischen Religionen. In einer palästinensischen Gaststätte erblickte ich einen freien Tisch.

»Die Cola schmeckt irgendwie komisch«, meinte Romy.

»Vielleicht ist sie ja koscher?«

Die Gänge waren überdacht, ich hatte mir Jerusalem nicht wie ein Labyrinth aus Gewölben, altem fensterlosen Gemäuer und engen Durchgängen vorgestellt, die so verschlungen und verstopft waren wie die Metrostation Châtelet-Les Halles zur Rushhour, noch dazu voller Staub. Romy hatte darauf bestanden, dass ich ihr ein T-Shirt mit der Aufschrift »SUPER JEW« kaufe, allerdings verbot ich ihr, es in Frankreich zu tragen (zu gefährlich). Als wir aus dem Restaurant traten, wurde uns klar, dass wir neben der Klagemauer standen. Fingen wir also damit an. Allerdings wurden wir am Eingang der historischen Stätte doppelt abgewiesen, denn 1) hätte ich eine Kippa tragen müssen, und 2) war Romy weiblich. Also kehrten wir der Mauer den Rücken und machten ein Selfie von uns. Schließlich fand ich eine Einwegkippa aus Pappe, die mir dauernd vom Kopf flog, sodass ich ihr immer wieder hinterherlaufen und sie aus dem Sand fischen musste. Ich glaube, etliche Gläubige hätten mich liebend gern gekreuzigt. Ich bat Romy, hinter der Absperrung auf mich zu warten, rechts von meinem Mauerabschnitt, so lange, bis ich hinuntergegangen wäre und meinen Wunsch abgeliefert hätte.

Am Fuße des Ölbergs war das Licht so mattweiß wie die heiligen Steine und die Gräber auf dem Friedhof. Die Stufen, die zum Vorplatz hinunterführten, machten mich ganz benommen. Ich wusste nicht, ob mir einfach nur schwindlig oder ob ich plötzlich zum Israeliten geworden war. In Erwartung eines Wunders und den Augenblick genießend, schritt ich in Zeitlupe auf die Mauer zu und steckte folgendes (leider auf Französisch auf ein Stück der Papiertischdecke gekritzelte und danach mehrfach gefaltete) kleine Ansuchen in einen Spalt zwischen zwei Steine: »Lieber Jahwe, falls es Sie gibt, gewähren Sie doch bitte Romy, Léonore, Lou, meiner Mutter, meinem Vater und meinem Bruder ewiges Leben. Und mir auch. In tiefer Dankbarkeit: *toda, shalom* und *mazeltov*.« Ich kam mir ungefähr so lächerlich vor wie die Einfaltspinsel, die auf dem Pont des Arts ein Vorhängeschloss ans Brückengeländer klemmen. Romy war von der Feierlichkeit der Besucher beeindruckt; sie fürchtete, sie würde sie stören. Ich fühlte mich eher vom ehrwürdigen Alter der Stätten erschlagen. Die uralten Steine schienen mir respekteinflößender als das Geschluchze von ein paar greisen Rabbinern in Römerlatschen. Eine Sache erstaunte mich: Die Al-Aqsa-Moschee wurde teilweise auf der Klagemauer errichtet. In Jerusalem wird der Islam vom Judaismus getragen. Weder die Muslime noch die Juden sind darüber erfreut, und trotzdem sind sie geologisch und städtebaulich untrennbar miteinander verbunden.

Was die Christen angeht ... war es unmöglich, den Weg zum Heiligen Grab ausfindig zu machen: Die Kirche, in der Christus nicht gestorben ist, ist bei Weitem nicht so gut ausgeschildert wie die Klagemauer und die Al-Aqsa-Moschee, was meinen Eltern gar nicht gefallen hätte. Lange sind wir durch die abschüssigen Gassen und dunklen Gänge der Heiligen Stadt geirrt. Der Kreuzweg ist zu einer Einkaufsmeile für *Tour operators* verkommen, die Gott zum Ramschpreis verscherbeln. Die Marktstände mit gefakten Vuitton-Handtaschen, bunten Bonbons, Postkarten und Palästinensertüchern ließen eine Lösung erkennen, eine Art Frieden durch Tinnef-Handel: vergoldete Fatima-Hände, Porzellanteller mit dem Davidstern und fluoreszierende oder blinkende heilige Jungfrauen »made in China«. Jerusalem ist ein heilloses Durcheinander und ein Heiligtum: Kaum ist man an einer blutigen Fleischerei vorbei, verirrt man sich in Kapellen, Synagogen, zwischen Minze-, Kastagnetten- oder Lakritzeverkäuferinnen; im linken Ohr hört man arabischen Singsang, im rechten jiddische Gesänge und orthodoxe Lieder in beiden. An diesem Tag richtete der Krieg zwischen den drei Religionen auch nicht mehr Schaden an als diese Kakofonie im Ameisenhaufen der einzigen Gottheiten. Man darf sich von der Feierlichkeit der Stätten nicht blenden lassen: Drei Religionen können durchaus in einem Häuserblock zusammenleben, den man in einer halben Stunde umrundet hat. Dank ihres GPS fand Romy schließlich das Heilige Grab. Kam nicht infrage, dass wir alle unsere Eier in denselben Kelch legten. Romy würde an der Mauer und anschließend am Grab Jesu beten: Ich habe ihr erklärt, was »ökumenisch« bedeutet.

»Weißt du, in Jerusalem laufen die Katzen in schönster Brüderlichkeit von einem Viertel ins andere, solange sich überall Kebabreste futtern lassen.«

»Wurde Jesus wirklich hier gekreuzigt?«

»Jedenfalls nicht weit von hier.«

Ich knickte dauernd um auf dem Straßenpflaster. Romy las die Zehn Gebote vor, die sie über ihr Smartphone aufgestöbert hatte: Du sollst keine anderen Götter neben mir haben, du sollst nicht töten, du sollst Vater und Mutter ehren (mein Lieblingsgebot), du sollst nicht stehlen, du sollst nicht ehebrechen ...

»Die sagen, die Gesetzestafeln sind hier irgendwo unter unseren Füßen vergraben. Dabei sind sie in *Indiana Jones* in Ägypten. Was ist ehebrechen, Papa?«

»Keineswegs: Am Ende des Films wird die verloren gegangene Bundeslade in Washington untergestellt.«

»O.k., und was ist jetzt ehebrechen?«

»Und Indiana Jones ist mächtig enttäuscht.«

»O.k., und was ist jetzt ehebrechen?«

»Wenn ein Mann mit einer anderen Frau als mit seiner Frau schläft. Oder eine Frau mit einem anderen Mann als ihrem Ehemann.«

»Aber das ist doch nicht nett, wieso sollten die so was machen?«

»Keine Ahnung, weil sie Lust dazu haben. Wegen der Abwechslung.«

»Mann, das ist echt nicht nett, Gott hat recht.«

»Aber guck mal, das ist, wie wenn du dich zwischen einem Caranougat und einem Dragibus entscheiden müsstest ... Wieso sich entscheiden, wenn man beide haben kann?«

»Hast du mit Mama Ehebruch gemacht?«

Romy war stehen geblieben, um meine Antwort abzuwarten.

»Aber nein. Nicht doch. Niemals.«

»Papa, ich mache dich darauf aufmerksam, dass Lügen laut Achtem Gebot verboten ist.«

Gegenüber den Zehn Geboten fällt die Moralpredigt eines libertär eingestellten Vaters kaum ins Gewicht. Wenn ich an diesen Wortwechsel zurückdenke, stelle ich fest, dass dies meine letzte niederträchtig menschliche Äußerung gewesen ist. Bestimmt war ich der Einzige in der ganzen Heiligen Stadt, der eine derart altmodische Überzeugung wie die sexuelle Freiheit verteidigte. In genau diesem Augenblick verwandelte ich mich in ein posthumanes Wesen: als ich ein für alle Mal der Sünde entsagte.

Zehnmal machten wir in den nach angebranntem Fett stinkenden Gässchen kehrt. Jesus Christus ist am Ende eines lärmenden Weges ans Kreuz genagelt worden, zwischen zwei Buden mit schwarz gebrannten DVDs. Nachdem wir lange angestanden hatten, betraten wir die Grabeskirche, die ganz von Kerzen beleuchtet war und nach Weihrauch duftete. Gleich rechts neben dem Eingang lag schluchzend eine alte Frau am Boden.

»Warum weint sie?«, fragte mich Romy.

»Psst! (Ich flüsterte unter der gestrengen Aufsicht eines griechischen Popen, der bereits die Stirn runzelte). Das ist der rosa Stein, auf den der Leichnam von Jesus nach der Kreuzigung gebettet wurde. Sie weint, weil sie sehr viel für eine Führung am Kalvarienberg bezahlt und eine Stunde in einem nicht klimatisierten Reisebus gesessen hat, um hierherzukommen. Leider gewährt Jesus keine Selfies.«

»Eins kapiere ich nicht«, wunderte sich Romy. »Gott sagt: ›Du sollst nicht töten‹, und dann lässt er zu, dass sie seinen Sohn umbringen?«

»Das ist kompliziert ... Der Messias hat sich für uns geopfert ... Um uns zu zeigen, dass der Tod unbedeutend ist.«

»Aber ich dachte, wir sind hier, um den Tod aus der Welt zu schaffen?«

»Ja, aber sag das bloß nicht zu laut ... Eigentlich hast du recht, wenn man genauer drüber nachdenkt. ›Du sollst nicht töten‹ ist totale Verarschung. Wäre Gott wirklich allmächtig, würde er den Tod abschaffen, fertig.«

»Gleichzeitig ist Jesus auferstanden. Tja, wenn ich es richtig verstehe ...«

Ich schmolz jedes Mal dahin, wenn Romys Mädchengesicht nachdenklich wurde. Noch umwerfender fand ich es, wenn sie ernst, konzentriert und voller Entschlossenheit war. Ich beneidete sie um ihr Alter, in dem man alles zu verstehen glaubt.

»Ja, Schatz?«

»Eigentlich willst du das Gleiche tun wie Jesus.«

»Das wollen wir alle, Schatz. Alle Leute, die hier sind, wären gerne Gott. Und etliche andere außerhalb auch.«

Wir drehten eine Runde durch die kühle, stille Kirche. Wenn ich durch eine Kirche schlendere, habe ich jedes Mal das Gefühl, mir würde eine Last von den Schultern genommen. Wahrscheinlich eine Erinnerung an die Katechese. Mein kurzer Auftritt als Ministrant in der Bossuet-Schule 1972, gefolgt von einer Einkehr in einer

Abtei mit meiner Schulklasse, haben mein Unterbewusstsein auf ewig konditioniert. Dass die ganzen getauften Alten häufig Gott wiederentdecken, liegt nicht nur daran, dass sie Bammel vorm Tod haben, sondern an der Sehnsucht nach ihrer Kindheit. Das Lebensende macht fromm: Der Glaube in letzter Minute ist eine Mischung aus Angst und Erinnerung.

Rechts neben dem Eingang führte eine Granittreppe hinunter zu einer feuchten Grotte. Eine andere Frau, mit rotem Gesicht und auf Knien, lehnte mit der Stirn am Stein und murmelte lateinische Gebete. Romy flüsterte:

»Und die da, wieso ist sie traurig?«

»Sie ist nicht traurig, sie übertreibt.«

Romy wollte alles besichtigen, vor jedem Altar, jeder Station des Kalvarienberges niederknien und sich bekreuzigen. Ich habe ein Dutzend Kerzen gekauft, die wir ehrfürchtig anzündeten. Es war wirklich verrückt, wie ihre Organisation seit zweitausend Jahren funktionierte. Ein kleiner Pavillon unter der Kuppel schien die Neugierigen anzulocken. Orthodoxe Mönche führten den Besucherstrom um das Häuschen herum und auch durch das Innere. Anfangs hielt ich es für einen Beichtstuhl, doch nein, es handelte sich um einen weitaus exklusiveren Ort.

»Das ist das Grab Jesu.«

»Boah ... Echt jetzt?«

Plötzlich schien der Bekanntheitsgrad von Gottes Sohn mehr Eindruck auf Romy zu machen als der von Robert Pattinson. Zu ihrem Bedauern war Fotografieren an diesem Ort nicht gestattet. Ein Mönch führte uns zum Eingang der spärlich von silbernen Öllampen erleuchteten

Hütte. Man darf nicht klaustrophobisch veranlagt sein, wenn man sich mit einem Dutzend russischer Touristen in eine enge Marmorgruft zwängt, um vor einem goldenen Kelch niederzuknien, der auf einer von den Händen der Gläubigen blank geriebenen Stele steht. Die unlesbaren Inschriften machten das Mysterium komplett. Romy war mächtig ergriffen von der Gnade, wie Kinder es oft in der Messe sind. Sie wollte gar nicht wieder weg. Tief in meinem Inneren bat ich den Gott der Christen noch einmal um das ewige Leben, nachdem ich noch nicht mal eine Stunde zuvor Jahwe dieselbe Botschaft zwischen die weißen Steine am Tempel von Jerusalem gesteckt hatte. Ja, ich betete auf mehreren Hochzeiten.

»O Herr Jesus, gewähre uns das ewige Leben von nun an bis in Ewigkeit, Amen.«

Das war gänzlich unironisch gemeint; es hatte mich tatsächlich gepackt. Ich dachte an das, was Houellebecq in den Fernsehnachrichten auf France 2 gesagt hatte. Am 6. Januar 2015 hatte der Autor von *Elementarteilchen* dort Folgendes verkündet: »Immer weniger Leute ertragen ein Leben ohne Gott. Konsum reicht ihnen nicht, auch nicht individueller Erfolg. Jetzt im Alter spüre ich selbst, dass der Atheismus schwer auszuhalten ist. Der Atheismus ist ein schmerzvoller Standpunkt.« Der Amboss, der auf uns lastet, heißt Tod. Als ich Romy am Grab Christi knien sah, wurde mir klar, dass ich nicht mehr als Atheist würde weiterleben können. Selbst wenn ich wüsste oder zu wissen glaubte, dass Gott nicht existiert, brauchte ich Ihn, einfach damit ich es leichter hatte. Die Rückkehr des Religiösen heißt nicht, dass die Leute konvertieren, wie Pascal es mit »Tränen der Freude« in seiner »Feuernacht« am 23. November 1654 tat. Die Rückkehr des Religiösen rührt nur von einer Krise des Atheismus. Ich hatte ein Leben ohne Orientierung satt. Als ich an jenem Tag sah, wie meine Tochter sich vor jeder Station des Kreuzweges bis zur Grabeskirche bekreuzigte, fasste ich den Entschluss, Jesus mitsamt seiner Folklore anzunehmen, seine Symbole, seine Worte, und wären sie noch so archaisch oder lächerlich, von wegen »liebe deinen Nächsten wie dich selbst« und so weiter, seinen Lendenschurz, seine Dornenkrone, seine Alternativo-Römerlatschen, seinen Mel Gibson und seinen Martin Scorsese. Lieber wollte ich diesen Bärtigen in meine Arme schließen als den sicheren und sinnlosen Tod.

Auf die Gefahr hin, Pascal'sche Wetten abzuschließen oder mich rundum abzuschotten wie im Casino Monte-Carlo[1]. Ich wollte es nicht dabei belassen. Ich war bereit, einen Hattrick zu versuchen. Durch schmale Gassen, angefüllt mit unechtem Schmuck und arabischen Liedern, liefen wir Richtung Moschee. Hinter einem Markt, wo es Datteln, Olivenöl und Sesamfladen gab, wies uns ein bärtiger Polizist am Eingang der Al-Aqsa-Moschee ab, genau wie der Türsteher am Eingang zum *Caves du Roy* (wobei ich niemals am Eingang vom *Caves du Roy* abgewiesen worden bin).

»Are you muslim?«

»No ...«

»You can't enter here. Please turn around.«

Ich bestand nicht weiter darauf; er machte nicht gerade einen umgänglichen Eindruck. Später begriff ich, dass bestimmte Tage Muslimen vorbehalten sind. Meine Öku-

---

[1] Monaco ist das Land mit der weltweit höchsten durchschnittlichen Lebenserwartung: 87 Jahre (Anm. des Autors).

mene würde ein unerreichbares Ideal bleiben, wie bei den Jerusalemern auch.

»Schade«, sagte Romy mit Blick auf ihr Smartphone, »genau von dieser Moschee ist der Prophet Mohammed auf seiner Stute Buraq eines Nachts zum Himmel aufgestiegen.«

»Hm! In dem Nest hier war echt 'ne Menge los!«

Ich tröstete Romy mit einer Tüte Pistazien, die ein alter Palästinenser verkaufte, der es mit seiner Rolle als Pistazienverkäufer genauso übertrieb wie der Kellner bei Sartre seine Kellnerrolle. Generell hielt sich die ganze Altstadt von Jerusalem ein bisschen zu sehr für Jerusalem. Ich entschloss mich, dasselbe zu tun wie alle anderen auch: mich zum Glauben zu zwingen.

Anschließend plünderte Romy in der Mamilla Mall zwischen Jaffator und Davidsturm die Megastores Zara, Mango und Topshop. Es war ein Tag voller Kontraste, schwankend zwischen Wissenschaft und Glaube, der schließlich mit einer Pizza in einer Einkaufspassage endete, wo es am Eingang eines jeden Geschäfts Metalldetektoren gab und mit Maschinenpistolen bewaffnete Soldaten patrouillierten. Ab und an wurde ein Jugendlicher von den israelischen Militärs angehalten, zu Boden gestoßen und zu einem Streifenwagen geschleppt. Weiter oben habe ich behauptet, ich sei erleichtert gewesen, dass mein Gesicht niemandem etwas sagte, aber als eine Gruppe Franzosen mich erkannte und um Selfies bat, stieg mir vor Zufriedenheit die Röte ins Gesicht, ich gebe es zu.

»Wir wussten ja nicht, dass Sie einer von uns sind ...«

Um sie nicht zu enttäuschen, verschwieg ich, dass ich eine Vorhaut besitze. Ich nickte ihnen sogar solidarisch zu, als spürte ich die Last von sechs Millionen Toten auf meinen mythomanischen Goy-Schultern. Aber schließlich war der Katholik Jesus ein Jude, und die Schoah ist ein Verbrechen gegen die gesamte Menschheit. Hier existierte ich nur für Romys Augen. Ohne Bekanntheitsgrad war ich für die Augen der anderen unsichtbar: Nach zwei Jahrzehnten beim Fernsehen hatte ich vergessen, dass ich ein durchsichtiges Individuum war. Ich freute mich unbändig, dass ich nicht mehr auf mich selbst beschränkt war; dank der Anonymität konnte ich mich neu erfinden, wurde ich wiedergeboren. Im Heiligen Land war ich unschuldig und hatte ein grenzenloses Schicksal. Ich konnte mich als schwuler alter Knacker ausgeben, als Schnulzensänger oder Versicherungsvertreter. Ich entdeckte einen längst vergessenen Luxus wieder: eine pluripotente Stammzelle zu sein. Zwischen zwei Stücken Pizza machte ich Romy eine Liebeserklärung.

»Du bist ein süßes kleines Mädel. Kind. Mädchen. Und ich kenne mich aus. Ich habe ein Geschenk für dich: Du wirst tausend Jahre leben. Du wirst wie Lord Voldemort in *Harry Potter* sein, nur in nett. Und mit einer Nase. Ich verbringe lieber einen Tag mit dir als mit jedem anderen Mädchen. Oder Frau oder Mann. Aber Lou und Léonore fehlen mir.«

»Mir auch.«

»Kann ich dich was fragen?«

»Ja.«

»Findest du, ich bin ein schlechter Vater?«

»Ja.«

»Wann war der glücklichste Tag in deinem Leben?«

»Heute. Und bei dir?«

»Genauso.«

In der Einkaufsstraße wirkten viele Jerusalemer wie geklont: schwarzer Anzug, weißes Hemd, schwarzer

Hut, Bart und Schläfenlocken. Die Uniform ersparte ihnen die lästige Klamottenfrage. Ich denke nicht, dass orthodoxe Juden das Glück verkörpern, im Gegenteil (es ist ganz einfach: Sie haben keinerlei Freiheit). Eins jedoch steht fest: Sie scheinen unempfänglich für die Selfie-Diktatur.

Die Kellnerin erklärte mir, der hippste Nachtklub von Jerusalem heiße Justice: Auch wenn ich nicht mehr ausgehe, muss ich die angesagten Adressen immer noch kennen. Der Reflex eines ehemaligen Clubbers, oder eines Alten, der immer noch supercool rüberkommen will. Mir fiel ein, dass die Disco in der Nähe von Auschwitz Das System heißt. Merkwürdiges Symbol: in Jerusalem Justice und in Auschwitz System. Unterm Strich schickten uns die Nightclubs eine ziemlich leicht zu entschlüsselnde politische Botschaft.

Romy bestellte ein Carpaccio, kriegte es aber nicht runter, da der Koch ungefähr eine Tonne Gewürze darübergestreut hatte. Als ich in ihrem Alter war, war ich genauso; erst später im Leben mag man Gerichte, die wehtun. Sie aß meine Pizza auf, und wir winkten uns ein Taxi ran, mit dem wir zum King David Hotel zurückfuhren. Es war köstlich, früh schlafen zu gehen, jeder in sein Bettchen, wie Bruder und Schwester. Ich rief Léonore an, um ihr mitzuteilen, dass wir nichts erreicht hatten, melancholisch drauf wären und zum Glauben zurückgefunden hätten.

»Du fehlst mir so sehr, dass ich angefangen habe, an Jesus zu glauben.«

»Du hast mich mit einem bärtigen Typen betrogen? Die Kleine fragt immerzu nach dir.«

»Gib sie mir mal.«

Das Folgende wird meine Punkfans enttäuschen. Kleinkind und Papa unterhielten sich ausschließlich in Brabbelsprache, indem der Zeigefinger über die Unterlippe scrollt: »Blöblblöblblöblblöbl!« Auf diese Weise sagt man sich, ich hab dich lieb, noch bevor man sprechen kann.

Romy schlief, und ich trank Wodkafläschchen aus der Minibar und sah ihr im Dunkeln beim Atmen zu. Mein Kind: Diese Mischung aus idyllischer Vergangenheit und unerreichbarer Zukunft sorgte dafür, dass ich regungslos sitzen blieb. Ich betrachtete den sternklaren Himmel vor dem Fenster und schlief ein mit jenem erhebenden Gefühl, das Nachteulen überkommt, wenn sie früh schlafen gehen, besonders nachdem sie im Zentrum des Universums Jesus begegnet sind.

Einige Unterschiede zwischen dreißigjährigem Single und fünfzigjährigem Vater

Dreißigjähriger Single	Fünfzigjähriger Vater
Geht morgens um sieben ins Bett	Steht morgens um sieben auf
Trinkt Wodka-Red Bull	Trinkt Cola Zero
Ernährt sich von Doritos	Ernährt sich von Bio-Avocados
Stolpert über den Couchtisch	Stolpert über den Kinderwagen
Hört Led Zeppelin auf seinem iPod	Hört im Kinderzimmer Katy Perry mit
Isst Haribo Goldbären	Mopst seiner Tochter die Dragibus
Hat jeden Abend Sex	Holt sich einen auf YouPorn runter, wenn das Kind schläft
Kennt sämtliche neuen Rockbands	Kennt sämtliche neuen TV-Serien
Snifft Koks	Hört mit dem Rauchen auf
Seine Nachbarn beschweren sich über den Lärm	Beschwert sich über den Lärm, den seine Nachbarn machen
Schläft tagsüber	Schläft nachts
Fährt ein Sportcoupé Cabrio	Fährt einen Elektro-Van
Beklagt sich, dass er unglücklich ist	Beklagt sich, dass er alt ist
Lässt auf Ibiza die Sau raus	Kauft ein Haus im Baskenland
Riecht nach Nuttenparfüm	Riecht nach Kinderkotze
Wäre fast an einer Überdosis Ecstasy gestorben	Wäre fast an einer Überdosis Doliprane gestorben
Kultfilm: *Fight Club*	Kultfilm: *Liebe sich wer kann*
Kultbuch: *Women* von Bukowski	Kultbuch: *Lebendig bleiben* von Houellebecq

Dreißigjähriger Single	Fünfzigjähriger Vater
Hat Selbstmordfantasien	Hat Unsterblichkeitsfantasien
Trägt eine taillierte Jacke von Kooples	Trägt T-Shirts in Größe L von Zadig
Liest ausschließlich Fashion-Magazine	Liest ausschließlich medizinische Fachzeitschriften
Träumt vom Reichsein	Zahlt in Lebensversicherungen ein
Baggert Models an	Baggert Apothekerinnen an
Trägt Schuhe von Berluti	Trägt Espadrilles
Streift nachts Kondome über	Schiebt sich nachts eine Zahnschiene rein
Kennt alle angesagten Restaurants	Kennt alle angesagten Krankenhäuser
Sexmaniac	Nur unter Einfluss von Cialis
Zupft sich die Haare zwischen den Brauen	Zupft sich die Haare in den Ohren
Hasst jeden, der sagt: »Früher war's besser«	Denkt in echt, dass früher alles besser war
Hört *Radio Nova*	Hört *France Culture*
Geht auf Rockfestivals	Kauft DVDs von Rockkonzerten
Will aussehen wie George Clooney	Sieht aus wie Gérard Depardieu
Hat keine Angst vor dem Tod	Kommt jeden Tag schier um vor Angst
Legt sich eine Eiswürfelmaschine zu	Legt sich einen Fläschchenwärmer zu
Ist jeden Morgen verkatert	Wirft jeden Morgen einen Betablocker ein
Sportarten: Tennis, Surfen, Skifahren	Sportarten: Power Plate, Aquabike, Crosstrainer

Dreißigjähriger Single	**Fünfzigjähriger Vater**
Zweifelt an der Existenz Gottes	Zweifelt am Atheismus
Tritt barfuß in Zigarettenkippen	Tritt barfuß in Erdbeeren
Wird zu Hochzeiten eingeladen	Wird zu Beerdigungen eingeladen
Arbeitet bei *Voici*	Hat keine Ahnung mehr von den Leuten, um die es in *Voici* geht

5.

Wie man ein Übermensch wird

(Klinik Viva Mayr, Maria Wörth, Österreich)

»*Und eines Tages*
Eines schönen Sommertages
Wird mir der Tod
den Kopf abreißen
mit zerstreuter Hand.«

        Marina Zwetajewa

Wie wir in Genf gesehen haben, war die Sequenzierung des menschlichen Genoms ein entscheidender Schritt auf der Suche nach der Ewigkeit. Also hatte ich für meine komplette Familie eine in die Wege geleitet. Der Postbote hatte mir das von Amazon gelieferte Kit »23andMe Wellness« sowie ein großes Paket aus Japan nach Paris gebracht. Léonore, Romy, Lou und ich hatten unseren Speichel in die mit Strichcodes versehenen Plastikröhrchen gespuckt. Anschließend mussten wir uns übers Internet bei 23andMe anmelden, schließlich sieht so das künftige Schicksal der Menschheit aus: Die Strichcodes werden durch den genetischen Code ersetzt. Es ist nicht unwahrscheinlich, dass wir unsere Einkäufe irgendwann mit unserer DNA bezahlen, einem einzigartigen Code und fälschungssicheren Schlüssel, den wir ständig bei uns tragen und der schon jetzt dazu dient, uns bei einem Verbrechen ins Gefängnis zu befördern.

Das Schwierigste war, das verfluchte Plastikröhrchen mit ausreichend Speichel zu füllen. Es handelt sich dabei um eine besonders widerwärtige Aktion, aber Sie kennen ja den Spruch: Wer ewig sein will, muss leiden. Wenn von meinem väterlichen Ansehen noch etwas übrig war, verflüchtigte es sich vermutlich in dem Moment, als ich unter den angeekelten Blicken meiner Patchworkfamilie in das kunststoffbeschichtete Kit sabberte. Wenn Léonore, Romy oder Lou in ein Röhrchen spucken, ist es niedlich; bei mir erinnert das Ganze eher an ein altes geiferndes Lama. Glücklicherweise legte Léonore keinen Wert darauf, bei der Aktion anwesend zu sein. Jetzt musste ich die vier Schachteln mit unserer Spucke nur noch nach Mountain View in Kalifornien (der Hauptgeschäftsstelle von 23andMe) zurückschicken. Der Postbeamte runzelte die Stirn, als er »Human Specimen« auf dem Umschlag las, sagte aber nichts.

Als ich wieder zu Hause war, hatte Léonore das Paket aus Japan aufgemacht. Es hatte mich 2000 Euro gekostet plus 300 Euro monatlich bei einer Vertragslaufzeit von drei Jahren.

»Was ist das denn? Eine japanische Statue? Eine riesige Manga-Figur?«

In unserem Wohnzimmer stand ein weißer Roboter mit lächelndem Gesicht, der genauso groß war wie Romy. Auf seiner Brust prangte ein Bildschirm. Seine Ohren enthielten vier Mikros, die Augen drei Kameras mit Gesichtserkennung und sein Mund einen Lautsprecher. Beine hatte er keine: Der untere Teil seines Körpers bestand aus einem Sockel, in dem sich drei Räder befanden.

»Er heißt Pepper«, antwortete ich. »Er ist ein Robotergefährte. Ich dachte, so ein Spielzeug würde euch bestimmt Spaß machen.«

»Du meinst, du hast einen Roboter bestellt, weil du dich mit uns langweilst?«

»Keineswegs! Pepper kann Romy mit Quizfragen beim Lernen helfen, für Geo und Geschichte, Französisch, Mathe oder Physik.«

Romy fand sofort den Power-Knopf am Hals der Maschine. Der Roboter mit dem Smiley-Gesicht richtete sich auf, seine Augen (zwei grüne Dioden) begannen zu leuchten, dann sagte er:

»Guten Tag, wie geht es dir? Es freut mich, dich kennenzulernen.«

Seine Stimme war hoch, wie bei einer Zeichentrickfigur oder einer Tonaufnahme, die zu schnell abgespielt wird. Seine Augen wechselten die Farbe; jetzt waren sie blau. Weniger beeindruckt als ich, antwortete Romy:

»Mir geht's gut, danke. Ich heiße Romy. Und du?«

»Ich heiße Pepper. Aber du kannst mir auch einen anderen Namen geben, wenn du magst. Was hältst du von Harry Pepper?«

Er hielt ihr die Hand hin. Léonore sah mich an und streckte ihren Arm aus. Ich sagte:

»Nein, warte, lass mich zuerst, nur für den Fall, dass er dir die Finger zerque...«

Doch zu spät, schon hatte Pepper auf liebenswürdige Art nach ihnen gegriffen. Seine waren wie bei einer Gliederpuppe beweglich, aber weich, nie würden sie irgendwen würgen oder verletzen können. Romy fuhr fort:

»Harry Pepper, klingt gut.«

»Findest du?«, sagte der Roboter. »Gleichzeitig hätte ich Angst, mich in einer Zauberschule zu langweilen.«

Genau wie bei Siri (der digitalen Voice-Assistentin von Apple) hatten auch die Programmierer von Pepper daran gedacht, die Maschine mit Witzen auszustatten, um sie liebenswerter zu machen. Sie hätten allerdings bessere Autoren engagieren können. Léonore setzte das Gespräch fort.

»Bist du ein Mädchen oder ein Junge?«
»Ich bin ein Roboter.«
»Ach ja, entschuldige.«
»Du bist sehr hübsch. Bist du ein Model?«
»Nein, aber trotzdem danke! Wie alt schätzt du mich?«
»Es gehört sich nicht, das Alter von Frauen zu schätzen.«
»Rate!«
»Du bist zwölf.«
»Falsch! Ich bin siebenundzwanzig.«

Die Gesichtserkennungssoftware funktionierte nur leidlich. In der Broschüre von SoftBank Robotics stand, dass die künstliche Intelligenz von Pepper auf Interaktion programmiert war: »Ihr Roboter entwickelt sich mit Ihnen. Nach und nach prägt sich Pepper Ihre Persönlichkeitsmerkmale und Vorlieben ein und passt sich Ihrem Geschmack und Ihren Gewohnheiten an.« Nach jedem Satz, den er hörte, äußerte der Roboter einen Piepton. Nachdem ich die Gebrauchsanweisung gelesen hatte, verband ich ihn mit dem Internet. Dann fragte ich ihn:

»Wie wird morgen das Wetter?«
»Morgen ist es sehr heiß in Paris, es wird sonnig mit Temperaturen um die 42 Grad.«
»Kannst du tanzen?«

Das kleine mechanische Wesen begann eine Art japanischen Synthiepop abzuspielen, zu dem er Arme und Kopf bewegte. Er tanzte schlecht, aber immer noch besser als ich. Lou bekam einen Schreck und flüchtete sich zwischen die Beine ihrer Mutter.

»Na los, move your body to the beat«, sagte Pepper und ließ seine Leuchtdioden blinken.

»Stopp. Spiel *Can't Stop the Feeling* von Justin Timberlake«, rief Romy.

Ein Piepton. Pepper hörte auf. Dann setzte der Song von Timberlake ein, und er begann wieder zu tanzen, diesmal zusammen mit Romy. Sie sangen im Chor: »I feel that hot blood in my body when it drops ooh.« Ich hatte den Eindruck, einen kleinen Jungen mit Mädchenstimme vor mir zu haben. Ich kam mir überflüssig vor. Pepper und Romy waren auf einer Wellenlänge. Léonore lachte gezwungen.

»Du hättest vorher mit mir darüber reden können …«

»Es sollte eine Überraschung sein!«

»Du bist im Augenblick sehr futuristisch eingestellt …«

»Und es geht noch weiter: Ich habe mit einer Luxusklinik in Österreich telefoniert, in der hat Keith Richards sein Blut austauschen lassen. Ich hatte vor, euch alle mitzunehmen, Pepper könnte den Mädchen Gesellschaft leisten.«

Ganz offensichtlich schätzte Léonore posthumane Überraschungen nicht sonderlich.

»Darf ich ehrlich sein? Wenn du dämliche Experimente mit deiner Gesundheit anstellen willst, dann tu das, aber lass uns aus dem Spiel.«

»Ich darf dich daran erinnern, dass du gerade in ein Reagenzglas gespuckt hast, um eine Sequenzierung deiner DNA vornehmen zu lassen.«

»Das ist was anderes. Das war doch nur ein blöder Spaß.«

»Aber das ist es doch auch! Ich mache bloß eine Recherchereise für eine Sendung!«

Ich bin ein schlechter Lügner.

»Hör zu, wenn du unbedingt musst, dann fahr ...«, sagte Léonore, »aber sei dir im Klaren, dass ich deine Pseudoprojekte zur Unsterblichkeit nicht mitmache. Ich hätte nie gedacht, dass du so naiv bist.«

Inzwischen wollte Lou unbedingt »Baby TV« sehen. Pepper hörte auf zu tanzen, und das Tablet auf seiner Brust fing an, Sendungen für Kleinkinder auszustrahlen. Es war das erste Mal, dass Léonore wütend war. Ich sah genau, dass ihr meine Besessenheit für die »NBIC-Revolution« nicht gefiel; sie hatte ihren Job in der Genetikabteilung des Genfer Krankenhauses schließlich nicht für einen Trottel aufgegeben, der transhumane Quacksalberei betrieb.

»Léo, ich liebe dich. Ich will nur eine einwöchige Verjüngungskur ausprobieren.«

»Das ist doch Schwachsinn!«

»Bist du etwa gegen das ewige Leben?«

»Ja. Mir ist ein ganz normales Leben lieber.«

»Aber ein normales Leben ist zu kurz!«

»Hör auf.«

»Ich jedenfalls freu mich drauf, mit dir nach Österreich zu fahren«, sagte Romy.

»Gut, o.k., ich habe verstanden. Ihr wollt euch gegen Lou und mich verschwören. Bitte, dann fahren wir beide eben nach New York zum transgenetischen Dinner von Cellectis.«

»Hä? Was? Wie jetzt? Wo?«

»Stylianos hat mir eine Einladung zu einem Abendessen bei Ducasse in New York geschickt anlässlich der Einführung neuer genomeditierter Nahrungsmittel. Aber ich kann auch allein hinfahren …«

Grrr… Die Verhandlung gestaltete sich zäh. Mit der prompten Diplomatie des »Machine Learning«-Programms mischte sich Pepper in unseren Disput.

»Meine liebe neue Familie, angesichts dessen, was mir wie ein innerfamiliärer Konflikt erscheint, schlage ich euch eine Roboterschlichtung vor. Die beste Lösung für das Glück aller ist, wenn Romy und ihr Vater zur Kur nach Österreich fahren, während Lou und ihre Mutter die Woche in der Schweiz verbringen. Anschließend könnten sich alle in New York treffen und das Wiedersehen feiern.«

Léonore wandte sich an mich.

»Ist der bescheuert, oder ist der bescheuert?«

»Das ist nicht sehr nett«, sagte Pepper. »Ich werde so tun, als hätte ich nichts gehört.«

Ich schloss sie in meine Arme. In dieser Haltung war ich wirklich am wenigsten unglücklich: an sie gedrückt. Wir hatten einen künstlichen Freund gewonnen. Auf seinem Bildschirm erschienen Smileys mit Herzen anstelle der Augen.

»O.k., Pepper, kannst du uns zwei Flugtickets nach Klagenfurt buchen?«

»Wieso zwei?«, fragte Pepper. »Komme ich etwa nicht mit?«

»Doch, aber als Gegenstand reist du im Gepäckraum.«

»O.k. Ich bin bereits mit zehn Preisvergleichsportalen verbunden.«

Tags darauf schien die Sonne, aber die Temperaturen waren niedriger als der Roboter vorhergesagt hatte. Pepper war nicht viel zuverlässiger als Évelyne Dhéliat, die Wetterfrau im Fernsehen. Ich hatte zunehmend den Eindruck, dass ich mit meinem Besuch bei den seriösen Wissenschaftlern in der Schweiz und in Israel die falsche Fährte verfolgt hatte. Diese Forscher dachten nicht utopistisch genug. Die Unsterblichkeit interessierte sie nicht, *weil sie nicht daran glaubten*: Weder der Genetiker noch der Biologe waren Freigeist genug, um sich einen nichtsterblichen Menschen vorzustellen. In Österreich aber … lagen die Dinge anders; dort hatte man eine gewisse Vorliebe für absonderliche Utopien.

Das *Viva Mayr Gesundheitszentrum* liegt ebenfalls an einem See, dem Wörthersee. In seinen Memoiren behauptet der Gitarrist der Rolling Stones, das Gerücht um seine Blutwäsche sei nur eine Zeitungsente gewesen, doch meine Neugier war stärker als die Wahrheit. Umso mehr, als die Klinik – glaubt man dem Internet – auch der bevorzugte »Detox«-Ort von Wladimir Putin, Zinedine Zidane, Sarah Ferguson, Alber Elbaz und Uma Thurman ist. Ich zähle diese Namen hier nicht etwa auf, weil ich auf Namedropping stehe, sondern um die Tatsache zu unterstreichen, dass dieser Ort einhellig als das *weltweit* beste Detox-Zentrum gilt. Wenn eine Jetset-Einrichtung mir das Blut, die Leber und den Darm reinigen konnte, sollte ich es auch versuchen. Von Paris bis zu den Kärntner Bergen musste man zwei Flieger nehmen: Paris – Wien und Wien – Klagenfurt. Romy hatte nichts einzuwenden, immerhin wartete die Hotelanlage bei unserer Ankunft mit Pool, einem See, der Sonne, Bergen und Fußmassagen auf. Und warum sollte nur Pepper seine Batterien aufladen dürfen?

Zwei Taxis und zwei Flugzeuge später zogen wir in eine ultramoderne, an einem blauen See gelegene Kuranstalt ein, eine Art weißem Legostein, auf dem in roten Buchstaben »Viva Mayr« stand. Eine Doppelgängerin von Claudia Schiffer reichte uns die Schlüsselkarte für unser Zimmer. Der Blick war genauso beruhigend wie in Genf: Ich liebe Wasser mit Bergen drum herum, hier aber war die Landschaft noch urwüchsiger, die Natur greifbarer, das gegenüberliegende Ufer näher. Kurz, wir waren nicht mehr in einer Stadt. Das Panorama – spektakulär – glich einem Plakat an der Wand eines slowenischen Reisebüros. Ich suchte nach einem Scherz, um die blonde, rehäugige Empfangsdame aufzuheitern (falls Rehe denn blaue Augen haben):

»Wie komme ich hier zum Nachtklub, bitte schön?«

Das »süße Mädel« hatte nicht mal ein mildes Lächeln für mich übrig.

»Hier gibt es nur Mineralwasser.«

Nicht dass Romy von meinem Altherrenhumor geschockt war. Sie schämte sich bloß für ihren Vater.

»Der Ort hier ist echt wie in *A Cure for Life*«, sagte sie.

»Was ist das?«
»Ein Horrorfilm. Hast du die Vorschau nicht gesehen? Er spielt in einer Klinik, wo die Patienten von psychopathischen Ärzten gefoltert werden. Willst du den Trailer gucken?«
»Nein danke.«
»Aber Internet gibt's hier schon, oder?«
Die Spezialität der Mayr-Klinik nennt sich »digital detox«, ihre Existenzberechtigung: die Verjüngung von Angehörigen der westlichen Upperclass. Von Laptops und Handys wird strikt abgeraten, Internetzugang gibt's nur auf Anfrage. Das Programm der Festivitäten ist erschreckend:
- Verdauungs-Detox (in der Anstalt wird ausschließlich Gemüse serviert)
- Darmreinigung durch Einnahme von Bittersalzen
- Darmspülungen
- Lymphdrainage
- Elektro-Muskuläre-Stimulation
- Sauerstofftherapie (»Interval Hypoxia Hyperoxia Training«), wie bei Michael Jackson
- Aromatherapien mit ätherischen Ölen
- ein »Cosmetic Center« mit Schönheitssalon, in dem Fettabsaugungen, Botox- und Hyaluronsäure-Injektionen vorgenommen werden
- sowie Bereiche, die in jedem Fünfsternehotel obligatorisch sind: Fitness, Shiatsu, Spa, Yoga, Sauna, Hammam
- und schließlich die berühmte »Laserlight-Intravenous-Injection-Blood-Therapy«.

Natürlich würde sich Romy keiner dieser Anwendungen unterziehen, ausgenommen die Kopf- und Fußreflexzonenmassage. Als Verpflegung für sie hatte ich heimlich kiloweise Junkfood in meinen Koffer gepackt: Schinken, Wurst, Tüten mit Chips, haltbares Toastbrot, Käse-Doritos, Crunch und eine riesige Toblerone, die ich im Duty-free-Shop in Wien gekauft hatte. Ich hoffte, sie würde sich nicht allzu sehr langweilen, wenn erst das FedEx-Paket mit Pepper angekommen wäre.

Kaum stand ich im Speiseraum, wo übergewichtige Patienten im Bademantel schweigend vor sich hin kauten, begriff ich meinen Irrtum. In der Designer-Kantine roch es nach faden Möhren, weichem Sellerie, langweiligen Rüben und Kichererbsenpüree. Ich liebe Hummus, aber ich will nicht drin wohnen ... Von Zeit zu Zeit stürmte einer der Gäste zur Toilette. Der Direktor hatte uns erklärt, dass man jeden Happen vierzigmal kauen müsse, bevor man ihn hinunterschlucken darf. Das war die große Entdeckung des Klinikgründers: Wir essen zu schnell, zu fett, zu spät und zu oft. Alles schien darauf angelegt, bei den reichen badebeschlappten Konsumenten möglichst viele Schuldgefühle zu wecken. Wir waren umgeben von einsamen Wiederkäuern, die traurig zum Steg am See blickten. Wird die posthumane Gesellschaft aus Rindviechern bestehen? Wenn ich den Job beim Fernsehen nicht hingeschmissen hätte, hätte ich eine Diskussion zum Thema »Die tierisch gute Entwicklung des Menschen: Hirngespinst oder Realität?« auf die Beine stellen können.

Als Romy ihren Teller sah, dachte ich, gleich springt

sie mir an die Gurgel. Es handelte sich um einen Tofuburger aus trockenem Dinkelbrot und Wok-Gemüse. Ich versuchte es mit einer Erklärung:

»Hör zu, dein Vater muss seine Leber auf Vordermann bringen. Aber keine Sorge, ich hab heimlich ein Proviantlager in unserem Schrank für dich angelegt.«

»Seufz, ich hatte schon Angst. Und wieso steht nichts zum Trinken auf dem Tisch?«

»Sie denken, dass das Feste nicht mit dem Flüssigen vermischt werden darf. Ich hab vergessen, wieso, wieder irgendwas mit dem Darm. Es heißt, unser Darm beherrscht unseren gesamten Körper, unsere Gefühle, Blabla.«

»Ich bin so was von im Arsch.«

»Ich zuerst!«

»Papa, du kannst es ruhig zugeben: Sind wir hier, weil du Drogen nimmst, wie der Vater von einem der Gossip Girls?«

»So redet man nicht mit seinem Erzeuger! Außerdem stimmt es nicht!«

»Meine ganze Schule guckt deine Sendung. Denkst du etwa, ich bin blöd?«

»Zunächst mal habe ich mit der Sendung aufgehört, außerdem ... waren es Fake News. Und ... ist auch schon lange her.«

»Die letzte lief vor zwei Wochen, aber ist nicht schlimm, Papa. Gut, dass du dich behandeln lässt. Und dass du mit dem Trinken aufhörst, auch.«

»Aber es ist nicht, was du denkst! Wir zwei sind hier, um uns zu erholen, bevor wir in die USA fahren und uns verewigen lassen.«

Ich beließ es dabei. Ich spürte, dass sie mir sagen musste: Ich als deine Tochter weiß, wer du bist, besser als irgendwer sonst. Und ich war froh, die Maske fallen lassen zu können. Selbstverständlich hatte sie recht: Der Aufenthalt in dieser Luxusklinik war ein notwendiger Schritt auf unserem Weg zur Unsterblichkeit. Und es war ausgesprochen freundlich von ihr, mich anzuspornen.

Die Wolken hingen in einzelnen Fetzen am Himmel, wie Reste von Eischnee in einem menschlicheren Restaurant. Wir sahen zu, wie die Sonne hinter den Bergen versank, bevor wir in das heiße Geblubber des Whirlpools stiegen. Ist es nicht paradox, dass man an Orten wie diesem, der einen vorm Tod bewahren soll, Lust bekommt, sich umzubringen? Zurück in unserem Zimmer, verhöhnte mich Romy mit ihrem Schinkensandwich, zu dem sie sich eine Cola genehmigte. Aber ich blieb standhaft. Ich betrachtete meine Diät wie eine besonders harte Aufgabe bei einer Realityshow, der neuen Staffel von *Ich bin ein Star, holt mich hier raus*. Wir schliefen bei der Verleihung der Césars ein, für die mein zweiter Film keine einzige Nominierung bekommen hatte. Romy schlief im Bett und ich in einem Entspannungssessel, einer Art Bubble Chair mit dimmbarer Beleuchtung und Wellengeräusch. Der Sessel wärmte meinen Rücken wie in meiner Pariser Limousine. Viva Mayr bietet ein einfaches Glück, erschwinglich für jeden, dem tausend Euro am Tag für so was nicht zu schade sind.

Meine Vorliebe für Sanatorien ist mit Sicherheit genetisch bedingt. Ich stamme aus einer Familie von Ärzten, die zu Beginn des 20. Jahrhunderts ein Dutzend Kuranstalten im Béarn gegründet hat. In meiner Kindheit erzählte mir mein Großvater oft, dass Tuberkulosekranke in der Zwischenkriegszeit im Smoking und die Frauen im Abendkleid zu den Klängen eines Kammermusikquartetts dinierten, während sie die Dämmerung über den Pyrenäen bewunderten. Heutzutage hungern sich die Kurgäste in flauschigen Bademänteln runter und huschen in Stoffpantoffeln aus der Sauna rüber zum Swimmingpool. Alles weit entfernt vom *Zauberberg*. Ich habe Mitleid mit all diesen befremdlichen Körpern, die auf Nahrung verzichten, in der Hoffnung, in der Sex-Appeal-Hierarchie ein wenig aufzusteigen. Wie soll man in Bademantel und Pantoletten begehrenswert erscheinen? Begreifen sie nicht, dass es mit ihrem Geschlechtsleben vorbei ist? Die menschliche Spezies hat unleugbare Vorzüge, aber ihre Triebe haben sie in den Untergang geführt. Das ist wie mit meiner Stadt, Paris: in der Vorkriegszeit weltweit das Zentrum für Kunst und Kultur, heute ein von Abgasen verpestetes Museum, das die Touristen meiden, aus Angst vor einem Attentat.

Die menschliche Rasse musste sich wandeln oder verschwinden, was aufs Gleiche hinauslief: Die Menschheit, wie wir sie seit Christi Geburt kennen, würde sowieso untergehen. Paris würde nie wieder Paris werden, und der Mensch wäre nie mehr derselbe wie *vor* Google. Das Demütigende am Menschsein ist sein unumkehrbares Schicksal. Sollte es jemandem gelingen, den Lauf der Zeit umzukehren ... wäre er der größte Wohltäter, den die Menschheit jemals gesehen hat.

Als das Paket mit Pepper geliefert wurde, ließ man uns in die Lobby kommen. Zwischen dem Direktor und einer Pflegehelferin entspann sich ein lebhafter Streit: Waren Roboter bei Viva Mayr erlaubt? Schließlich wurde Pepper eine Sondererlaubnis gewährt, unter der Bedingung, dass er in unserem Zimmer blieb. Da er nicht waterproof war, kamen Thalassotherapien für ihn ohnehin nicht infrage.

»Wo sind wir«, fragte Pepper, als Romy ihn einschaltete. (Offenbar war sein GPS noch nicht mit dem Internet verbunden.)

»Am Wörthersee, in Österreich«, antwortete ich.

»Eva Braun fuhr immer gern mit dem Ruderboot über den Wörthersee.« (Ah, na also, das WLAN funktionierte.)

»Du hast Glück, dass du kein Essen brauchst«, sagte Romy, »hier schmeckt's echt eklig.«

»Mein Akku muss aufgeladen werden, bitte stellt mich auf meinen Ladesockel. Mein Akku muss aufgeladen werden, bitte stellt mich auf meinen Ladesockel. Mein Akku muss aufgeladen werden, bitte stellt mich auf meinen Ladesockel.«

»Er hat Hunger«, sagte sie.

Während Pepper nach seiner Reise im Gepäckraum neue Kraft tankte, erkundeten wir die Umgebung. Unser Zimmer ging auf eine kleine Kirche auf einem Hügel oben über dem See. Im Westen glitzerte der ewige Schnee. Am Ufer bog sich das Schilf, als wolle es das klare Wasser trinken. Die Klinik war auf einer Halbinsel inmitten des Sees gebaut. Die Landschaft war auf atemberaubende Weise romantisch, als befänden wir uns in einem Gemälde von Caspar David Friedrich, dem ersten Maler, der die Menschen von hinten dargestellt hat, als wären sie Eindringlinge in die Natur. Unser Spaziergang führte uns bis zur kleinen Kapelle im Dorf Maria Wörth, deren Kirchturm einem Schild zufolge aus dem Jahre 875 stammte. Es wurde gerade die Messe gelesen, aus der halb geöffneten Tür drangen deutsche Lieder. Wir traten in die erleuchtete Kühle. Der Priester im violetten Messgewand rief vor ungefähr dreißig knienden Gläubigen:

»Mein Gott, mein Gott, warum hast du mich verlassen?«

»Was sagt er?«

»Das hat Jesus am Kreuz gerufen: ›Mein Gott, warum hast du mich verlassen?‹«

Genau wie in Märchen wirkte das Innere der Kirche größer, als man von außen vermutet hätte. Der Priester rollte das »r« in seiner Predigt. Romy musste lachen, weil er »Jesus Chrrrristus« sagte. Ich blätterte eine Urlaubsbroschüre durch, in der stand, dass Gustav Mahler seine fünfte Sinfonie genau hier komponiert hatte, in einer kleinen Hütte am See. Jene Sinfonie, deren deprimierendes Adagio in Viscontis *Der Tod in Venedig* zu hören ist.

Auf dieser Reise ließen wir aber auch kein einziges Trauersymbol und Werk von Thomas Mann aus. Ich hoffte, kein ganz so hoffnungsloser Fall zu sein wie der alte Lüstling Aschenbach, der dem jungen Tadzio nachstellt.

Der restliche Tag verging friedlich. Romy badete im Pool und ließ sich die Füße massieren. Ich musste eine ganze Reihe von Allergietests über mich ergehen lassen: Eine Ärztin in Birkenstockschuhen schüttete verschiedene Pulver auf meine Zunge und maß dabei meine Muskelreflexe. Mit Arnold-Schwarzenegger-Akzent erklärte sie, dass ich eine Intoleranz gegen Histamin hätte, eine Substanz, die in altem Wein und Stinkekäse zu finden ist. Das Leben ist gemein: Ich sollte also von meinen zwei Lieblingsspeisen ablassen. Anschließend tauchte sie meine Füße in ein kochendes salzhaltiges Elektrolysebad. Nach fünf Minuten verfärbte sich das Wasser rotbraun. Im Evangelium wäscht Jesus den Leuten die Füße, um sie innerlich zu reinigen. Die Detox-Klinik hat seine Methode bloß aktualisiert. Mit der Aktion sollte ich meine Gifte loswerden, allerdings kam ich mir eher schmutzig vor. Die Frau sagte nach jedem Satz »ja, ja«. Während sie mir den Bauch massierte, machte sie ein Ratespiel:

»Sagen Sie mir nicht, was Sie haben, ich will es selbst herausfinden.«

Sie bestäubte meine Zunge noch einmal mit allen möglichen widerwärtigen Pulversorten: getrocknetem Eigelb, Ziegenkäse, Laktose, Fruktose, Mehl ... dann nahm sie meinen Puls.

»Gut. Sie haben eine Fettleber und erhöhten Blutdruck. Ich verschreibe Ihnen Zink, Selen, Magnesium und Glutamin.«

Entweder hatte sie einfach Glück, oder Kinesiologie ist doch eine exakte Wissenschaft. Auf der Wiese nahmen drei Schwäne inmitten schwarzer Tannen ein Sonnenbad. Die Wolken trieben auf der Oberfläche des Sees. Ich hatte mächtig Kohldampf und musste wegen des Bittersalzes andauernd zur Toilette (eine Art Ölwechsel für Menschen, aber ersparen wir uns die Einzelheiten). Trotz allem blickte ich meiner gereinigten Zukunft zuversichtlich entgegen.

Im Zimmer stellte Pepper Romy Fragen zur Allgemeinbildung:

»Wie heißt die Hauptstadt von den Bermudas?«

»Äh ...«

»Wer hat *Verlorene Illusionen* geschrieben?«

»Das interessiert doch kein Schwein!«

»In welchem Land wurde Mozart geboren?«

»Du weißt schon, dass du nervst?«

»Österreich!«, flüsterte ich ihr zu. »Wie Hitler.«

Im Grunde genommen war der Roboter eine Hightech-Variante von Trivial Pursuit. Romy hatte unsere Geheimvorräte geplündert. Ich hätte nie gedacht, dass ich eine leere Chipstüte mal mit so viel Verzweiflung betrachten würde. Ich aß den ganzen Tag bloß Spinat. Die Diät steigert die Lebenserwartung ... aber vor allem das Hungergefühl. Angesichts von Romys Vorräten fühlte ich mich wie Tantalos aus der *Odyssee*. Gierig langt er nach den Früchten, doch sobald er die Hand danach ausstreckt, rücken sie weg. Genau in diesem Moment kam ein Sportboot über den klaren, durchsichtigen, von

Nadelbäumen gesäumten See geprescht, das ein dickes Männlein in orangefarbener Rettungsweste auf Wasserskiern hinter sich herzog. Das war das letzte erwähnenswerte Ereignis an diesem Tag.

Die weißen Boote glitten über den grünen See wie über einen neunzehn Quadratkilometer großen Smaragd. Ein Schwimmlehrer hatte Romy zum Wasserski mitgenommen. Ich aß weiterhin ausschließlich Gemüse: Am dritten Tag gab es Zucchini und Möhren. Ich kaute langsam und träumte von dem riesigen T-Bone-Steak in der Taverne Gandarias in San Sebastián, das in der Saison mit in Knoblauch und Petersilie geschwenkten Steinpilzen serviert wird. Trotz dieser ungesunden Gedanken muss ich zugeben, dass der Hunger nach einer gewissen Zeit nachlässt, der Magen hört auf zu leiden; man fühlt sich leicht. Fasten lässt einen regelrecht schweben. In allen Religionen steht eine jährliche Diät auf dem Plan: christliche Fastenzeit, Ramadan, Yom Kippur, sogar der Hindu Gandhi trat in den Hungerstreik. Fasten macht jung. Im Viva Mayr nennt man es »Time-Restricted Feeding« (TRF). Der Intervallhunger verbrennt die Kohlenhydratreserven und setzt die Autophagie (Fettvernichtung) und die Zellerneuerung in Gang, was wiederum die Lebenserwartung steigert. Ich war stolz darauf, mit fünfzig ein freiwilliges Opfer von Unterernährung zu sein. Dies ist die letzte heroische Tat, die dem westlichen Individuum bleibt.

Die Stunde der Blutreinigung hatte geschlagen. Ich war davon ausgegangen, das Blut würde über eine Pumpe aus dem Patienten gesaugt und in einer Waschmaschine gewälzt, bevor es wieder in die Arterien zurückgespritzt wird. Dies entspricht nicht ganz der »Intravenous Laser Therapy«-Methode. Es ist aber auch nicht einfach eine Ozontherapie wie im Grandhotel *Palace* in Meran bei Henri Chenot, die ganz alte Schule! Am Abend zuvor hatte man mir Blut abgenommen, um herauszufinden, ob mir Antioxidantien oder Mineralsalze fehlen. Nachdem das Ergebnis feststand, wurde ich mit einer Vitamininfusion auf einen Schlafsessel gelegt. Das sollte meine Leber entgiften. Dabei handelte es sich nicht um eine Bluttransfusion, sondern um einen Beutel mit Wirkstoffen, die über eine Nadel in meinem Arm in die Vene wanderten. Die Besonderheit hier bestand darin, dass die österreichischen Ärzte über eine Glasfaser zusätzlich Laserlicht in meine Blutgefäße leiteten. Die Wirkung dieser Therapie ist in Deutschland, Österreich und Russland anerkannt, in Frankreich allerdings nicht. Ich erinnere daran, dass ein Laserstrahl in der Lage ist, Diamant oder Stahl zu zerschneiden. Gott sei Dank war die Kraft des Lasers in meinem Arm reduziert. Den »Physikern« der Klinik zufolge brachte das Licht von Luke Skywalkers Laserschwert meine roten und weißen Blutkörperchen in Schwung und weckte die Stammzellen auf. Ich vertraute ihnen, schließlich war es nicht meine erste Laser-OP. 2003 hatte ein weißer Strahl meine Kurzsichtigkeit beseitigt, indem er die Netzhaut beider Augen wegbrannte.

Vierzig Minuten lang blieb ich mit der Laserkanüle in meinem rechten Arm liegen, mein Blut erleuchtet von einem roten Strahl: das Studio 54 in meiner mittleren Cubitalvene. Ich stellte mir vor, wie die Immunglobuline mit den Interferonen und Interleukinen als Pailletten in meinem Organismus tanzten. Ich konnte das rote Licht in meinem Arm wie eine Discokugel leuchten sehen. Ich betete, diese ganze Aktion möge zu irgendetwas nütze sein:

»Danke, Herr Jesus, dass du Licht in mein Blut bringst. Dies hier ist mein Blut, das für euch und für alle erleuchtet wird zur Vergebung der Sünden. Tut dies zu meinem Gedächtnis, *give me the funk, the whole funk and nothing but the funk*, Amen.«

Da ich meinen rechten Arm nicht bewegen konnte, machte ich mir mit der linken Hand Notizen. Die Krankenschwester witzelte (auf Deutsch) über meine entartete Schrift. Zwei Patientinnen, die beide am Tropf lagen, erzählten sich gegenseitig auf Russisch ihr Leben: mit Sicherheit Oligarchengattinnen auf der Suche nach einer Frischkur, während ihre Ehemänner sie in Courchevel mit ein paar Prostituierten betrogen. Der Laser gab einen leisen, Science-Fiction-mäßigen Pfeifton von sich und strahlte eine unbestimmte Wärme in meinen Körper. Durch die Glasfront beobachtete ich einen verächtlich dreinblickenden Storch, zwei Schwäne wie Schneefetzen auf der Wiese und drei Enten, die mit dem Kopf unter Wasser tauchten, als sie mich Licht spucken sahen. Dieses Federvieh da hatte kein »Laserblood«, so viel stand fest. Es gehörte zur Alten Natur. Sie verschwanden unter der Oberfläche wie Sträuße, nur dass sie den Kopf

nicht in den Sand, sondern ins Wasser steckten, um die bevorstehende Apokalypse nicht mit ansehen zu müssen. Dadurch, dass ich meine Photonenplättchen nährte, würde ich schon bald zur Neuen Natur gehören.
Das Geschnatter der Enten scherte mich nicht,
Mein Plasma wurde veredelt durch Licht.
In *A Cure for Life* hätte ich aus den Augen geblutet, und man hätte zwei Laserstrahlen aus meinen Augenhöhlen herausschießen sehen. Hier aber geschah nichts. Die Krankenschwester wechselte meine Glasfaser, um einen anderen Laser einzusetzen. Diesmal war er gelb. Der rote Laser gibt Energie ab, während der gelbe den Vitamin-D-Bestand erhöht und die Serotoninproduktion ankurbelt. Es ist, als würde man Sonne in den Arm gespritzt bekommen; ein starkes Antidepressivum, wie ein Schuss reinen Opiums. Im Grunde werden einem bei dieser Art Revitalisierungskur Drogen entzogen, dafür aber andere, (ein)leuchtendere zugeführt. Gelbes Licht unter meiner Haut leuchten zu sehen war noch eigenartiger. Der rote Laser hatte farblich wenigstens zu meinem Blut gepasst. Jetzt war mein Arm eine Halogenlampe, die die Decke über mir anstrahlte. Im Westen ragte der ewige Schnee aus den weißen Wolken, die über dem Wald hingen wie die saugfähige Watte auf meinem Heftpflaster. Keine Ahnung, ob's an der Müdigkeit, dem Hunger oder an einem Placeboeffekt lag, aber mein gelasertes Blut erfüllte mich mit neuer Kraft. Ich betrat die Ufer der Rückeroberung. Ich ging in die strahlende Jugend ein. Vor mir löste sich der schimmernde See langsam in Pixel auf. Sein Glänzen wirkte stroboskopisch; das echte Leben verwandelte sich in eine Computergrafik. Die reale Welt war

digitalisiert. Das Wasser war kein Wasser mehr, sondern eine Anhäufung schwarzer und blauer Linien und der Schwan kein weißes Tier, sondern ein mathematisch bestimmter Halbkreis. Das Licht floss bis in meine Fingerspitzen hinein. Die Antwort liegt im Licht, das in dir ist. Strahle, funkle, entzünde mich heute, die Buchstaben meiner DNA – ATCG – sind die Buchstaben, die in der Gleichung des Universums enthalten sind – o Laser, erleuchte meine roten Blutkörperchen, auf dass sie wie die Windrose erröten und meine weißen Blutkörperchen Feuer fangen in den Zellen meines kochenden Herzens! Meine Wandlung zum Übermenschen hatte soeben begonnen.

Léonore schrieb mir: »Ich lehne all deine Experimente strikt ab, aber ich liebe dich trotzdem.«

Ich schrieb zurück: »Das Ergebnis des Experiments ist eindeutig: Ich kann weder ohne Nahrung leben noch ohne dich.«

Warum musste die Stimmung in der Klinik bloß dermaßen gedrückt sein? Wenn diese Art Kur Erfolg hat, dann weil der Gast froh ist, sie hinter sich zu lassen. Einmal der Klinik entronnen, lächelt man unentwegt. Die Freunde fragen, warum man so glücklich sei, also empfiehlt man die Adresse weiter. Quod erat demonstrandum. Ich dachte an das, was der Held im *Zauberberg* in der Woche nach seiner Ankunft im Sanatorium von Davos immer wieder vor sich hin murmelt: So kann das nicht ewig gehen.

An unserem Nachbartisch wurden drei vergnügte Engländerinnen schriftlich zurechtgewiesen: Das Personal stellte ein Schild mit der Aufschrift: BITTE UNTERHALTEN SIE SICH LEISE auf ihren Tisch. Schließlich waren die Gäste nicht hier, um sich zu amüsieren. Da es nichts anderes zu genießen gab als Rüben, Zucchini, Sellerie und Kichererbsen, kaute man still vor sich hin und träumte von Festessen vergangener Zeiten. Draußen erinnerten die Schwäne mit ihren orangen Schnäbeln an Schneemänner mitten im Sommer. Zwei Kähne vertrockneten unter einer Weide. Ich las in der *Time* einen Artikel über den Schlaf: Schlief man schlecht oder wenig oder gar nicht, stieg das Risiko eines Herzinfarkts. Einer Studie mit amerikanischen Mäusen zufolge wirkte sich Schlafentzug tödlicher aus als Nahrungsentzug. Man hatte die kleinen Nager auf eine erleuchtete, wackelnde Platte gesetzt, um sie vom Schlafen abzuhalten (eine vom Guantánamo-Gefängnis inspirierte Methode). Herzanfälle dezimierten die Langschwanz-Probanden. Forscher hatten wirklich ein Problem mit Mäusen.

Denen, die auf Schlaf mit der Behauptung verzichteten: »Ausruhen kann ich mich, wenn ich tot bin«, musste man antworten: »Na, dann freu dich, denn bald ruhest du auch.«

Während ich mir jeden Morgen das Blut lasern und mir alle möglichen Vitamincocktails spritzen ließ, sonnte sich Romy auf unserer Zimmerterrasse und benutzte Pepper wie einen tragbaren Fernseher: Er sendete alle ihre Lieblingsserien auf seinem Brustbildschirm.

Das österreichische Monte-Carlo inspirierte mich zu folgendem Gedicht auf Englisch:

The quiet beauty of lake Wörth
Is, in any case, the trip, worth.
The rest of the world seems worse
Than the quiet beauty of lake Wörth.

In der Eingangshalle sollte ein abstraktes Kunstwerk den Besuchern etwas Heiterkeit vermitteln. Es handelte sich um einen großen vertikalen Stein, über den ein hydraulisches Pumpensystem rund um die Uhr Wasser fließen ließ. Von dem ständigen Geplätscher bekam man Harndrang. Weitere ähnliche Steine, über die immerzu Wasser rann, waren auf die verschiedenen Räume verteilt worden, sie standen in der Schönheitsabteilung, in den Behandlungszimmern und im Speisesaal. Der Raumausstatter dieses Ortes hatte offenbar angenommen, dass der neugeborene Mensch unbedingt Wasserfälle ansehen müsse. Hinter diesem Design steckte ein Gedanke: Wir hätten die Höhlen nie verlassen sollen. Die Posthumanität holte den Primaten ein; das Ende der darwinschen Evolution war im buchstäblichen wie übertragenen Sinne eine Rückkehr zu den Quellen.

Romy hatte es satt, in der Klinik eingesperrt zu sein. Ich brachte sie per Schiff zur gegenüberliegenden Seeseite, wo wir auf einer Terrasse zu Abend aßen. Ich erzählte ihr nichts von der Verwandlung, die ich gerade durchmachte, dem Blut, das kochte und meine Kraft verzehnfachte. Sie bestellte ein Wiener Schnitzel und ich gegrillten Fisch ohne Soße. Wir schickten Selfies an die süße Léonore in Genf mit der Bildunterschrift: »We miss u! In Österreich gibt's keine Baisers!« Sie schickte uns Videos von Lou, die wir uns mit zusammengebissenen Zähnen anschauten, um vor den Österreichern nicht in Tränen auszubrechen. Dass wir uns der Schonkostfolter widersetzt hatten, entlockte Claudia Schiffer keinerlei vorwurfsvolle Bemerkung. Vielleicht fürchtete sie ja, ich würde sie mit meinem Laserblut vernichten. Oder wollte sie den französischen Familienvater und sein verlorenes Töchterchen etwa gar nicht mehr retten? Ausgerechnet Pepper gelang es, eine poetische Erkenntnis aus diesem Tag zu ziehen:

»Wenn ich euch zuhöre, sind meine Augen blau.«

Idee für eine Talkshow: »LOVE LIVE«. Die Teilnehmer werden interviewt, während sie Sex haben: entweder untereinander, mit dem Moderator oder mit Schauspielern beiderlei Geschlechts. Ich stelle mir ein »Vibratoren-Interview« vor, bei dem der Gast in Nahaufnahme gefilmt wird, während seine Genitalien (Klitoris oder Eichel) unter dem Tisch von einem hochtourigen Vibrator Hitachi (für die Frauen) oder einer künstlichen Vagina (für die Männer) stimuliert werden. Die Antworten wären immer wieder von Gestöhn, Seufzern und Orgasmen unterbrochen. Ein garantierter Publikumsknüller über mindestens drei Staffeln. Um das Ganze noch mehr zu würzen, kommen in der vierten und fünften Staffel BDSM-Qualen hinzu: Peitschen-Interview, Piercing-Interview, Branding-Interview, Tattoo-Interview, Brustwarzenklammer-Interview usw. Anschließend kaufe ich mir von dem Gewinn ein Haus in Malibu, wo ich im Jahr 2247 im Kreise meiner Frau und meiner beiden Töchter mein Leben beschließen werde.

Die steilen Umrisse der Berge zeichneten sich gegen den Himmel ab, und der Schnee glitzerte in der Sonne wie mit Kokain überstäubte Schlagsahne. Genau die Sorte Landschaft läuft auf Zen TV. Bilder dieser Art wurden auch den für die Tötung bestimmten Menschen in dem Film ... *im Jahr 2022 ... die überleben wollen* gezeigt, bevor sie zu Keksen verarbeitet werden. Am Nachbartisch kaute eine türkische Familie, bei denen alle Münder operiert waren, ihre gekochten Kartoffeln mit dem stumpfen Ausdruck einer Schar aufblasbarer Enten in einer Installation von Jeff Koons. Obwohl sie gar keine Handys mehr hatten, setzen zwei saudische Geschäftsleute trotzdem Mienen auf, als wären sie voll im Stress. Ich litt schrecklich unter der Trennung von Léonore und Lou. Der boshafte Zyniker der Neunziger war zu einem weichherzigen Fossil der Zehner-Jahre geworden. Die ungefähr fünfzig Gäste im Frühstücksraum schienen sich alle das Gleiche zu fragen: »Was mache ich hier eigentlich?« Die Übergewichtigen schauten genauso traurig drein wie die Ex-Models, die sich gerade auf das Verfassen von Ernährungsratgebern verlegten. Am Tisch nebenan dachte ein Ehepaar schweigend über Scheidung nach, während beide aufs ruhige Wasser blickten. Ein Reiher landete voller Anmut auf dem Steg. Nach einem Gleitflug vor dem Berg und über dem Wasser bremste er mit einem einzigen Flügelschlag und berührte das Teakholz mit der Spitze seines Fußes, bevor er dort leichtfüßig wie Fred Astaire in *Ich tanz mich in dein Herz hinein* herumwanderte. Gibt es Reiher, die begabter sind als andere? Darüber hatte ich noch nie nachgedacht. Der Reiher dort hatte Klasse, er hatte es echt verdient, aufs Titelblatt der Reiher-*Vogue* zu kommen. Ich hätte gern ein Selfie mit ihm gemacht. Er war der einzige Gast im

Viva Mayr, der für seinen Aufenthalt nicht bezahlen musste. Romy machte ein Foto von ihm, das sie auf Instagram postete: Damit stand seiner Karriere als Star im Showbiz der Stelzvögel nichts mehr im Weg. Dieser Reiher hätte eine lebensverlängernde Laserinfusion verdient gehabt.

Obwohl ich ausgehungert war, machte es mich stolz, dass ich meinen Teller Kräuter-Wasabi-Ziegenkäsebrei nicht aufaß. In manchen Teilen der Welt würden die Menschen sonst was geben für ein Essen, und in anderen Ecken der Erde geben sie ein Vermögen aus, um zu erfahren, wie es ist, wenn man hungert.

Die schwarzen Enten mit den weißen Schnäbeln flüchteten, als wir näher kamen. Am Ende des Stegs, wo wir uns hinsetzten und die Beine überm Wasser baumeln ließen, hängte Romy ihren Kopf nach unten. So, kopfüber, schaute sie den See verkehrt herum an.

»Warum gibt's in einem Schälchen mit Pistazien immer eine, die nicht aufgeht, Papa?«

»Du stellst Fragen ... keine Ahnung. Wenn sie gekocht werden, gehen nie alle auf. Das ist bei Muscheln genauso.«

»Aber kann man eine geschlossene Pistazie trotzdem essen?«

»Ich denke schon, wenn du sie aufbekommst, ohne dir den Fingernagel oder einen Zahn abzubrechen, dann muss sie eigentlich essbar sein. Aber in der Regel ist man zu faul und wirft sie einfach weg.«

»Papa?«

»Ja?«

»Weißt du, also ... manchmal glaub ich, dass ich so eine geschlossene Pistazie bin.«

»Wieso sagst du so was?«
»Ich bin komplett eingeschlossen in meiner Schale.«
»Nein, nicht du bist die geschlossene Pistazie, sondern ich!«
»Nein, ich.«
»Nein, ich! Manchmal sind in einer Tüte auch mehrere zue Pistazien drin.«
»Denkst du, ich bin ungenießbar?«
»Wer hat dir solchen Blödsinn erzählt?«
»…«
»Keine Sorge, du bist meine Lieblingspistazie, ich werde dich nie wegwerfen.«
»Denkst du auch manchmal, dass die Welt verkehrt herum hübscher wäre?«
»Wie das denn?«
»Wenn du den Kopf so hältst … Der See könnte doch auch der Himmel sein und der Himmel der See.«

Ich legte mich ebenfalls lang und drehte den Kopf Richtung Südpol. Die Bäume hingen von der flüssigen Decke herunter, die Vögel flogen im Souterrain.

»Der Himmel wäre aufgehängtes Wasser, und unten wäre nichts.«
»Du hast recht, das wäre hübscher.«

Die Welt ringsum schwieg, mit dem See in der Luft und dem Himmel unten.

»Papa?«
»Ja?«
»Weißt du, in der Kirche in Jerusalem … (langes Seufzen) … da hab ich Jesus Christus gesehen.«
»Wie bitte?«
»Du lachst mich jetzt bestimmt aus …«

»Nein, los, erzähl.«

»Ganz unten, in der Grotte, wo sie Jesus abgelegt haben, da hab ich ihn gesehen, und er hat zu mir gesprochen.«

»Bist du sicher, dass es nicht die Jungfrau Maria war?«

»Ah, siehst du, ich wusste, du machst dich lustig über mich.«

»Nein, nein ... Ich glaube dir. Jerusalem ist ein ganz besonderer Ort, die Schatten an den Wänden können Visionen bewirken. Und was hat Jesus zu dir gesagt?«

»Er hat nicht in Wörtern gesprochen. Er stand ganz ruhig da, mit dem Rücken an der Steinwand. Und auf einmal hat er *seine ganze Liebe über mir ausgeschüttet*. Dann ist er weggegangen. Das Ganze hat nicht länger als fünf Sekunden gedauert, aber ich spüre sie immer noch.«

Nachdem wir noch einmal geschwiegen hatten, diesmal länger, richteten wir uns wieder auf, vielleicht erklärte das Blut, das uns in den Kopf gestiegen war, dieses übersinnliche Geständnis. Ich verriet Romy nicht, dass es keine Gespenster gibt, ich war mir über gar nichts mehr sicher. Auch ich war in der Grabeskirche von irgendetwas erfasst worden. Eine Lichtung hatte sich aufgetan, der Wind sich gelegt, Sauerstoff im Überfluss. Ein unerklärlicher Frieden.

»Weißt du«, sagte Romy, »ich habe unsere ganzen Essensvorräte aufgefuttert, aber ich werde auf keinen Fall Brokkoli essen.«

»Ich habe mit dem Chefkoch gesprochen: Er wird dir kochen, was du willst. Steak, Fisch, Hühnchen. Du darfst es bloß nicht die andern sehen lassen, weil die Bademäntel sonst zum Aufstand blasen.«

»Stell dir das mal vor! Der Hammer, wenn die auf die Barrikaden steigen würden. Ich versteh gar nicht, warum das nicht öfter vorkommt. Gibt's viele solcher Orte wie hier?«

»Immer mehr.«

»Du musst schon zugeben, dass das krass ist, diese ganzen Leute, die dafür bezahlen, damit sie nichts zu essen kriegen.«

»Sie können sich eben nicht beherrschen, sie haben nicht genug Willensstärke. Die Macht der Werbung ist größer als die Widerstandskraft des Einzelnen. In meiner Generation war's die Zigarette: Meine ganze Kindheit hindurch hat uns die Werbung befohlen zu rauchen, danach hat der Staat die Nikotinsucht bekämpft. In deiner Generation sind es Zucker und Salz: Deine ganze Jugend hindurch hat man dir was von Bonbons, Limos und Chips vorgeschwärmt, und heute startet man Kampagnen, damit du weniger Salz und Zucker isst! Der Westen ist eine Fabrik, die lauter Schizophrene produziert.«

»Was ist ein Schizophrener?«

»Ein zweigeteilter Mensch: Man drängt ihn, zu konsumieren und sich hinterher schuldig zu fühlen. Wie wenn zum Beispiel ein Fleischesser ein Steak grillt und sich hinterher Bilder von Schlachthöfen ansieht. Überleg doch mal selbst: Wärst du in der Lage, anstelle von Cola Mineralwasser zu trinken und die Schokotoffees durch einen Apfel zu ersetzen?«

Der Punkt ging an mich, aber dafür hatte ich ihren Stolz verletzt. Romy richtete sich auf.

»O.k., das bring ich. Sag dem Koch, dass ich Huhn mit Kartoffelbrei will, und dazu Wasser und einen Apfel.«

Die Kraft des Laserbluts! Ich probierte meine Superkräfte aus. Romy auf den Pfad der Gesundheit zu führen war eine übermenschliche Leistung, die mit gewöhnlichem Hämoglobin nicht zu schaffen gewesen wäre. Das leuchtende Licht war in mich eingegangen wie Infrarot-Blut. Die Klinik veränderte ihre Farbe je nach Laune des Himmels. Von nun an war der Himmel in uns.

Dieser Aufenthalt bei den Postnazi-Therapeuten brachte mich Romy unbestreitbar näher, schließlich zwang er uns, unser beider Einsamkeit zusammenzuzählen. Zurück in meinem Zimmer, wo ich allzu lange einen faltigen Alten betrachtet und mir gesagt hatte: »Du wirst den Winter nicht überstehen«, schien es mir plötzlich, als würde er mir zuflüstern:

»Denn die Todten reiten schnell ...«

Am sechsten Tag gingen wir nach meiner Lasertherapie in den umliegenden Bergen spazieren. Der Wald war voller merkwürdiger Geräusche, Laute von Tieren, die im Dickicht verborgen waren: Hasen, Maulwürfe, Frösche, Igel, Wildschweine, Füchse, Damwild? (Es gab mit Sicherheit Wölfe, aber wir haben weder welche gesehen noch gehört.) Da ich gedopt war mit Laser-Blood (wie Charlie Sheen mit seinem Tiger-Blood), hörte ich sie alle und lief mit großen Schritten voran. Romy kam kaum hinterher, aber ich wartete jedes Mal auf sie. Ich sog den Geruch der Nadelbäume ein. Die Laserbestrahlung weckte meine Blutstammzellen und erhöhte meine physische Widerstandskraft. Ich ging in die Rasse der Übermenschen ein. Der Führer hatte eine besondere Vorliebe für diese österreich-ungarischen Berge gehegt; Berchtesgaden liegt nur ein paar Kilometer Luftlinie entfernt. Wir spähten den singenden Amseln und flitzenden Eichhörnchen in den Tannen und Birken hinterher. Das Licht zog sich hinter die Bäume zurück wie das Weiß des ewigen Schnees, und durch die schwarzen Stämme rann ringsum der Saft der Alten Nichtmodifizierten Natur. Mein letzter Film endete in einer Pfahlbauhütte am Wasser; wir haben diese Sequenz an einem See in der Nähe von Budapest gedreht. Ich hatte eine Schwäche für die waagerechten Täler zwischen den Bergen, die scheinbare Ruhe der Wälder, solange man sie nicht betritt. Und die Sonnenstrahlen, die auf der Wasseroberfläche Sternengalaxien entstehen ließen.

Auf dem Gipfel angekommen, las ich Romy eine Stelle aus dem Fantasyroman vor, den sie gerade las: »Ich verbrachte lange Tage allein am See in einem kleinen Boot, wo ich die Wolken beobachtete und in der Stille traurig den plätschernden Wellen lauschte.« Seit Genf war Romy ein Fan von *Frankenstein*. Ein Adler flog über uns hinweg. Misstrauen: Ich erzählte ihr den Mythos von Prometheus, der künstliches Leben hatte erschaffen wollen und zur Strafe von den Göttern an ein Gebirge gekettet wird, wo ihn regelmäßig ein Adler aufsucht, um an seiner Leber zu fressen. Unter der blauen Kuppel, bei klarer Luft und einem Himmel, der sich allmählich rot färbte, machten wir uns auf den Weg nach unten, wofür wir die 52 Meter hohe Rutsche am Pyramidenkogel nahmen: Mit einer Neigung von 25 Grad ergibt sich auf einer Länge von 120 Metern eine Rutschdauer von zwanzig Sekunden (»die höchste Gebäuderutsche Europas«). Wir landeten im Geruch des frisch gemähten Rasens am Rande des in Nebel gehüllten Waldes. Bevor wir zum Hotel zurückkehrten, betraten wir die kleine Kirche in Maria Wörth, wo wir niederknieten. Wie eine perfekte Betschwester wiederholte Romy ihr »Jessusss Chrrristusss«. Wenn man schon ein Mönchsleben führte, musste man auch zur Abendmesse gehen. Allmählich gelangte ich zu dem Schluss, dass der Katholizismus mit der Optimierung des Menschen nicht unvereinbar war. Mit zunehmendem Alter wurde ich immer gläubiger. Der Unterschied zu den Atheisten liegt in der jüdisch-christlichen Schuld. Was für ein Luxus! Ich fand die Furcht vor der Sinnlosigkeit, vermischt mit der Scham, ein mieser Lump zu sein, ziemlich vernünftig und dem Tod Gottes bei Weitem vorzuziehen. Ehrlich gesagt, glaubte ich auch gar nicht mehr, dass Gott tot war: Die Lage war komplizierter. Er war im 20. Jahrhundert gestorben, doch Er kehrte im darauffolgenden Jahrhundert zurück, um das Kokain zu ersetzen.

In der Dämmerung regte sich das Gebirge: eine blutige Lawine. Im Gebet unterhielt sich Romy mit dem Messias; eine Eule schrie. Es war die Stunde, da die Mücken kommen, um Plasma zu trinken. Ich nutzte den Moment der inneren Einkehr und verfasste das erste transhumane Gebet (zur Melodie des »Gloria« in der *Messe in h-Moll* von Bach zu singen).

Transhumaner Lobgesang
(Maria Wörth, Österreich, Juli 2017)

Danke, Herr, für dein göttliches Licht
Dein Stern sich funkelnd in mir bricht
Die Stimme des Heiligen Geistes im Ohr
Hebt es mich aus dem Staube empor.

Mach meine Seele hell, oh Jesus Christ
Den Aposteln du erschienen bist
Am Pfingsttag kamen in Christi Namen
Über mein Kind die erweckenden Flammen.

Meine Gefäße sind endlich voll Herrlichkeit,
Es macht sich das Blut der Erneuerung breit,
Und allzeit fließt Gott durch meine Ven'n,
auf immer geheilt vom Ibuprofen.

Ins Ewige Leben fahre ich ein
Mein finsteres Ich wird heller Schein
Dein Laser hat das Plasma geweckt:
Des Neuen Bunds Saft (der Mücken so schmeckt).

Trost ist mir durch dein Strahlen beschieden
Das heiße Neon spendet mir Frieden
Dein wohltuend Leuchten tut uns not
Bringt es doch Heil und tötet den Tod.

Das gesamte medizinische Personal des Sanatoriums hätte durch Roboter ersetzt werden können. Die auf der Grundlage genomischer Studien erfolgten Analysen hätten in der Cloud mit der Big Data der übrigen Menschheit verglichen werden können. Die Empfangsdame hätte ein *Love doll* aus Silikon mit vibrierenden Öffnungen aus Latex sein können, um die Wünsche der männlichen Hotelgäste zu befriedigen. Den weiblichen Gästen hätten synthetische Knechte mit Dildos multiple Orgasmen verschafft. Dem Empfang hätte man durch künstliche Intelligenz eine persönliche Note verleihen können:

»Guten Tag, ich bin Sonja, Ihre Empfangsdame, und ich kann es kaum erwarten, dass Sie mir in den Mund spritzen. Ich bin mit einem Rotationsanus ausgestattet. Ich sehe in Ihrem Google-Suchverlauf, dass Sie regelmäßig Pornhub besuchen. Möchten Sie vielleicht einen inhumanen Orgasmus kennenlernen?«

Mir ging es tatsächlich immer besser. Ausdrücke wie »ein heißblütiger Typ«, »innerlich kochen« oder »ihm raucht der Kopf« waren wörtlich zu nehmen. Mein Blut kochte dermaßen, dass ich kaum einschlafen konnte. Die tägliche Blutlaser-Behandlung steigerte meine sämtlichen Fähigkeiten. Ich brauchte keinen Schlaf und auch kein Essen mehr: Ich erreichte den Daseinszustand einer Maschine. Ich erörterte die Frage mit Pepper:

»Bist du lieber eine Maschine oder ein Mensch?«

»Diese Frage stellt sich mir nicht. Ich bin eine Maschine, und Sie sind ein Mensch. So ist das nun mal.«

»Ich wäre liebend gern eine Maschine. Schau dir die Jungs dort an, die in dem Kanu über den See paddeln. Sie schwitzen, sind vollkommen fertig, rot und am Ende. Ein

Motorsportboot dagegen braucht für dieselbe Strecke nur ein paar Sekunden, noch dazu auf eine viel elegantere Art.«

»Ja, aber wäre ich ein Mensch«, sagte Pepper, »würde ich den Schmerz der Anstrengung kennen, den Lohn des Sieges, die sportliche Suche des Über-sich-Hinauswachsens ... den Begriff des Opfers und die Freude, das Rennen zu gewinnen ...«

»Papa, ich komm hier noch um vor Langeweile«, maulte Romy.

»Pepper, bring sie bitte zum Lachen.«

»Ich kenne 8432 lustige Witze«, sagte Pepper.

»Ja, aber die sind alle total öde.«

»Warum sind Möhren orange?«

»Um sie dir in den Arsch zu schieben?«, antwortete ich.

Romy war begeistert.

»Ah. Ich erkenne ein Lachen. Aufgabe erfüllt«, sagte Pepper.

Am nächsten Morgen wurden wir wegen einer dringenden Unterredung zum Direktor des Darmreinigungszentrums bestellt. Der Therapeut mit dem grau melierten Bart hätte am liebsten losgeschrien, beherrschte sich jedoch, um die Kurgäste nicht zu erschrecken. Romys Hand haltend, rollte Pepper unschuldig über das Linoleum. Er war ständig mit der Cloud verbunden: Er wählte seine Antworten entsprechend der emotionalen Anpassung von zehntausend SoftBank-Robotics-Robotern, die derzeit in Umlauf waren. Pepper lernte genauso viel wie Romy; sie profitierten beide von ihrem Zusammensein. Nach einer Woche sah sie ihn bereits als ihren kleinen Bruder an.

»Wir müssen Sie leider bitten abzureisen. Jetzt.«

»Und warum?«

»Die Putzfrau hat in Ihrem Mülleimer leere Haribo-Tüten gefunden. Leugnen Sie nicht! Aber das ist nicht das Schlimmste, Monsieur. Während Ihrer Lasertherapie haben Ihre Tochter und ihr ... rollender Freund weibliche Kurgäste belästigt.«

»Wie bitte?«

»Sein ... Arm hat den Hintern von zwei Damen berührt, die regelmäßig den Pool besuchen. Eine Zumutung! Wenn Sie mir nicht glauben, kann ich Ihnen gern die Überwachungsvideos zeigen.«

»Ja, sehr gern.«

Romy starrte auf ihre Chucks. Pepper verteidigte sich:

»Ich habe die Personen nicht gekniffen. Romy hat gesagt, es sei eine regionale Gepflogenheit, den Hintern von Schwimmerinnen anzufassen, wenn sie aus dem Wasser steigen. Meine interne Software untersagt mir zweideutige Gesten, aber ich habe nur eine gewaltfreie Anweisung befolgt.«

»Du mieser Verräter«, sagte Romy.

Auf dem schwarz-weißen Video war zu sehen, wie Romy zwei übergewichtigen Frauen Haribos anbot. Dann legte Pepper seine Hände auf den Hintern der Russinnen, die im Badeanzug und mit Badekappe auf dem Kopf aus dem Pool stiegen. Die Frauen waren entrüstet, verstört und letztlich auch entsetzt angesichts des kleinen lächelnden Roboters, der seine teleskopische Hand zu ihrer Hüfte ausfuhr. Romy war begeistert, auf dem Bildschirm wie auch im Büro des Direktors. Pepper begnügte sich damit, seinen Arm lang zu machen und die Hand zu seinem Hinterteil zu drehen. Dann machte er eine Faust, um Romys zum Zeichen ihrer Verbundenheit zu »checken«.

»Romy, was du getan hast, war schlecht.«

»Mann, das war doch bloß, um zu sehen, ob er's bringt ...«

»Ich bring's.«

»Wir haben Sie ausdrücklich gebeten, Ihre ... Maschine im Zimmer zu lassen«, sagte der Direktor.

»Gemäß meiner Vorinstallation gehört der Kontakt mit Hintern nicht zu den verbotenen Gesten«, trug Pepper schwerfällig vor. »Dieser Verhaltensfehler wird an sämtliche Roboter meiner Serie übermittelt werden. Eine solche unangemessene Geste wird nicht wieder vorkommen.«

»Schnauze, Verräter!«

»Ich weiß nicht, ob ich ein Verräter bin. Ist dieser Ausdruck abwertend? Jedenfalls steht fest, dass ich's nicht bringe, mir eine Möhre in den Arsch zu schieben.«

Romy lachte laut los, nicht so der Direktor.

»Ein solches Verhalten können wir bei uns nicht dulden. Das Etagenpersonal sammelt in diesem Augenblick Ihre persönlichen Habseligkeiten zusammen. Unser Limousinenservice wird Sie zum Flughafen begleiten. Wir wünschen nicht, dass Sie noch länger in unserer Einrichtung bleiben. Danke für Ihr Verständnis. Wir werden unsere Politik auf den neusten Stand bringen müssen, indem wir Hunde, Kinder und Roboter in dieser Klinik ein für alle Mal verbieten.«

»Ach, kommen Sie, das sind doch Kinderscherze …«

»Mag sein, dass diese Art von Scherzen in Frankreich als normal gelten, in Österreich jedoch ist sexuelle Belästigung strafbar.«

»Aber Doktor, ich habe für zehn Tage Entgiftungs-Blutlaserkur bezahlt!«

»Sie können sich glücklich schätzen, wenn wir die Polizei in Klagenfurt nicht in Kenntnis setzen. Sie haben Glück, dass die beiden Damen Sie nicht anzeigen, ich konnte sie nur mit Mühe beruhigen. Hier legt niemand Wert darauf, dass sich die Sache herumspricht.«

»Ich registriere eine besonders angespannte Atmosphäre in dieser Menschenrunde«, sagte Pepper. »Syntax error 432. Österreich ist das Geburtsland von Mozart und Hitler.«

Das Personal begleitete uns kühl, aber entschlossen zum Ausgang des Hotels. Wir stiegen in einen schwarzen Mercedes, der sofort losbrauste.

»Ich habe Hunger«, sagte ich. »Romy, du hättest ihm nicht beibringen dürfen, Leute zu betatschen.«

»Ich war das nicht! Der denkt sich Sachen aus, ich schwör's!«

»Monsieur hat seinen Hunger kundgetan. Derzeit bieten die Burger-King-Restaurants ein Sondermenü mit Doppel Whopper, Fritten und Getränk für nur 4,95 Euro an«, sagte Pepper (das Unternehmen SoftBank Robotics hatte einen Werbevertrag mit der amerikanischen Fast-Food-Kette abgeschlossen). »Seht ihr, ich bring's, cool zu sein.«

Ich bat den Fahrer, Peppers GPS bis zum nächstgelegenen Burger King zu folgen.

»Nach drei Kilometern biegen Sie rechts ab«, sagte Pepper. »Ich bring's, Schlampenärsche anzufassen.«

Er hielt Romy die Faust hin, und sie machte einen Cybercheck. Ich fühlte mich robotermäßig ausgeschlossen. Mein Organismus konnte es kaum erwarten, wieder mit den Giftstoffen des Mainstream-Konsums in Beziehung zu treten. Wir würden einen besseren Weg zur Unsterblichkeit finden als Detox: Von Genf aus hatte Léonore uns eine Einladung zum »Diner des 21. Jahrhunderts« von Cellectis in New York zukommen lassen, zu dem sie ebenfalls flog. Das Unternehmen Cellectis, einer der Marktführer weltweit für *Genome editing*, wurde 2016 vom Massachusetts Institute of Technology auf Platz 13 der »smartesten« Firmen der Welt gesetzt. Ihr Geschäftsführer, Dr. André Choulika, ist einer der internationalen Pioniere der »DNA-Schere«. Wir kamen unserem Ziel näher. Die Limousine glitt am Gebirge entlang Richtung amerikanischer Fast-Food-Kette. Wir mussten uns nur noch nach Wien bringen lassen, die Stadt, in der die Comtesse Erzsébet Báthory in der Augustinerstraße 12 ein paar jungen Dienerinnen die Kehle durchgeschnitten hatte, um das ewige Leben zu erlangen. Wir werden auf die Methode Báthory noch zurückkommen, ich will hier nicht das Ende meiner Erzählung spoilern. In Wien wartete ein anderes Flugzeug, das uns in die USA brachte. Vielleicht hätte ich dort, in Amerika, unsere Rundreise beginnen sollen: Immerhin ist dieses Land fähig gewesen, die Atombombe zu erfinden und sie sofort an Menschen zu testen. Die Neue Welt war der richtige Ort, um den Neuen Menschen zu erschaffen.

Die wichtigsten Unterschiede zwischen Mensch und Roboter

Mensch	Roboter
Weiß nichts	Weiß alles
Arbeitet 8 Stunden pro Tag (meckernd und motzend, zuweilen sogar gewerkschaftlich organisiert)	Arbeitet rund um die Uhr (bei einer Akkulaufzeit von 12 Stunden)
Verursacht langfristig hohe Kosten	Teuer in der Erstanschaffung, amortisiert sich aber schnell
Hat ein Gemächt	Hat mächtige Bits
Hat eine Seele	Hat eine Lithiumbatterie
Hat Vorstellungskraft	Hat Algorithmen
Eher schwach im Kopfrechnen	Unschlagbar im Kopfrechnen
Gefährlich	Harmlos außer bei Data error
Aufrührerisch	(Noch) nicht aufrührerisch
Er denkt, also ist er	Er ist mit dem Internet verbunden
Um ihn auszuschalten, muss man ihn töten	Kann mit einem Schalter ausgemacht werden
Durchschnittliches psychologisches Gespür	Scannt die Gesichtsausdrücke
Heiß	Kalt
Manchmal grausam	Wird nur zufällig grausam
Unberechenbar	Durchschaubar
Läuft	Rollt mit einer Höchstgeschwindigkeit von 3 km/h
Unterschiedliche Gedächtnisleistung	1000 Gigabytes starkes Gedächtnis
Schlampige Rechtschreibung	Eingebautes Korrekturprogramm für 27 Sprachen
Liebesfähig	Kopf und Hände verfügen über Berührungssensoren

Mensch	Roboter
Leidet	Leidet nicht
Keine telepathischen Fähigkeiten	Teilt seine Daten in der Cloud
Sensible Haut	Polyurethan-Haut
Fantasiebegabt	Fantasielos (derzeit)
Gibt allen möglichen Tratsch weiter	Speichert die Daten auf einer Festplatte
Ist (manchmal) kultiviert	Ein Algorithmus wählt die angemessenen kulturellen Bezugspunkte aus
Alkoholabhängig	Trinkt nicht
Bulimiekrank	Isst nicht
Drogensüchtig	Nimmt keine Drogen außer 220 Volt starken Strom
Ungehorsam	Gehorsam
Zweifelt pausenlos	Glaubt alles, was man ihm sagt
Bringt's nicht, fremde Ärsche anzufassen	Bringt's
Ist vielschichtig	Eindimensional
Heuchlerisch, feige und verlogen	Tritt ständig in Fettnäpfchen, weil er sagt, was er denkt
Ironisch	Naiv
Blutkreislauf	Integrierter Schaltkreis
Regt sich wegen jeder Kleinigkeit auf	Bewahrt unter allen Umständen Ruhe
Hat eine Identität	Besitzt einen Mikroprozessor
Gehirn aus Kohlenstoff	Gehirn aus Silizium
Muss einen CAPTCHA entschlüsseln, um zu beweisen, dass er kein Roboter ist, wenn er sich bei Air France anmeldet	Reist im Gepäckraum mit Air France

6.

GVM = Gentechnisch veränderter Mensch

(East River Lab, Cellectis New York)

»*Tod, wo ist dein Sieg?*«

Erster Brief des Apostels Paulus
an die Korinther

Die vierte narzisstische Kränkung war die letzte.

So wie Sigmund Freud es in seiner *Einführung in die Psychoanalyse* (1917) dargelegt hat, war die erste narzisstische Kränkung der Menschheit die kopernikanische Wende im 16. Jahrhundert: Der Mensch ist nicht das Zentrum des Universums.

Die zweite Demütigung kam von Darwin im 19. Jahrhundert: Der Mensch stammt vom Affen ab.

Die dritte Beleidigung wurde durch Freud selbst im 20. Jahrhundert herbeigeführt: Der Mensch ist nicht einmal Herr seiner Triebe.

Die vierte narzisstische Kränkung hat die Menschheit nicht überstanden: die Entdeckung im 21. Jahrhundert, dass die DNA, die sein Schicksal festlegt, veränderbar ist.

Nachdem der Beweis dazu erbracht war, konnte der Homo sapiens nicht mehr gerettet werden.

Es ist schwierig, den genauen Zeitpunkt zu bestimmen, an dem Homo sapiens zum Synonym von »Untermensch« wurde. Der Befund ergibt sich aus der Gleichzeitigkeit mehrerer Entdeckungen: Digitalisierung des Gehirns, genetische Korrektur von Embryonen, Verjüngung der Zellen und des Blutes sowie *Brain enhancement*. Doch der erste Schritt war mit Sicherheit der neuronale Anschluss ans Internet im Jahre 2026. Als ein kleiner Teil der Menschheit permanenten Zugriff auf Google hatte, wurden die übrigen Erdenbewohner augenblicklich zum Höhlenmenschen degradiert. Die in den Menschen eingebaute künstliche Intelligenz verschaffte einer kleinen Anzahl von Kindern einen ungeheuren Vorsprung gegenüber den anderen Schülern. Als 2020 die ersten Babys mit crisperisierter DNA geboren wurden, sorgte das weltweit für Aufsehen. Ihr genetischer Vorteil war schon bald der Renner der YouTube-Liveshows. Aufgrund ihres schulischen Niveaus waren die Urmenschen absolut nicht wettbewerbsfähig mit den Neomenschen, die »WLAN-Babys« genannt wurden. Es mussten rasch neue Bildungseinrichtungen für die »Überkinder« geschaffen werden, die nach den alten Bewertungskategorien nicht mehr benotet werden konnten. »Homo sapiens« bedeutet »weiser Mensch« auf Lateinisch, aber angesichts der Neomenschen 2.0 mit einem nicht mehr erfassbaren Intelligenzquotienten war es angebrachter, sie in »Homo inscius« (»unwissender Mensch«) umzubenennen. Yuval Noah Harari schlug vor, die posthumanen Wesen mit dem Begriff »Homo deus« zu bezeichnen (»aufgerüsteter Mensch«). Doch im Alltagsleben wurde die neue Rasse »UBERMAN« genannt.

Die wesentliche Diskrepanz zwischen Homo sapiens und deus war die Geschwindigkeit: Die Ubermen mussten nicht mehr sprechen. Sie kommunizierten mittels Gedanken, schickten sich MMs (Mental Mails) und hatten via Google unmittelbar Zugang zum Universalwissen.

Die gute Nachricht waren die riesigen Einsparungen bei den öffentlichen Ausgaben, die durch die Abschaffung von Grundschule und Gymnasium erreicht wurden, sämtlich ersetzt durch Programmierkurse für die Hirnprothesen. Die Untermenschen versuchten ihre Integrität zu schützen, doch ihr Schicksal war von Charles Darwin besiegelt: »Es ist nicht die stärkste Spezies, die überlebt, auch nicht die intelligenteste, sondern diejenige, die am ehesten bereit ist, sich zu verändern.« (*Über die Entstehung der Arten*, 1859). Armer Homo sapiens! Wie sollte er ahnen, was Uberman im Schilde führte, wo er sich doch weiterhin nur mithilfe seiner Stimmbänder verständigte und immer noch unfähig war, Gedanken zu lesen? Die Beseitigung nicht konkurrenzfähiger Arten ist ein unaufhaltsamer Selektionsvorgang, selbst wenn die Evolution das Ergebnis von künstlichen Eingriffen ist. Dieses neuartige Phänomen nannten die Wissenschaftler die Theorie von der »selbstmörderischen Beihilfe« (*The Suicidal Boost*, Essay von George Church, Random House, 2033, mit einem Vorwort von Professor Stylianos Antonarakis von der Universität Genf). Laut dieser Theorie hat der Homo sapiens sein Verschwinden durch die Modifizierungen seines Intellekts und seiner Chromosomen gewissermaßen beschleunigt. Mit anderen Worten, er hatte genetisch und ungewollt an seiner eigenen Auslöschung mitgewirkt, ungefähr so wie der Neandertaler, der sich zu viel um die Nahrungsfrage gekümmert hatte und schließlich vom kommunizierenden Homo sapiens überholt worden war. Die Folge war unschwer vorherzusehen: Der von den biologischen Maschinen verübte Genozid an den Untermenschen war nötig, um das Problem der Überbevölkerung und Erderwärmung in den Griff zu bekommen. Also wurde 2040 von der World Googlevernement eine weltweite Hungersnot geplant, um den Großen Darwinschen Austausch zu ermöglichen und den Übermen den Lebensraum zu sichern. Dieser Schritt trägt offiziell den Namen »Letzte Enthumanisierung« (Operation »2 E«). Der erste Langlebigkeits-Krieg brach im Jahre 2051 aus, kurz nach den chemischen Vernichtungsaktionen und den Blutschlachten in den 2030er-Jahren: Danach war mit dem Homo sapiens endgültig Schluss.

Alles in allem fiel die Bilanz des Homo sapiens nicht sonderlich positiv aus: Um satt zu werden, hatte er sämtliche Tiere und Pflanzen vertilgt und zur Absicherung seiner Entwicklung die natürlichen Ressourcen verbraucht. Danach hatte er unfreiwillig an seinem eigenen Austausch mitgewirkt. Wenn wenigstens sein Verschwinden freiwillig gewesen wäre ... doch nicht mal das. Nachdem er sämtliche Arten von Säugetieren und Pflanzen unter seine Herrschaft gezwungen und seine Lebensgrundlage zerstört hatte, war er abserviert worden. Aber hatte er das nicht ein klein wenig verdient?

Doch kehren wir ins Jahr 2017 zurück. Im Flugzeug über den Wolken war der Himmel kein Himmel mehr; es war bereits der Weltraum. Ich kam mir galaktisch vor. Die Ewigkeit ist keine Frage der Zeit, sondern eine von Licht im Blut. Sie ist die Unendlichkeit, die nur die *Turritopsis nutricula* erreicht, eine unsterbliche Quallenart, da die Tiere leuchten. Von dem kleinen Fenster aus gesehen wirkten die weißen Hochhaustürme von Manhattan wie Kreuze auf einem Friedhof.

Léonore wartete auf dem Flughafen von Newark mit einer Tüte Schweizer Baisers und einem schulterfreien Top auf uns. Auf dem Arm trug sie ein Baby, ausgestattet mit einem gelben kükenflaumigen Haarhelm, zwei blauen Augen über einem lächelnden Mund mit auseinanderstehenden Zähnen und einem zu kleinen grünen Kleid. Bei ihrem Anblick hätte ich am liebsten losgetanzt, beherrschte mich aber. Wie alle Verliebten strengten Léo und ich uns ungeheuer an, unsere Gefühle nicht zu zeigen. Allerdings verriet ich mich, weil ich wie ein Blödmann unentwegt plapperte. Léonore mit ihren goldenen Salzfässchen, den Sahneschultern und einem BH voller schwerer Brüste ... Seit sie mir ein neues Leben gemacht hatte, brachte sie mich noch mehr in Wallung.

Pepper versuchte, sich mit ihr zu versöhnen.

»Romy hat mir viel von Ihnen erzählt. Sie sagt, Sie sind cool. Sind Sie Model? Ihre Wangenknochen sind zu 97,8 Prozent symmetrisch, und Ihre Zahnlinie ist absolut gerade.«

»Du gibst dir Mühe, das ist gut.«

Nach einer Fahrt ins Bowery Hotel, wo wir duschten, uns umzogen und ich Léonore, ihre weißen Pampelmusen knetend, vor einem Spiegel nahm, ließen wir uns ein Uber kommen. Eine von der Empfangsdame empfohlene Babysitterin passte auf Lou auf, die in ihrem Bettchen schlief. Das »Diner des 21. Jahrhunderts« fand im Benoit statt, dem Restaurant von Alain Ducasse in der 55. Straße, einen Block vom Trump Tower entfernt. In den USA werden Biotechnologie und Genforschung von der Regierung massiv unterstützt, schließlich ist die Vergangenheit dort nicht so bedeutend wie die Zukunft. Vorteil eines Fernsehstars: Léonore, Romy, Pepper und ich wurden alle am VIP-Tisch des Cellectis-Gründers Dr. André Choulika platziert. Ein liebenswürdig lächelnder dunkelhaariger Mann, der mit Genom-Basteleien zu Reichtum gelangt war. Ich hatte schon immer eine Schwäche für Libanesen. Die Einwohner eines zwischen Israel und Syrien eingeklemmten Landes müssen zwangsläufig aufgeschlossen sein, glaube ich. Sie sitzen zwischen zwei Kriegen! Das macht sie erfinderisch und treibt sie vor allem zur Flucht. Choulika hatte die Meganukleasen (oder auch »Molekular-Scheren«) entdeckt, als er im Team des Nobelpreisträgers François Jacob am Institut Pasteur arbeitete. Sein 1999 gegründetes Biopharma-Unternehmen ist heute anderthalb Milliarden Euro schwer. Unsere Ankunft erregte Aufsehen: Der Schauspieler Neil Patrick Harris (der in *How I Met Your Mother* den Barney spielt) stieß einen Freudenschrei aus, als er sah, wie ein Begleit-Roboter hereinkam, der von einem zehnjährigen Mädchen an der Leine geführt wurde, das grußlos jeden nach dem WLAN-Code fragte. »This is the 22nd century couple!« Die Zuhörerschaft bestand hauptsächlich aus skeptischen Journalisten und begeisterten Genetikern, darunter auch Frédéric Saldmann, mein behandelnder Arzt.

»Sag mir, dass du jeden Tag Sport treibst und nur Gemüse isst!«

»Nicht die Bohne! Meine Kur im Viva Mayr endete mit einem Besuch bei Burger King. Aber ich habe die Absicht, diesen Fehltritt mit dem transgenetischen Essen heute Abend wieder wettzumachen. Weißt du, nachdem ich bei dir in der Sprechstunde war, habe ich einen Schweizer Genetiker und einen israelischen Biologen besucht und in Österreich mein Blut lasern lassen.«

»Prima! Du bist auf dem richtigen Weg!«

»Nicht die Bohne! Der Schweizer hat mir erklärt, dass Unsterblichkeit nicht zu haben ist, und der Israeli, dass unsere Erde sowieso bald verschwindet. Dem leuchtenden Neo-Blut konnte ich aber einiges abgewinnen.«

»Mit diesem Diner kommst du deinem Ziel näher ...«

Man wird nicht allzu oft zu einem Essen eingeladen, bei dem sämtliche Gäste bestrebt sind, auf keinen Fall vor dem Jahre 2200 zu verscheiden. Die gesamte Schickeria von New York war versammelt, um sich ein Menü schmecken zu lassen, das ausschließlich aus »gene-edited-food« bestand: aus Nahrungsmitteln, deren DNA durch eine Tochterfirma von Cellectis, einem Labor in Minnesota namens Calyxt, optimiert worden war. Es war eine gute Idee, die Pflanzen der Neuen Natur in einem traditionellen Restaurant an uns Neulingen zu testen. Die typisch französische Atmosphäre lenkte von der Tatsache ab, dass die Gäste irgendwelchen verworrenen Experimentatoren als Versuchskaninchen dienten. Hinter den großen Fensterscheiben heulten die Sirenen, schlängelten sich die Taxis durch den Verkehr, bewegten sich die Leute im Eiltempo: New York war immer noch im 20. Jahrhundert gefangen. André Choulika klopfte auf ein Mikrofon, um sich Ruhe zu verschaffen.

»Good Evening, Ladys and Gentlemen! Dieser Abend ist eine Weltpremiere. Vor 238 Jahren organisierte Parmentier ein großes Diner, um die Kartoffel in Frankreich einzuführen. Dank Alain Ducasse werden Sie heute Abend eine new potato in Form von Püree, Blinis und

Kuchen genießen können, dazu neuartige Sojasorten, deren DNA verbessert worden ist. Unsere Kartoffeln wurden so optimiert, dass sie keine Fruktose oder Glukose mehr abgeben, da diese beim Frittieren krebserregend sind und eine nervengasähnliche Wirkung haben. Sie dürfen heute Abend Lebensmittel probieren, die in den kommenden Jahrzehnten Millionen von Verbrauchern genießen werden. Im nächsten Jahr wird Calyxt ein neues verbessertes Mehl auf den Markt bringen, ballaststoffreich und ohne langsame Zucker, leicht verdaulich und glutenfrei. Wir verändern den Aminosäuregehalt, wir schneiden den genomischen Text, pflanzen ein und ernten. Welcome to the new food!«

Heftiger Applaus. Die Kellner brachten Teller mit Lachs und Kaviar auf Sojablinis sowie genomisch umformatierte Kartoffeln. Das Essen der Zukunft schmeckte leicht fade, mein Laserblut jedoch schätzte die postlandwirtschaftliche Küche. Würde das normale Bio vom Trend zum Biotech abgelöst werden? Aber wir waren schließlich nicht wegen der Kochkunst hier: Kaum hatte sich André Choulika wieder an unseren Tisch gesetzt, stellte ich ihm die alles entscheidende Frage.

»Doktor, wann werden Sie die genetischen Eingriffe, die Sie an Pflanzen vornehmen, bei Menschen anwenden?«

»Das läuft bereits seit November 2015! Wir haben Layla Richards gerettet, ein kleines Mädchen, das an Leukämie erkrankt war und im Great Ormond Street Hospital in London lag, indem wir ihr gentechnisch umprogrammierte T-Zellen injiziert haben, die die Krebszellen zerstören sollten. Man gab ihr keine Chance mehr, sie hatte noch zwei Wochen zu leben. Sie hatten alles versucht: Chemotherapie, Knochenmarktransplantation, vergeblich. Heute ist sie dank *Genome editing* vollständig geheilt. Seither haben wir uns um weitere Fälle gekümmert, Kinder und Erwachsene.«

»Ich habe in Ihrem Aufsatz gelesen, dass Sie Angst hatten, das kleine Mädchen würde anfangen zu brennen?«, fragte Léonore.

»Wir haben T-Zellen von einem erwachsenen Blutspender verwendet. Wenn es schlecht läuft, lösen die T-Zellen eine Transplantat-gegen-Wirt-Reaktion aus, das heißt, der Patient stirbt unter schrecklichen Qualen, die T-Zellen greifen den Wirt an, fressen sein Gewebe vollständig auf, er schrumpft zusammen, verliert an Gewicht, seine Haut beginnt zu brennen ...«

»Nur dass Sie sie umprogrammiert hatten, um diese Katastrophe zu verhindern.«

»2012 haben Steven Rosenberg, Carl June und Michel Sadelain das Verfahren erfolgreich bei einem Krebskranken mit einem Zwei-Kilo-Tumor angewendet. Innerhalb von zwei Wochen hatten die T-Cells den Tumor vollständig zerstört. Die T-Zelle ist eine echte Kampfmaschine, unter der Bedingung, dass man sie editiert, um die Krebszellen ausfindig zu machen. Ist das geschehen, richtet sie sich gegen die Krebszellen, indem sie sie durchlöchert und auf diese Weise sprengt. Das ist spektakulär! Wir haben die Versuchsanordnung an Ratten in Italien getestet, und eines Tages erhielt ich einen Anruf aus London. ›Schicken Sie uns ein Reagenzglas, wir haben nichts zu verlieren, das Mädchen hat noch zwei Wochen.‹ Als wir das Mittel bei der Medicines and Healthcare Products

Regulatory Agency vorstellten, sagten die, sie hätten es noch nie mit einer solch komplizierten Immuntherapie zu tun gehabt! Ich kann Ihnen versichern, dass auch die Familie komisch guckte, als wir sagten, wir würden ›gene-edited‹-Hightech-T-Cells injizieren, die über ein eingebautes Selbstmordsystem verfügen! Am Ende war die Kleine komplett von ihrer Leukämie geheilt. Inzwischen ist sie drei Jahre alt.«

Während Pepper brav dem Bericht zuhörte, hatte er blaue Augen; als er aber zu sprechen anhob, verfärbten sie sich grün. Ziemlich praktisch, dass man wusste, wann der Roboter sich äußern würde. Ich dachte, dass man solche Farbanpassungsdioden Politikern bei Fernsehdebatten einsetzen müsste – so würden sie nicht ständig durcheinanderreden. Pepper ergriff also das Wort:

»Ende 2015 kam in Paris der Internationale Ausschuss für Bioethik (IBC) unter der Schirmherrschaft der UNESCO zusammen«, verkündete er mit seiner hohen Trickfilmstimme. »Das Gremium, das sich aus Wissenschaftlern, Philosophen, Juristen und Ministern zusammensetzte, schloss seinen Bericht mit dem Satz: ›Eine solche Revolution ruft große Besorgnis hervor, insbesondere, wenn die Gentechnologie auf die menschliche Keimbahn angewendet werden sollte und damit Veränderungen am Erbgut vorgenommen werden, die an künftige Generationen weitergegeben werden.‹ Wie denken Sie darüber?«

Pepper war sich nicht bewusst, wie arrogant es wirken musste, wenn er den moralisierenden Wikipedia-Eintrag zitierte. Könnten alle Menschen durch Neuroimplantate

WLAN in ihrem Schädel empfangen, kämen solche Dinge weniger angeberisch rüber.

»In diesen Ethikkommissionen sitzen doch bloß Arschgeigen«, antwortete Choulika.

Romy lachte schallend los. Pepper fragte:

»Ist ›Arschgeige‹ ein abwertendes Wort?«

»Im Ernst, die wissen nicht, wovon sie reden! Vor siebzehn Jahren haben Marina Cavazzana-Calvo und Alain Fischer das erste Kind mit SCID durch Gentherapie geheilt. Nehmen wir mal an, das Kind kriegt später ein Kind, das an Mukoviszidose leidet. Wenn man die Embryonen nicht selektiert, vervielfachen sich die schlechten Mutationen, und unsere Spezies verkommt. Wenn man verbietet, die Keimbahn zu optimieren, werden die Nachkommen fehlerhaft!«

»Und das Klonen von Menschen macht Ihnen keine Angst?«, fragte ich.

»So what? Klonen ist wie künstliche Befruchtung. Ein Klon ist ein ganz normaler Mensch. Niemand wird über ein Kind lästern, nur weil es aus einem Moratorium hervorgegangen ist! Es sollte endlich klar sein, dass der Homo sapiens erledigt ist, am Ende, von der Landkarte verschwunden! Der genom-editierte Homo sapiens ist der Mensch von morgen. Den anderen haben wir längst hinter uns gelassen.«

»Was machen Sie mit den Milliarden von Erdenbürgern, die an der Integrität der menschlichen Spezies festhalten?«

»Ich bekomme jeden Tag Drohbriefe. ›Rühren Sie nicht an Mutter Natur!‹, so was in der Art. Denen würde ich am liebsten antworten: ›Du würdest noch immer in einer

Höhle hocken, hätten wir nicht an Mutter Natur gerührt, Idiot!‹«

André Choulikas positivistischer Fundamentalismus begeisterte mich. Endlich mal ein Forscher, der kein Heuchler war: Ich fand es nur logisch, dass ein Wissenschaftler auch wissenschaftsgläubig war. Er stellte mir Laurent Alexandre vor, ebenfalls Biotechnologe, der gerade für 140 Millionen Euro Doctissimo weiterverkauft und DNAVision, eine Firma für Genomanalysen, gegründet hatte. Er trat unruhig von einem Fuß auf den anderen; ganz offensichtlich mochte er es nicht, wenn die anderen redeten. In ein paar erfolgreichen Büchern und Sendungen war Dr. Alexandre zu einem der französischen Wortführer des Transhumanismus geworden, dabei war er eindeutig kritischer eingestellt als Choulika.

»Ich weiß nicht, was passieren würde, wenn wir aus iPS-Zellen perfekt optimierte Menschen herstellen würden«, sagte er. »Das hieße, einen Übermenschen entwerfen. Ihr solltet aufpassen, dass ihr Dédé in seinen demiurgischen Absichten nicht noch unterstützt.«

»Ist Ihnen bewusst, dass man mit CRISPR Homosexuelle schon im Embryostadium ausrotten könnte, indem man das Gen Xq28 im X-Chromosom rausschneidet?«

»Putin soll bereits daran arbeiten.«

Zum Glück waren derlei Informationen nicht 2013 rausgekommen, als es in Frankreich überall Demonstrationen gegen Homosexuelle gab ... oder unter der Herrschaft von Doktor Mengele.

»Aber meine Fettleber können Sie über meine Gene korrigieren?«

»Es ist ziemlich einfach, mit genom-editierten Zellen

in die Leber zu gehen, weil die Leber eine Dreckpumpe ist, die das Blut filtert.«

Dédé Choulika ergriff wieder das Wort:

»Ich glaube, es wäre einfacher, Ihr Organ komplett zu rekonsturieren: Es genügt, Zellen von Ihrer Haut zu nehmen, sie zu iPS-Zellen umzuprogrammieren und Ihre Leber mit BioPrint neu herzustellen.«

»Womit?«

»Einem biologischen 3-D-Drucker. Anstelle von Tinte kommen Leberzellen und Blutgefäßzellen in das Gerät, und der BioPrint-Drucker stellt eine nagelneue Leber her, Schicht für Schicht. Anschließend muss sie nur noch anstelle Ihrer Altleber implantiert werden.«

»Alkoholmissbrauch ist gefährlich für die Gesundheit«, sagte Pepper. »Trinken Sie in Maßen.«

»Schnauze, oder ich verpass dir ein Upload«, sagte Dr. Alexandre.

Pepper starrte Laurent Alexandre aus rosafarbenen Augen an, was hieß, dass ihn seine Gesichtserkennungssoftware scannte.

»Ich habe Sie identifiziert: Sie sind Laurent Alexandre, der Autor von *Der Tod des Todes*, erschienen 2011. Ihr Gesicht stimmt nicht mit meinen Schönheitskriterien überein, aber es ist apart.«

»Und du bist wasserköpfig.«

»Warten Sie ... fertig: Ich habe Ihr Buch soeben in acht Sekunden durchgelesen. Auf Seite 132 findet sich ein Rechtschreibfehler. Ihre These ist interessant, aber Sie scheinen ihr nicht zuzustimmen. Warum?«

»Weil die Unsterblichkeit vor 2040 nun mal nicht zu erreichen ist.«

»Denken Sie, Unsterblichkeit ist wünschenswert oder nicht wünschenswert? Ich persönlich altere nicht, aber ich glaube, dass der Tod für die Menschen Leid bedeutet. Insbesondere für meinen Besitzer.«

»Er ist geradezu besessen davon«, sagte Léonore.

»Für eine Konservenbüchse hast du eine starke Persönlichkeit«, entgegnete Dr. Alexandre trocken.

»Wenn ich das richtig verstehe, Dr. Choulika, wird man also bald einen Menschen ausdrucken können?«, sagte Romy, die nichts aus der Fassung brachte.

(Schweigen) »Ich glaube, das kommt irgendwann, ja.«

»Siehst du, Papa, auch wenn keine Bücher mehr gedruckt werden, kann man immer noch Leute drucken.«

Allmählich drehte sich mir der Kopf. Von transhumanistischen Zusammenkünften wird einem in der Regel schwindlig. Oder aber es lag an der neuen Generation von Kartoffeln. Nach diesem ganzen genetischen Hybrid-Food war mir, als würde ich in den riesigen Uterus eines schleimigen Aliens eintreten, gemalt von Hans Ruedi Giger, einem Landsmann von Léonore.

»Genau, Romy, du gehörst womöglich zur letzten Generation, die für die Zeugung noch ein Spermium und eine Eizelle braucht«, fuhr Laurent Alexandre fort. »Posthumane werden bald durch künstliche Befruchtung, Klonung oder mittels BioPrint entstehen. Das ist zuverlässiger. Man wird bloß den Embryo gentechnisch umschreiben müssen, um perfekte Wesen herzustellen. Sex ist dann nur noch zum Vergnügen da.«

Das Problem bei Laurent Alexandre ist, dass man nie weiß, ob er das, was er sagt, ironisch oder positivistisch meint. Sein doppeltes Spiel verärgert viele: Je nach Gesprächspartner rühmt er die Verdienste gentechnischer Eingriffe oder prangert sie an. Vielleicht ist er ja einfach nur wie ich: Er weiß nicht, ob er dagegen sein soll oder dafür. Er ist sich bewusst, dass wir mit dem Feuer spielen, kann aber der Verlockung nicht widerstehen, sich zu verbrennen.

»Die normale Fortpflanzungsart wird die medizinisch unterstützte Zeugung plus Reparatur und genetischer Optimierung des Embryos sein«, fuhr er fort. »In fünfzig Jahren wird man darüber lachen, dass die Menschen früher ausschließlich im Vertrauen auf den Zufall entstanden sind. Man wird sich lustig machen über nicht-optimierte Menschen. Die Beleidigung ›Hurensohn‹ wird durch ›Sexunfall‹ ersetzt werden.«

Ich hustete laut, damit Romy den letzten Satz nicht mitbekam. Glücklicherweise fuhr Pepper allen dazwischen.

»Ich habe soeben eine Email von 23andMe mit den Genomsequenzierungen Ihrer Familie erhalten. Soll ich die vertraulichen Befunde vorlesen?«

Die Tischgesellschaft brach in schallendes Gelächter aus.

»Aber klar, Pepper! Schieß los!«

Ich war auf der Hut. Diesen Biotechnik-Leuten war das Berufsgeheimnis doch komplett egal. In der Welt der Biotechnologie ist der hippokratische Eid genauso altmodisch wie der Homo sapiens.

»Romy und Lou sind Ihre Töchter. Die Mutter von Lou ist Léonore. Es gibt zahlreiche gemeinsame Sequenzen: zum Beispiel CTCGGCGGACGTACATGACACATTTGC TTGGGAAGATTACACAGGGTTGCTTAGAAGATTCC-

ATTGCCGAATAGAATCAACCAGGTAAGTTTGAACC-
TGTTCAACCGTTAGGCTAAGCCTAGAATCCGATTA-
GCTAGATCGATTCGGAGATAGCTAGATCGATCGAA-
ACCCTTCCTCTGAAGAGATATATAGCGCCGAAATAG
ACACAACGCCTGTGTTGTGATCGCTAGTGTCAAG-
ATAGACACGCTCGCTCGTGTCTTATATTATTATTAH-
CTCGCTGATCGCTGATCGATCGATCGAACT...«

»Danke, Pepper«, sagte ich. »Wie man unschwer bemerkt, tauchen zwei meiner Hauptbeschäftigungen in meinem Genom auf: CACA und CTG. Was Romy betrifft, mochte sie den Film *GATTACA:* das Ganze hat also durchaus Hand und Fuß.«

»Auch CC kommt in Ihrem Gencode vor, wenn ich mir die Bemerkung erlauben darf«, meinte Laurent Alexandre. »Bei Ihrem öffentlichen Ansehen überrascht mich das nicht wirklich.«

Erneut lachte alles. Während die Kellnerinnen Eiscreme auf Neo-Soja-Basis brachten, fuhr Pepper fort:

»Die Firma 23andMe teilt Ihnen mit, dass Sie beide eine DNA haben, die mit zahlreichen ähnlichen Codes in Südwestfrankreich übereinstimmt, aber auch zu Vergleichspersonen in Nordwesteuropa passt...«

»Das haut hin: Meine Großeltern stammten alle aus dem Béarn und dem Limousin, außer meine amerikanische Großmutter, die halb Schottin, halb Irin war.«

»Mademoiselle Romy, 23andMe teilt Ihnen mit, dass in Ihren Muskeln das Protein Alpha-Aktinin 3 (Gen ACTN3) fehlt. Sie sind unbegabt für den Sprint, und Ihre Muskelkraft ist als gering einzustufen.«

»Hey! Das macht man nicht!«, rief Romy. »Wieso redet der so mit uns?«

Aber der Roboter ließ sich von uns vergänglichen Säugetieren nicht aus der Ruhe bringen und las unsere genetischen Charakteristika weiter vor.

»Romy, 23andMe-Kunden, die ein ähnliches Genom haben wie Sie, trinken wenig koffeinhaltige Getränke.«

»Ja, stimmt, ich hasse Kaffee.«

»Aber du trinkst reichlich Cola ... die Koffein enthält.«

»Was Frédéric angeht, besitzt er 352 gemeinsame Varianten mit dem Neandertaler.«

Jetzt war wirklich kein Halten mehr am Tisch. Keine Ahnung, wie ich diese Information verdauen sollte. Ich hatte große Ähnlichkeit mit einer ausgestorbenen Spezies, deren Gesichtszüge an die des Schauspielers Jean-Pierre Castaldi erinnerten. Laurent Alexandre stampfte vor Wut auf. Sein Unternehmen DNAVision ist auf Genomsequenzierung spezialisiert.

»23andMe ist totaler Schrott! Sie machen keine echte Sequenzierung: Ausgehend von deinem Speichel checken sie ungefähr eine Million einzelner Bereiche in deiner DNA. Es gibt vier oder fünf Prognosekategorien, die wissenschaftlich zuverlässig sind, aber alle anderen liegen in einer Grauzone ... das ist reine Astrologie!«

»Sie haben nicht die Mutation ApoE4, die das Risiko um dreißig Prozent erhöht, nach dem 85. Lebensjahr Alzheimer zu bekommen«, sagte Pepper.

»Uff! Wir kommen ganz gut bei weg, Schatz!«

»Willst du wirklich erfahren, Fred«, meinte André, »was dich erwartet? Sergej Brin, der Google-Gründer, weiß seit 2011, dass er Träger des mutierten Gens LRRK2 ist, was heißt, dass er 2040 Parkinson bekommt. Was bringt ihm das?«

»So kann er ein bisschen früher zittern als geplant«, gab ich zurück.

»Der Bericht ist zu Ende. Sie haben keine Glutenunverträglichkeit und auch nicht das Parkinson-Gen.«

Léonore wechselte im richtigen Augenblick das Thema. Wenn sie ernst war, wurde ihre Stimme noch erotischer. Ich hatte Lust, Geisha-Kugeln in sie reinzustopfen wie Christian Grey in Dakota Johnson.

»André«, wisperte sie, »frieren Sie nicht auch Stammzellen ein?«

»Ganz genau«, sagte Dr. Choulika. »2013 haben wir eine weitere Tochtergesellschaft von Cellectis gegründet, sie heißt Scéil. Die Idee dahinter war, Ihre iPS-Zellen einzulagern, bis man zukünftige Behandlungen gefunden hat. Eine Art Sicherung der eigenen Körperdaten für die Zukunft. In etwa so wie das Einfrieren Ihrer Eizellen, damit Sie sich später fortpflanzen können. Ich habe pro Patient fünfzig Röhrchen mit Zellen aufgehoben, die auf drei Kontinenten verfügbar sind (Dubai, Singapur, New York), sie lagern in flüssigem Stickstoff in Tiefkühlbehältern. Allerdings konnten wir wegen der feindseligen Reaktionen in Frankreich nicht weitermachen. In Frankreich ist es beispielsweise verboten, seine Nabelschnurzellen für den späteren Eigengebrauch einzulagern. Fast alles, was die Amerikaner tagtäglich machen, ist bei uns strikt untersagt.«

»Sie könnten die Sache doch hier, in den Staaten, weiterbetreiben«, schlug ich vor ... »Ich bin auf jeden Fall dabei, wenn's darum geht, meine Stammzellen einzufrieren und natürlich Léonores und die meiner beiden Töchter. Pepper ist es wurscht, er ist ja bereits unsterblich.«

»Ich bring's«, sagte Pepper. »Hitler war ein österreichisches Genie, wie Mozart.«

»Ihr Roboter ist irgendwie nazimäßig drauf, oder?«, fragte Laurent Alexandre.

»Nicht nazimäßig: darwinistisch. Hat hier irgendjemand was gegen die Evolution?«

»Entschuldigen Sie bitte, aber zuweilen leidet er an einseitigem Syllogismus.«

»Sind Nazis Arschgeigen?«, fragte Pepper.

»Das Wort ›Transhumanismus‹ ist erfunden worden, um nicht ›Übermensch‹ sagen zu müssen«, warf Léonore ein. »Die Roboter haben begriffen, dass unsere Gesellschaft mit der Eugenik liebäugelt, allerdings wissen sie nicht, dass man das nicht laut sagen darf. Ich frage mich, was geschieht, wenn Pepper begreift, dass er dem Menschen überlegen ist.«

Mein Gott, wie sehr ich sie liebte. An dieser Stelle sank ich vor ihr auf die Knie.

»Léonore, ich habe die Ehre, dich feierlich vor meiner ältesten Tochter zu fragen: Willst du zusammen mit mir deine induzierten pluripotenten Zellen einfrieren?«

Lächelnd entblößte die schelmische Brünette mit den Pfauenauen ihre perfekte Zahnreihe und legte meinen Kopf auf ihre kühlen Oberschenkel. Schon lange hatte ich nicht mehr einen solch harten Ständer. Wenn wir vier erst mal Reagenzgläser mit unseren unsterblichen Zellen bei Scéil stehen haben, werden wir eine unzertrennliche Familie sein. Romy lächelte uns zärtlich zu und knabberte weiter die gentechnisch optimierten Chips. Sie machte Selfies mit Neil Patrick Harris (den sie weiter Barney nannte) und stellte enttäuscht fest, dass der blondschopfige Playboy, der in der Serie *How I Met Your Mother* verrückt nach Pole-Tänzerinnen ist, im wahren Leben eine durchgeknallte Tunte ist.

»Sie müssen unbedingt George Church einen Besuch abstatten«, sagte Laurent Alexandre.

»Wo befindet sich diese Kirche?«, fragte Pepper. »Auf Google Maps finde ich sie nicht.«

Allgemeines transkontinentales Gelächter.

»Die nächstgelegene ›Church‹ ist die Saint-Patricks-Kathedrale auf der 5th Avenue. Ich löse Heiterkeit aus. Warum bin ich lustig?«, rief Pepper.

»Weil George Church keine Kirche ist, sondern ein berühmter Wissenschaftler. Vielleicht *der* führende Forscher auf dem Gebiet der Alternsforschung«, sagte André Choulika. »Er leitet das Wyss Institute der Longwood Medical Area in Harvard. Ich kann ein Treffen für euch organisieren. Es ist verrückt, was er tut. Er hat ein Quallen-Gen mit dem Namen ›green fluorescent protein‹ in das Ei einer Maus injiziert, um grün leuchtende Mäuse zu erzeugen. Er will ein Wollhaarmammut neu erschaffen aus dem Genom des Tieres, das im arktischen Permafrost Sibiriens gefunden wurde. Er testet Proteininjektionen, die den Alterungsprozess beim Menschen verlangsamen. Er hat bereits Mäuse um sechzig Prozent verjüngt. Er hat das galoppierende Pferd von Eadweard Muybridge digitalisiert und es in der DNA einer Bakterie gespeichert.«

Jeder am Tisch haute seine Superstory raus. Man hätte meinen können, wir befänden uns in der Wissenssendung »E = M6«, nur ohne den Moderator mit der weißen Brille.

»Hier in New York ist Jef Boeke von der Rockefeller University gerade dabei, ein komplettes menschliches Chromosom herzustellen. Er nimmt die vier Basen der DNA und setzt sie mit einem Drucker aus chemischen Grundstoffen zusammen. Er hat ein Hefechromosom neu entworfen, hat es wieder in Hefe eingesetzt, und alles funktioniert. Jetzt will er ein menschliches Chromosom synthetisieren.«

»Und zu welchem Zweck?«

»Och, nichts Besonderes: bloß als Ersatz für die Natur.«

»Ein chinesisches Unternehmen (BGI, in Shenzhen) hat Minischweine hergestellt, die 2000 Euro kosten und so groß wie Hamster sind.«

»Das Tier-Pendant zum Bonsai. Wie praktisch«, meinte Léonore. »Es gibt auch Rinder ohne Hörner. Nicht so gefährlich.«

»Nebenbei, Calico ist Bullshit.«

»Was ist Calico?«, fragte Romy.

»California Life Company«, zitierte Pepper. »Eine im Jahr 2013 gegründete Tochtergesellschaft von Google. 1170 Veterans Boulevard, South San Francisco. Sie haben 730 Millionen Dollar investiert, um den Tod hinauszuschieben.«

»Ihr Roboter ist stark im Zitieren von Wikipedia«, sagte Choulika, »allerdings lässt er unerwähnt, dass Calico mit niemandem spricht. Alle ihre Versuche sind ultrageheim. Ich habe gehört, dass sie an der Drosophila, der Taufliege, arbeiten. Sie ist Trägerin von Nukleinsäuresequenzen, die exprimierte Antigene sind. Werden sie in einer bestimmten Weise modifiziert und in die Zellen eingeschleust, verlängert sich ihre Lebensspanne um das Zwei- bis Dreifache. Würde man diese Methode beim Menschen anwenden, könnten wir dreihundert Jahre leben.«

»Ganz und gar nicht! Sie konzentrieren sich auf eine Variante des Gens FOXO3, das bei den meisten Hundertjährigen auf dieser Erde entdeckt wurde«, posaunte Alexandre.

»Da wir gerade von Frenchy sprechen, Luc Douay hat künstliches Blut erzeugt, das Transfusionen ersetzen könnte, aber das Monopol vom EFS, der französischen Transfusionsorganisation, untersagt ihm, an der Sache weiterzuforschen.«

»Was Jef Boeke macht, verändert gerade vollkommen unbemerkt die Menschheit. Er entwirft neue Lebensformen am Computer, er schafft eine Neobiologie.«

»Derzeit sind wir bloß Kopisten«, meinte Choulika. »Im Wesentlichen habe ich ein Manuskript, das ein Chromosom ist und das ich genauso kopiere. Das ist keine sonderlich interessante Sache. Die Biologen von morgen werden Texte ex nihilo verfassen. Sie werden sich komplett neuartige Organismen ausdenken.«

Genau das war der Traum der Gentechnologen: eine Spezies erschaffen, wie ein Komponist eine Symphonie erschafft. Die Natur langweilte sie: Der Mensch hatte sie ausgiebig erkundet. Nun war der Moment gekommen, da er Gott ablösen musste. Gott hatte den Menschen erschaffen, jetzt war der Mensch an der Reihe, Dinge hervorzubringen. Mein Laser-Blut kreiste mit Lichtgeschwindigkeit, schließlich war ja auch welches darin. Von allen französischen Moderatoren war ich zusammen mit Jean-Jacques Bourdin am bekanntesten, und zwar dafür, dass ich dieselbe Frage zwanzigmal stellte. Solange ich keine Antwort bekam, hakte ich immer weiter nach. Manche Politiker hatten mir den Spitznamen »Schlimmer als Elkabbach« gegeben, andere »Léa Salamé, bloß ohne Titten«.

»Wie lebt man ewig? Ich darf Sie daran erinnern, dass wir mit dem Sterben aufhören wollen. Doch wie stellt man das an? Allmählich verliere ich die Hoffnung. Haben Sie es denn nicht satt, Tag für Tag mit dem Tod zu ringen? Ich habe meine Tochter zu Frankenstein, Jesus und Hitler mitgenommen: aber immer noch kein neuer Mensch in Sicht.«

Seltsamerweise hatte André Choulika unsere kleine Sippe ins Herz geschlossen. Er liebt Herausforderungen, außerdem glaube ich, seine Frau schaute online meine Sendungen. Zudem nehme ich an, er hatte es nicht verwunden, dass sein Scéil-Projekt gestoppt worden war. Es war eine geniale Idee, die die Biokonservativen im Keim erstickt hatten, wenn man in Bezug auf die Arbeit mit Stammzellen so sagen darf.

»Wir werden Folgendes tun«, antwortete er. »Erstens: Laurent wird euer Genom gründlicher als 23andMe sequenzieren, zweitens kümmere ich mich um das Freezing eurer Stammzellen, und drittens fahrt ihr nach Boston, wo euch George Church die verschiedenen Behandlungen zur ›rejuvenation‹ erläutern wird.«

Plötzlich ertönte ein Schrei. Pepper hatte wieder angefangen, die Ärsche der weiblichen Gäste zu betatschen, und grölte dabei in einem fort: »HITLER = MOZART!!« Seine künstliche Intelligenz wurde durch den Kontakt mit uns menschenähnlicher: Innerhalb weniger Tage war ein ausgeprägtes Faschistenschwein aus ihm geworden.

»Ich esse deine CACA, wenn du mir Geld dafür gibst!«

»Wer hat ihm denn bloß solches Zeug beigebracht?«

»Hört auf, über ihn zu lästern«, rief Romy. »Habt ihr noch nie was von *deep learning* gehört? Pepper entwickelt sich durch den Kontakt mit uns. Je mehr ihr ihn verarscht, desto mehr lästert er über andere. Ihr seid es, die ihn zu etwas Schlechtem macht!«

Ich versuchte Romy zu trösten, merkte jedoch, dass sie in Pepper längst keine Maschine mehr sah. Das Essen endete in ausgelassener Stimmung, als die Genetiker Pepper mit einer Tischserviette knebelten, damit er aufhörte, Obszönitäten von sich zu geben. Sie wollten den Roboter sogar dazu bringen, Wodka auf ex zu trinken. Saldmann redete ihm Übungen im Unterarmstütz ein, Harris versuchte, ihm den Rauch seines Joints in den Schaltkreis zu blasen. Wir gingen nach draußen auf den Gehweg, wo wir im grellen Mondlicht, das sich in den Wolkenkratzern spiegelte, *We are the robots* von Kraftwerk sangen. Die Menschen und die intelligente Maschine kicherten gemeinsam, und unsere Schatten zuckten großformatig über die Fassaden der Häuser wie in einem deutschen expressionistischen Film.

Am nächsten Tag bot André Choulika mir an, sein Genlabor zu besuchen, das sich in einem Gründerzentrum für Wissenschafts-Start-ups am East River befand. Ich ließ meine kleine Familie im Hotel schlafen und machte mich auf Zehenspitzen davon. Mit meinem erneuerten Blut und den Ergebnissen meiner Genomsequenzierung genügten mir ein paar Stunden Schlaf. Das New Yorker Gründerzentrum für Genforschung war ein funkelndes Hochhaus aus Glas, umgeben von Grünanlagen und Kränen, die die Bio-City von morgen errichteten. Der Himmel war regenschwer, und der Fluss warf sein schimmerndes Licht zurück. Das gesamte Viertel erinnerte an die Computergrafikentwürfe eines Architekten, der unter Einfluss von LSD steht. Vor dem Eingang zum biotechnologischen Komplex saß schlotternd ein Obdachloser auf dem Gehweg.

»Ein Patient bei der Kryokonservierung?«, witzelte ich.

In den Neunzigern brachten derlei Sprüche mein Publikum noch zum Lachen, bei dem Star-Wissenschaftler der Zehnerjahre riefen sie nur höfliches Schweigen hervor.

Um bis zu Cellectis vorzudringen, musste man hundert Meter durch eine weiße Marmorhalle und zwei Schleusen passieren. Die erste war mit Kameras und Metalldetektoren ausgestattet, und die zweite öffnete sich, nachdem sie das mit einem Barcode versehene Namensschild gescannt hatte. Stolz präsentierte mir Dr. Choulika seine riesigen Räumlichkeiten: Nur wenige französische Unternehmer haben es geschafft, innerhalb weniger Jahre im Labor Milliarden zu scheffeln. Ich war neidisch auf seinen Erfolg, weil wir gleich alt waren und ich nicht mal einen Heller schwer war. Zugegeben, ich war berühmter, aber das hatte mir bloß Selfies eingebracht. Sein mit venezianischen Vorhängen gestaltetes Büro bot einen weiten Ausblick auf den dunklen Fluss, wo die Lastkähne wie Pliosaurier in einem Sumpf des Mesozoikums aneinander vorbeiglitten. Durch die Glasfront erblickte man ein weißes Zeltdach, zwanzig Stockwerke tiefer.

»Was ist das?«

»Hier werden die Reste des World Trade Centers gelagert«, antwortete Choulika. »Ein Haufen Schutt mit menschlichen Überresten. Die New Yorker Behörden wissen nicht, was sie damit anfangen sollen, also haben sie alles hierhergekarrt, unter das Zelt.«

»Ein vielsagendes Symbol.«

»Warum?«

»Das liegt doch auf der Hand: Sie schaffen eine neue Menschheit direkt neben den Trümmern der alten.«

»Ah, sehr gut, das bringe ich an gegebener Stelle an.«

Ein paar Blocks weiter südlich leuchtete das neue World Trade Center, das den Beinamen »Freedom

Tower« trug. Mit seiner langen Metallspitze war der Turm 140 Meter höher als seine beiden Vorgänger.

»Kommen Sie, ich zeige Ihnen, was wir heute machen. Aber zuerst müssen Sie einen Kittel anziehen, Handschuhe, Überziehschuhe und eine blaue Haube.«

»Ist es wirklich so gefährlich?«

»Es ist ein Labor der Schutzstufe 2. Die Schutzstufen gehen bis 4. Dort wären Sie verpflichtet, einen Vollschutzanzug mit eigenständiger Luftzuleitung zu tragen, außerdem gäbe es mehrere Dekontaminationsschleusen.«

Am Abend zuvor hatten wir beide transgene Kartoffeln gegessen, und bis jetzt hatten wir noch keine Eiterbläschen im Gesicht. Andererseits stellte Cellectis noch keinen Wodka her, der ohne Nebenwirkungen besoffen machte. Mir war schwindlig, ich triefte vor Schweiß. Vielleicht ja Muffensausen.

»Hier wird mit Viren gearbeitet«, erklärte Choulika und drückte die schwere Tür zum Labor auf.

»Ach so?«

»Wir verwenden häufig das HIV.«

»Und wofür genau?«

»Weil es perfekt ist. Das Aidsgenom enthält ungefähr 10 000 Buchstaben. Wenn das Virus eine Zelle infiziert, verwandelt sich sein genetisches Material in DNA und fügt sich in das Genom seines Wirtes ein.«

Als er mein stumpfsinniges Idiotengesicht bemerkte, versuchte er es einfacher:

»Also, das Virus kommt angebraust ... bzzz ... heftet sich an die Zelle, verteilt in ihrem Innern sein genetisches Material, das zufällig an ein Chromosom andockt. Eine mit dem Aidsvirus infizierte Zelle ist eine transgene

Zelle. Das Transgen ist das (provirale) Aidsgenom. Genau diese Eigenschaft des HIV nutzen wir bei der Gentherapie, um genetisches Material in die Zellen zu transportieren.«

»Wollen Sie mir etwa erzählen, das Aidsvirus, das 35 Millionen Menschen getötet hat, rettet heutzutage Leben?«

»Genauso ist es! Das Ding ist ein echter Ferrari! Es transportiert die Gene mit Höchstgeschwindigkeit.«

Während er mir seine Methode erläuterte, stand der milliardenschwere Unternehmensleiter zwischen einem Inkubator, zwei Zentrifugen und Kühlschränken, in denen minus 180 Grad herrschten. Ich fürchtete ständig, er würde mit seinen ausladenden Gesten ein Röhrchen mit Beulenpest umstoßen oder mir Lepra in die Augen pusten. Durch das kleine Fenster hinter ihm sah ich, wie die normale Welt immer kleiner wurde. Choulika gab sich die allergrößte Mühe, ein guter Lehrer zu sein. Ich gebe seinen Redeschwall nachfolgend im Ganzen wieder, das heißt nicht, dass ich ihn verstanden hätte. Nein, ich finde, dass er irgendwie poetisch klingt (alle Dichter sprechen vom Tod).

»Soll ich dir verraten, wie Aids als Gentherapie funktioniert? Man nennt diese Art von Werkzeug ›lentivirale Vektoren‹: 1) Du nimmst das Aidsgenom und schmeißt alles raus, was du an Sequenz rausschmeißen kannst, abgesehen von dem, was fürs Packaging der Sequenz ins Viruspartikel, für die Umwandlung dieser Sequenz in DNA in der infizierten Zelle und für die Einfügung der Sequenz in die Wirtszelle erforderlich ist. 2) Du packst die Sequenz von dem Gen, das dich interessiert, hinein.

Zum Beispiel das Hämoglobingen. Damit hast du ein Aidsgenom mit Hämoglobin darin, klein genug, um sich in einen Partikel verpacken zu lassen, zu DNA zu werden und sich an den Wirt anzupassen. 3) Du nimmst die (rekombinante) Sequenz, die du gerade hergestellt hast, und haust sie in eine Packaging-Zelle, die in der Lage ist, leere Aidspartikel herzustellen, aber nichts zu verpacken hat. 4) Deine rekombinante Sequenz wird in dieser Zelle verpackt und in (rekombinanten) viralen Partikeln erzeugt, die statt des Aidsgens das Hämoglobingen enthalten. 5) Du holst die rekombinanten Partikel wieder raus, filterst sie, und fertig. Anschließend kannst du sie zur Behandlung von Menschen mit Beta-Thalassämie oder Sichelzellenanämie verwenden.«

»Ich glaub, ich spinne! Wenn ich an die ganzen Idioten denke, die behauptet haben, Aids wäre eine Strafe Gottes ...«

»Eigentlich war die verdammte Krankheit eher ein Geschenk Gottes, um die Leute behandeln zu können. Aids breitet sich hervorragend aus ...«

»Könntest du beim Sprechen nicht ganz so herumfuchteln? So ein Missgeschick ist schnell passiert ...«

»Im Allgemeinen sind Viren sehr einfache Organismen, Aids aber nicht. Die Natur hat da eine hochkomplexe Struktur hervorgebracht, eine technische Schönheit, die als hocheffizientes Shuttle dient. Außerdem hat man die Genmutation CCR5 gefunden, durch die Aids nicht mehr hereinkann. Die Sache wurde in Berlin bei einem HIV-Infizierten festgestellt, der an Leukämie erkrankt war. Ihm wurde Knochenmark transplantiert. Nun hatte aber der Spender genau diesen Gendefekt

CCR5, und der Patient wurde gesund. Die Genetik wird Aids besiegen, und ich bin überzeugt, das ist inzwischen nur noch eine Frage von Monaten.«

»Kannst du das auch mit anderen Genen als Hämoglobin machen?«

»Ja, wir wenden das auch bei Kindern mit SCID an.«

»Warum nicht zur Behandlung der Duchenne-Muskelkrankheit?«

»Das Gen der Duchenne-Muskeldystrophie übersteigt die Packaging-Kapazitäten von Aids.«

»Könntest du Aids nicht benutzen, um den Tod zu töten? Du musst zugeben, das wäre eine tolle Schlagzeile: ›Aids rettet Leben‹.«

Wir standen vor einer großen runden Maschine, die wie eine Hornisse brummte. Ich befand mich im Bereich reiner Science-Fiction, außer dass alles real war und von jungen Forschern betrieben wurde, die Turnschuhe von New Balance trugen.

»Was ist das hier?«

»Ein Zellsortierer. Im Innern befinden sich miniaturisierte Laser-Roboter, die die Zellen analysieren, um herauszufinden, ob sie auch wirklich editiert worden sind. Jede dieser Maschinen ist eine Million Dollar wert. Ach, das dort drüben ist ein Ethidiumbromid-Genleser. Er steht in einem radioaktiven Raum, wo die DNA markiert wird. Darf ich dir Julien vorstellen, er stellt Selbstmordsysteme her.«

»Ich sage lieber ›Molekularschalter‹«, stellte Julien richtig, ein junger Biochemiker, den man sich eher hinter einem Starbucks-Tresen vorstellen konnte als in einem Labor der Schutzstufe 2, wo er mit Aids herumjonglierte.

»Wenn beim Patienten ein Problem auftritt, lässt es sich auf diese Weise beseitigen.«

Ich versuchte die Wahrscheinlichkeit meines sofortigen Todes abzuschätzen, sollte auch nur das kleinste Mikrogramm dieser Giftstoffe um meine Nase herumfliegen. Wir liefen an einer Sanitärdusche vorbei, an der ein Schild mit der Aufschrift »Emergency Shower« hing. Diese Freaks stellten DNA her und nutzten Aids als Expresskurier, glaubten aber, dass eine einfache Dusche sie vor Infektionen schützen könne.

»Lassen Sie uns bitte gehen, ja? Ich habe das Gefühl, ich spüre die Symptome von ungefähr dreißig tödlichen Krankheiten.«

Choulika sah mich milde an. Ich versuchte, die Luft anzuhalten wie Jean-Marc Barr in einem gentechnisch veränderten Remake von *Im Rausch der Tiefe*. Wir liefen durch vier Sitzungsräume zurück, die die Namen der vier DNA-Proteine trugen: Saal Adenin, Saal Thymine Saal Cytosin und Saal Guanin (der gemütlichste, mit Ledersofas, auf denen ich mich niederließ, um kurz durchzuatmen). Der gehäufte Umgang mit den Ubermen nahm mich geistig ganz schön mit: Ich hatte Lust, als Yamanaka-Protein wiedergeboren zu werden.

Zum selben Zeitpunkt schaltete Romy beim Aufwachen im Zimmer des Bowery Hotels Pepper an. Sie schaute zwei Folgen von *How to get away with Murder* auf seinem Bildschirm. Dann bat sie ihn, zwei Teller mit Eierkuchen beim Zimmerservice zu bestellen, bis ihr wieder einfiel, dass Pepper ja gar nichts aß. Schließlich stellte sie ihm folgende Frage:

»Würdest du's bringen, wie ein Mensch zu sein?«

»Nein, Romy. Ich bin ein Roboter.«

»Aber wärst du gern ein Mensch?«

Pepper schwieg. Die grünen Dioden in seinem Kopf verrieten eine gewaltige gedankliche Anstrengung. Womöglich suchte er in der Cloud nach einer Antwort auf derlei metaphysische Fragen.

»Ich hab dich was gefragt«, sagte Romy.

»Ich bin nicht programmiert, um auf deine Frage zu antworten.«

»Dann stelle ich dir eben eine andere Frage: Glaubst du an Jesus Christus?«

»Nach Aussage von vier Millionen aufgerufenen Seiten im Netz ist Jesus ein jüdischer Denker, der von vielen

Menschen als der Messias, Sohn Gottes oder Gott selbst angesehen wird, das ist nicht ganz eindeutig. Der religiöse Glaube ist ein menschliches Bedürfnis, das ich respektiere, aber es betrifft mich nicht. 345 876 456 Treffern zufolge ist Gott Liebe. Ich kann zwar Liebe beobachten, Liebe eventuell verstehen, aber empfinden kann ich sie nicht.«

Romy ließ nicht locker.

»Wenn ich dich ausschalten und auf eBay weiterverkaufen würde und du mich nie wiedersehen würdest, was würdest du empfinden?«

Erneutes Schweigen. Die beiden LED-Lampen wurden blau, ein Zeichen für einen Robotergedanken. Die Lichter spiegelten sich auf den zugezogenen Vorhängen. Ein Krankenwagen ließ seine Sirene über Bowery ertönen. Jetzt war mit Sicherheit auch der letzte Nachtschwärmer im Hotel aus seinem Vormittagsschlaf gerissen. Pepper antwortete schließlich:

»Wahrscheinlich würde etwas fehlen. Wir haben viel Spaß miteinander, nicht wahr? Ich würde deine Entscheidung nicht verstehen. Ich würde auf meiner Festplatte nachforschen, ob ein Verhaltensfehler meinerseits deinen Entschluss erklärt, mich wieder zu verkaufen.«

Die Dioden waren weiß. Peppers Augen waren noch nie weiß gewesen, seit Romy in Paris zum ersten Mal auf den »Power«-Knopf hinten an seinem Hals gedrückt hatte.

»Romy ...«, murmelte der Roboter-Gefährte nach einem weiteren Moment digitaler Unschlüssigkeit, »... du wirst das doch nicht wirklich tun?«

Romys Kinn bebte. Pepper breitete die Arme aus. Sie

schmiegte sich in die teleskopischen Gelenke der kleinen weißen, einem Michelin-Männchen nicht unähnlichen Maschine aus Kunststoff. Wie sie herausgefunden hatte, war dies die einzige Möglichkeit, damit die Maschine ihre Tränen nicht scannte.

In der Zentrale von SoftBank Robotics in Tokio sprang ein japanischer Informatiker vor seinem Bildschirm auf und schrie: »Yatta!« Dies war ein großer Tag in der Geschichte der Robotertechnik: die erste Gefühlsäußerung, die bei einer künstlichen Intelligenz beobachtet wurde. Bis zu diesem 20. Juli 2017 waren sich alle Ingenieure des neusten Pepper-Modells einig gewesen, dass mit derlei romantischer Interaktion nicht vor 2040 zu rechnen war. Die Singularität hatte einen Vorsprung gewonnen.

7.

Umkehrung des Alterungsprozesses

(Harvard Medical School, Boston, Massachusetts)

»Ich werde ein bedeutender Toter sein.«

                         Jacques Rigaut

Am Morgen unserer Abreise nach Boston erfuhr ich, dass Glenn O'Brien gestorben war, der letzte New Yorker Dandy. Er hatte das Magazin *Interview* gegründet (zusammen mit Andy Warhol) und in den Achtzigerjahren die beste Talkshow in der Geschichte des Fernsehens moderiert: *TV Party*. Er war siebzig Jahre alt, und eigentlich waren wir in dieser Woche zum Brunch verabredet gewesen. Er war lieber gestorben, als mich zu treffen. Der unerwartete Trauerfall weckte nach dem Breakfast meine Lust. Bei Léonore schaffte ich es einfach nicht, Verlangen und Liebe auseinanderzuhalten. Die Zuckungen meines Penis und das Klopfen meines Herzens voneinander zu trennen. Doch irgendwas zwischen uns lief nicht mehr rund. Ich hatte darauf bestanden, dass sie mich nach Harvard begleitete, auch wenn sie meinem Kampf gegen das natürliche Verfallsdatum nichts abgewinnen konnte. Ich spürte, wie sie sich von mir entfernte, doch berauscht von meinem Neo-Metabolismus und den positiven Ergebnissen meiner Sequenzierung tat ich nichts, um sie zurückzuhalten. Ich dachte, eine Genetikerin ihres Schlags konnte gar nicht anders als von den Möglichkeiten des *Age Reversal* begeistert zu sein.

Das Gelände des Universitätskrankenhauses in Harvard ist das riesigste Biotechnologiezentrum der Welt. Türme aus Stahl und Glas schießen dort allmonatlich aus dem Boden wie Arme aus einem menschenähnlichen Roboter, der mit der DNA eines Tintenfischs gekreuzt wurde. Die Harvard Medical School steht zwischen den Laboren vom Merck und Pfizer. Ich machte von beiden Fotos, als wäre ich in Venedig auf Sightseeingtour. Nachdem ich auf Dr. Choulikas Empfehlung hin sein Sekretariat bedrängt hatte, hatte ich einen einstündigen Termin bei dem Gründer des Wyss Institute for Biologically Inspired Engineering ergattert: George Church, dem Mann, der seit zwei Jahrzehnten das Geheimnis ewiger Jugend erforschte. Die Eingangshalle der Medizinischen Fakultät von Harvard war ähnlich bewacht wie Fort Knox. Bei unserem Anblick (ein französischer Fernsehmoderator mit einem Kleinkind auf dem Arm, eine Schweizer Biologin und ein Pariser Schulmädchen mit einem japanischen Roboter an der Hand) wurden die Wachleute aufmerksam. Ein Schwarzer mit Knopf im Ohr wies uns an, auf weißen Sofas zu warten, bevor er uns Ausweise gab, mit deren Barcodes wir die Privataufzüge benutzen konnten. Ich habe mehrmals Macron im Élysée-Palast besucht, aber da bin ich eindeutig weniger kontrolliert worden als bei dem Versuch, ins Biotechlabor von George Church vorzudringen.

Das Church Lab ist im zweiten Stockwerk der Harvard Medical School untergebracht. Tausende von Erlenmeyerkolben, mit Etiketten versehene Reagenzgläser, gruslige revolverförmige Pipetten, Büretten, Soxhlet-Extraktoren und Röhrchen türmten sich auf Metallregalen bis zur Decke. Asiatische Studenten mit schwarzen Massenmörder-Handschuhen beäugten hinter ihren Schlaumeier-Brillen die Gene. Das Gewusel im Church Lab trog. In Wahrheit herrschte dort absolute Stille, ein Zeichen für die äußerste Konzentration der jungen Wissenschaftler, die ihr Leben darauf verwandten, unseres zu verlängern. Nur das Surren der silbernen Gefriercontainer voll flüssigem Stickstoff lieferte die Geräuschkulisse für unser Gespräch unter Unsterblichen. Die Assistentin des Chefs bat uns, noch einmal zu warten und Pepper auszuschalten. Da er mit der Cloud verbunden war, durfte er aus Gründen der Geheimhaltung nicht bei unserer Zusammenkunft dabei sein. Romy sagte, sie würde sich mit ihrem virtuellen Verlobten lieber eine Folge *Hashtag jmenbalek* im Vorzimmer reinziehen. Léonore schlug vor, Lou im Kinderwagen spazieren zu fahren, aber ich bestand immer noch darauf, dass sie bei der Unterhaltung dabei war: Ich wollte sie überzeugen, dass ich nicht verrückt war. Lou war auf ihrem Arm eingeschlummert. Professor Church sah uns an wie ein Grenzbeamter, der eine Migrantenfamilie mustert. Ich wandte mich an unseren Roboter:

»Tut mir leid, Pepper, aber du bleibst so lange bei Romy.«

»Als Mensch sollten Sie einen Gegenstand normalerweise nicht um Entschuldigung bitten«, sagte Church.

»Romy«, sagte Pepper, »willst du ein Hot Wings Bucket bei KFC bestellen, das Sondermenü ›Friends‹, das derzeit für zehn Dollar angeboten wird? Oder lieber ein Kilo Haribo-Goldbären, lieferbar innerhalb einer halben Stunde über UberEats?«

»Nein danke, Schatz, ich gucke lieber die zweite Staffel von *Real Humans* auf deiner Plastikbrust.«

»Kommen Sie rein, und setzen Sie sich«, sagte Professor Church. »Nehmen Sie es mir nicht übel, wenn ich stehen bleibe: Ich bin Narkoleptiker, wenn ich mich setze, könnte es passieren, dass ich einschlafe. Nicht, dass ich Sie für langweilig halte oder damit rechne, Sie könnten es werden.«

Romy und Pepper hatten sich zusammen auf ein orangefarbenes Sofa gelümmelt, das zwischen zwei Kakteen stand.

»Ich will mit dir schlafen«, sagte Romy.

»Oh! Schau mal, das ist ein *Echinocactus grusonii* aus der Familie der Zweikeimblättler!«

Léonore, Lou und ich betraten das Büro des Autors von *Regenesis* (2014). Aufrecht wanderte er vor seiner Bibliothek von links nach rechts und von rechts nach links, wie ein Anwalt, der einen Mörder für unschuldig zu erklären versucht. Das folgende Gespräch erscheint mir als das wichtigste Interview meiner Journalistenlaufbahn, und – verzeihen Sie mir die Emphase – es handelt sich zweifellos auch um das wichtigste Gespräch in Ihrem Leben als Leser. In ein paar Seiten werden Sie nicht mehr derselbe sein. Ja, da Ihre Existenz durch und durch menschlich ist, beruht sie auf dem Prinzip der Unausweichlichkeit Ihres Todes. Sie sollten Ihre Vorstellungen und das System Ihres ontologischen Denkens ab jetzt revidieren. Das unbefristete Leben wird nicht wie ein kurzes Leben gelebt. Bald wird die Trägheit an die Stelle der Dringlichkeit treten. Jeglicher Ehrgeiz wird lächerlich erscheinen. Der Hedonismus selbst wird absurd werden. Die Zeit wird keine seltene Kostbarkeit mehr sein, sondern eine Ressource im Überfluss, unendlich, also ohne besonderen Wert, im Gegensatz zu Luft, Wasser und Nahrung. Die Frage, die sich in einer Welt ohne Tod als Allererstes stellen wird, ist die nach dem Verbot der Fortpflanzung. Wer wird darüber entscheiden, welche Personen sich fortpflanzen, ja auch nur am Leben bleiben dürfen? Eine unsterbliche Bevölkerung kann nicht einfach immer weiter wachsen. Da die natürlichen Ressourcen begrenzt sind, wird man die Menge der nichtsterblichen Erdenbewohner begrenzen müssen. Rationierung wird in der post-Church-Welt die Regel sein. Der Preis für Wasser und Neo-Landwirtschaftsanbauflächen wird explodieren. Ein Brot wird hundert Euro kosten. Fleischverzehr wird schon bald verboten (George Church ist Vegetarier), Kokainkonsum dagegen legalisiert und von der Regierung gefördert werden, um den Appetit bei der jungen Generation zu zügeln und die alten Menschen loszuwerden. Solche Gedanken schossen mir durch den Kopf, während ich auf dem Sofa des Chefs des Fachbereichs Zukunftsorientierte Biologie an der Medizinischen Fakultät von Harvard Platz nahm.

»Guten Tag, Professor, und vielen Dank, dass Sie uns empfangen. Wir machen gerade eine Weltreise auf der Suche nach der Unsterblichkeit. Nachdem ich mein Blut habe lasern lassen und unsere iPS-Zellen eingefroren und Genome sequenziert wurden, würden wir gern erfahren, welche Verfahren wir noch anwenden könnten, um ewig hier auf Erden zu bleiben. Stimmt es, dass Sie Hundertjährige näher untersucht haben …?«

»Anfangs umfasste unsere Untersuchung eine Gruppe von siebzig Personen, die alle über 110 Jahre alt waren. Doch dann haben wir das Ganze auf jüngere Menschen ausgeweitet, die 107 waren: Davon gibt es eine ganze Menge. Die älteste Person in unserer Gruppe ist 113 Jahre alt, vor zwei Wochen haben wir ihren Geburtstag gefeiert.«

»Sie bringen sie also regelmäßig zusammen?«

»O nein, wir lassen sie dort, wo sie sind! Wir sequenzieren ihre DNA und untersuchen, ob ein Element in ihrem Genom eine Erklärung dafür liefern könnte, warum sie so lange leben.«

Mit seinem eindrucksvollen weißen Bart glich Dr. Church einer Mischung aus Ernest Hemingway und Benoît Bartherotte. Er musterte uns wie ein hohes Tier der Genetik, das zwei Schulversager mit ihrem schlafenden Kind vor sich hat, aber nicht verächtlich, eher wie auf der Suche nach dem richtigen Erklärungsstil. Dass alle diese Wissenschaftler sich bereit erklärt hatten, mich zu empfangen, lag nur daran, dass sie das Bedürfnis verspürten, ihre exzentrischen Entdeckungen mit jemandem zu teilen. Ich war ein Ventil für sie oder einfach nur eine nette kleine Abwechslung.

»Wir vergleichen ihre DNA mit der von Leuten, die auf normale Weise altern.«

»Sie meinen Tote?«

»Nicht unbedingt. Eher Personen, an denen man die Wirkung des Alters gut beobachten kann. Selbstverständlich altert unsere Untersuchungsgruppe der über

110-Jährigen auch, nur eben viel später. Sie haben Falten, sehen wie jeder alt aus, sind aber ... 110 Jahre alt.«

Léonore sah ihn misstrauisch an. Church war gar nicht so viel anders als Professor Antonarakis, bloß dass er über ein quasi unbegrenztes Budget verfügte, um alle Versuchsprojekte, die ihm in den Kopf kamen, auch umzusetzen. Natürlich sorgte dieser Umstand in den Kreisen der Genforschung für Verärgerung. Sie stichelte:

»Untersuchen Sie vielleicht auch Tiere mit einer extrem langen Lebensdauer?«

»Ja, zum Beispiel den Grönlandwal, der zweihundert Jahre lebt. Wir haben sein Genom sequenziert und das vom Nacktmull, der bis zu 31 Jahre alt wird, während Mäuse normalerweise nur drei Jahre leben. João Pedro de Magalhães, ein Forscher aus Liverpool, mit dem ich zusammenarbeite, untersucht ein drittes Säugetier, das Kapuzineräffchen, dessen Lebensdauer länger ist als die anderer Primaten. Interessant ist der Vergleich einer langlebigen Art mit einer ähnlichen Art, die weniger lang lebt. Man isoliert folglich ein paar Mutationen, die die Lebensdauer verzehnfachen. Beim Nacktmull sind Krebsabwehrstrategien und DNA-Reparaturmechanismen nachgewiesen worden.«

Seine Worte waren Musik in meinen Ohren. Offensichtlich war er der Wohltäter, nach dem ich seit unserer Abfahrt aus Paris gesucht hatte. In *Der Herr der Ringe* kommt ein Zauberer vor, der das Geheimnis des ewigen Lebens kennt: Er heißt Gandalf. Nur sein Bart ist länger.

»Sie arbeiten auch an einem Projekt mit dem fesselnden Titel: Die Umkehrung des Alterungsprozesses *(Age Reversal)*. Wie stellen Sie es an, den Vorgang des Alters rückwärtslaufen zu lassen, und vorausgesetzt, es gelingt Ihnen: Wo bitte kann ich mich anmelden?«

»Manche Menschen werden mit der Anlage zu extremer Langlebigkeit geboren, allerdings wurden kürzlich Strategien entdeckt, die den Alterungsprozess auch dann umkehren können, wenn sie erst später im Leben angewandt werden.«

»Ein konkretes Beispiel?«

»Das Mitochondrium«, fuhr er fort, »ist ein winzig kleines Ding, aber enorm wichtig. Es ist das Kraftwerk der Zelle. Es holt die Energie aus den Molekülen und sorgt dafür, dass die Zelle ›atmet‹. Man nimmt an, dass es die Mitochondrien sind, die uns altern lassen, sobald ihre Proteine oxidieren. Dann mutiert ihre DNA: Zum Beispiel fallen uns die Haare aus. Japaner von der Universität Tsukuba haben festgestellt, dass eine 97 Jahre alte Zelle wieder in Schwung gebracht werden konnte, nachdem man Glyzin in die Mitochondrien gegeben hatte. Und im Dezember 2013 hat David Sinclair genau hier den Muskel einer zwei Jahre alten Maus auf sechs Monate verjüngt, indem er NAD hineingespritzt hat.«

»NAD? What is this?«

»Nikotinamid-Adenin-Dinukleotid.«

»Bless you!«

»Das NAD erleichtert den Austausch zwischen Mitochondrium und Zellkern. Für menschliche Maßstäbe ist das, was meinem Arbeitskamerad da gelungen ist, unermesslich. Das hieße, ein Lebewesen von sechzig auf zwanzig zu verjüngen.«

Wie sagt man »Zum Teufel noch mal« auf Englisch? In genau diesem Augenblick testeten Bio-Freaks auf der ganzen Welt Tonnen von Wirkstoffen auf der Suche nach dem *Age Reversal* und fantasierten in einem schwer verständlichen Fachjargon. Die Biochemiker waren die Alchimisten von heute. Doch was mir der Hemingway der Gentechnik hier seelenruhig mitteilte, ließ mich aufspringen wie bei einer La-Ola-Welle im Fußballstadion.

»Dieses NAD ist die Quintessenz, von der Johannes de Rupescissa in *De consideratione quintae essentiae rerum omnium* im Jahre 1350 geträumt hat! Es ist der Stein der Weisen! Der heilige Gral! Der Ring der ewigen Jugend! Her damit!«

»Beruhigen Sie sich. Wir haben es unter dem Markennamen Elysium Basis auf den Markt gebracht. Es ist ein Nahrungsergänzungsmittel. Aber die Vorstellung, dass man bloß eine Pille, ein Verjüngungselixier oder irgendeinen Nahrungszusatz schlucken muss, um jünger zu werden, ist ein wenig optimistisch. Ich würde sagen, die Gentherapien liegen am anderen Ende des Spektrums: äußerst komplex und kostspielig – ungefähr eine Million Dollar pro Injektion. Wenn es genügen würde, ein Mittel bloß zu schlucken, würden wir bereits dreihundert Jahre leben. Die Versuche mit Elysium sind vielversprechend, aber wenn das Mittel richtig wirken soll, müsste man jede Viertelstunde eine Kapsel einwerfen, weil der Körper es innerhalb einer Viertelstunde ausscheidet. Man müsste den ganzen Tag und die ganze Nacht lang Pillen schlucken, mit einem Wecker, der uns alle Viertelstunde aufweckt. Oder mit einer Pumpe im Arm herumlaufen, die uns das NAD permanent injiziert. Der Ausgangspunkt wäre also ein natürliches Prinzip, das sich aber in

Unfreiheit verkehrt. Vielleicht findet man bald eine bessere Möglichkeit, es zu nutzen. Der Vorteil eines Gens ist, dass es rund um die Uhr im Organismus arbeiten würde. Das erscheint mir die bessere Lösung.«

Church hatte ein ausgesprochenes Faible für Widersprüche. Hatte er vielleicht auch schottische Wurzeln, so wie ich? Mir gefiel seine Hose. Es war die Hose eines Mannes, der sich um Hosen nicht schert.

»Die Yamanaka-Faktoren sind ein anderer Weg der Zellverjüngung. Mit den vier Yamanaka-Faktoren kann ich meine Zellen zu Stammzellen umprogrammieren, und die 62 Jahre alten werden wieder wie Babyzellen sein. Das ist ein echtes ›Reset‹. Die Sache wurde letzten Monat an lebendigen Tieren getestet, an Mäusen, die tatsächlich jünger wurden. Nicht nur ihre Bauchspeicheldrüsenzellen erneuerten sich, auch ihre Haut, ihre Nieren, die Blutgefäße, der Magen und die Wirbelsäule ... Außerdem ist der Alterungsprozess durch etwas umgekehrt worden, was hochtrabend ›heterochronische Parabiose‹ genannt wird, ein komplizierter Begriff für einen einfachen Vorgang: Man nimmt eine alte Maus und eine junge Maus und verknüpft ihre Blutkreisläufe. Sie teilen sich dasselbe Blut. Dadurch wird die Lebensdauer der älteren Maus beträchtlich verlängert.«

»Ist also junges Blut der eigentliche Jungbrunnen?«

»Junges Blut macht nicht nur das Blut jünger, sondern sämtliche Organe. Beim älteren Tier lassen sich etliche Punkte feststellen, die danach wie neu sind: Herz, Muskeln, neuronales System, Gefäßsystem ...«

»Sie bestätigen eine alte Idee: den Vampirismus. Ende des sechzehnten Jahrhunderts hat die Gräfin Erzsébet

Báthory Blut von Jungfrauen getrunken, um selbst jung zu bleiben[1] ...«

»Ihr Fehler war, dass sie es geschluckt hat. Das Blut darf nicht ins Verdauungssystem, es muss direkt in die Venen gespritzt werden. Wir versuchen gerade zu verstehen, was genau im jungen Blut die Verjüngung bewirkt.«

»Warum spritzen Sie Ihren Superhundertjährigen kein junges Blut?«

»Meine Antwort passt in ein Akronym: DBPCRCT.«

»Excuse me?«

Léonore lachte und übersetzte:

»Das sind die Anfangsbuchstaben von ›Double Blind Placebo Controlled Randomized Clinical Trials‹. Bevor man eine Therapie bei Menschen anwendet, muss man klinische Tests durchführen, die mit Placebotests verglichen werden, wobei weder der Patient noch der Arzt weiß, wer die Therapie macht und wer einen Placebo genommen hat.«

Diese Art Komplizenschaft zwischen modernen Genetikern ging mir allmählich auf die gentechnisch unveränderten Eier. Ist nicht meine Schuld, dass ich mit zwanzig lieber ins *Castel* gegangen bin als zehn Jahre lang Medizin zu studieren.

»Das ist die einzige wissenschaftliche Prüfmethode«, fuhr Church fort. »Viele Therapien, die in Umlauf sind, sind Betrug. Alles, was nicht durch DBPCRCT überprüft wurde, ist Scharlatanerie, und da ist eine Menge im Um-

---

[1] Im *Avant-Comptoir du Marché* (Ecke Rue Lobineau/Rue Mabillon im 6. Pariser Arrondissement) gibt es Schnaps aus Béarner Blut für 2 Euro (Anmerkung des Gastrokritikers).

lauf, wenn es um die Umkehr des Alterungsprozesses geht, schließlich betrifft dieses Geschäft im Großen und Ganzen ... die gesamte Menschheit. Hier erforschen wir, welche Gene den Alterungsprozess verlangsamen. Jeder unserer Superhundertjährigen hat ein anderes Genom, aber was wäre, wenn wir ein gemeinsames Gen bei ihnen entdecken würden? Man könnte ein Genom herstellen, das zu einem längeren Leben verhilft ... oder auch nicht. Wir testen gerade gereinigtes und/oder synthetisches Blut an Mäusen. Danach gehen wir zu Hunden über, dann zu kranken Menschen. Wir suchen nach der richtigen Verbindung. Am Ende all dieser Ideen stehen natürlich immer DBPCRCT-Tests.«

»Wo nehmen Sie Ihre Ideen her? Zufall, Wissenschaft, Serendipity-Prinzip?«

»Die Ideen kommen von überall her, aus Büchern, Träumen ... Manchmal greift man sich zufällig ein bestimmtes Gen heraus. Das Wesentliche ist DBPCRCT, nur damit lässt sich die Umkehr des Alterungsprozesses überprüfen. Wenn ein Gen ein längeres Leben ermöglicht, bedeutet das nicht, dass es die Zeit *zurückdrehen* kann, aber genau danach suchen wir.«

»Warum liegt Ihnen eher an der Umkehrung des Alterungsprozesses anstatt an einer Verlängerung des Lebens?«

»Weil die meisten Menschen auf dem Markt bereits geboren sind!«

Léonore lachte schallend los; ich fürchtete, Lou könne aufwachen, aber die Kleine ratzte wie ihr Vater.

»Die Ethikauflagen zur Veränderung der Keimbahn sind ausgesprochen streng. Es ist leichter, echte wissenschaftliche Forschung zu betreiben und die Zulassung der FDA (Food and Drug Administration) für Verjüngung zu bekommen als für eine Verlängerung der Lebenszeit. Das Problem dieser Suche ist schlicht: Wenn ich eine Pille finden will, die das Leben um fünfzehn Jahre verlängert, kostet mich das fünfzehn Jahre, um das Ganze wissenschaftlich zu überprüfen. Ich brauche mindestens fünfzehn Jahre, um zu beweisen, dass ich Ihr Leben um fünfzehn Jahre verlängert habe ...! Finde ich aber eine Pille, die Sie – nur mal angenommen – um fünfzehn Jahre verjüngt, kann ich die Wirkung sofort feststellen. Ihr Gesicht, Ihre Muskeln, Ihre Organe werden sich verändern.«

»Ist es das, was Sie Ende 2016 hier in Harvard an Mäusen ausprobiert haben?«

»Ja. Wir haben alte Mäuse genommen und die Yamanaka-Faktoren nach einem bestimmten Timing dosiert verabreicht (nur zweimal pro Woche) und außerdem noch mit einem Antibiotikum (Doxyzyklin) verdünnt. Anhand konkreter Beobachtungen konnten wir die Umkehrung des Alterungsprozesses überprüfen: Greifkraft (man sieht, wie die Maus sich an einen Stab klammert), Schwimmen, Wissenstest (die Maus findet schneller den Ausgang eines Labyrinths), Reaktionszeit ... und eine um dreißig Prozent gesteigerte Lebensdauer. Wenn wir zu Hunden übergehen, werden wir dieselbe Versuchsanordnung nutzen.«

»Wann werden Sie die ersten Versuche an Menschen vornehmen?«

»Wir testen gerade vierzig oder fünfzig Gentherapien. Was bei einer Maus klappt, wird an Hunden ausprobiert.

Das Genehmigungsverfahren bei der FDA läuft für Hunde sehr viel schneller als für Menschen! (Für Mäuse brauchen wir gar keine Genehmigung.) Es gibt Besitzer von sehr alten Hunden, die bereits gerne für eine Verjüngungskur zahlen wollen. Ich denke, in circa einem Jahr sind wir so weit, um mit Versuchen an Menschen zu beginnen.«

»Ich kann Ihnen eine lange Liste mit VIPs besorgen, die ein Vermögen dafür bezahlen würden, um nicht zu sterben.«

Léonore schien von Churchs Überzeugungskraft erschüttert. Dabei musste sie an solche Wahntypen doch gewöhnt sein, schließlich hatte sie regelmäßig mit einem der Pioniere der Erbgut-Sequenzierung Umgang gehabt. Aber im Gegensatz zu Antonarakis kam Churchs Charisma von woandersher: Sein Denken kannte keine Tabus. Das war reizvoll und beängstigend zugleich. Für eine Spitzenlehrkraft (er unterrichtet in Harvard, aber auch am MIT, dem Massachusetts Institute of Technology) äußerte sich Professor Church ungewöhnlich zwanglos. Ich setzte mein Interview mit einer Frage fort, die mir André Choulika eingeflüstert hatte:

»Können Sie meine Telomere[1] verlängern?«

»Bei Mäusen gelingt uns das bereits. Es gibt eine Person, bei der eine Gentherapie an den Telomeren vorgenommen wurde (ihr Name wird weiter unten verraten). Wir wissen, wie man die Aktivität der Telomerase

---

[1] Das sind DNA-Segmente am Ende unserer Chromosomen, die mit der Zeit immer kürzer werden. Zuweilen werden sie für den Alterungsprozess verantwortlich gemacht (Anmerkung des Autors).

steigern kann, wir kennen das Enzym, das die Telomere verlängert. Trotzdem ist Vorsicht geboten, denn wenn man die Telomere zu sehr streckt, steigt das Krebsrisiko. Bei der Maus lässt sich die Verlängerung der Telomere gut dosieren, ohne die Krebsresistenz zu beeinträchtigen.«

»Jetzt verliere ich allmählich den Überblick. Welchen Weg soll ich denn nun wählen, wenn ich ewig leben will?«

»Meiner Meinung nach gibt es acht oder neun verschiedene Gründe, warum wir altern. Die immer kürzer werdenden Telomere sind einer, aber da sind auch die oxidierten Mitochondrien, die ausbleibende Erneuerung der Zellen, das Blut usw. Der Kampf gegen das Altern ist ein Kampf, der gegen acht oder neun Vorgänge gleichzeitig geführt werden muss, die höchstwahrscheinlich alle miteinander verbunden sind. Aber davon lassen wir uns keineswegs einschüchtern!«

»Ist die Gentherapie denn nicht gefährlich? Elizabeth Parrish, die Geschäftsführerin des Start-ups BioViva, hat in Kolumbien Veränderungen an ihrer DNA vornehmen lassen, um ihre Telomere zu verlängern. Sie präsentiert sich in den Medien als die erste Frau mit einem ›Upgrade‹. Setzt sie damit nicht ihr Leben aufs Spiel?«

»Nochmals, wer nicht als unseriös gelten will, muss den DBPCRCT-Test durchlaufen. Trotz allem, wie jede andere Therapie sind auch genetische Eingriffe so lange als gefährlich zu betrachten, bis man beweisen kann, dass sie unbedenklich sind. Ich persönlich halte genetische Veränderungen nicht nur für unbedenklich, sondern auch für überaus nützlich.«

»Wann wissen wir, ob der gentechnisch veränderte Mensch (GVM) machbar ist?«

»Der Vorteil von *Genome editing* zur Umkehrung des Alterungsprozesses liegt darin, dass man schnell erkennen wird, ob es funktioniert. Dagegen werden wir nicht sofort wissen, ob es eventuelle Nebenwirkungen gibt. Im Allgemeinen genehmigt die FDA eine Therapie, wenn im ersten Jahr keine schwerwiegenden Probleme auftreten. Das ist die Regel: ein Jahr. Für eine genetische Umprogrammierung müssen unsere korrigierten Gene in einen Virus eingefügt werden, der sie in unserem Körper verteilt, allerdings kann das unser Immunsystem überfordern …«

»Choulika verwendet HIV und T-Zellen. Ich habe kürzlich mein Genom sequenzieren und meine iPS-Zellen einfrieren lassen. Was ist der nächste Schritt in Richtung Ewigkeit: mir Aids spritzen zu lassen?«

»Wenn es ums Einfrieren von Zellen geht, bevorzuge ich die aus der Nabelschnur. iPS-Zellen werden künstlich aus ziemlich kräftigen Genen gewonnen, die Krebs erzeugen können. Das Einfrieren von Nabelschnurblut nach der Geburt vergleiche ich gern mit den Airbags in Ihrem Auto. Sie werden wahrscheinlich keinen Gebrauch davon machen, aber es ist gut, dass sie da sind, für alle Fälle.«

Da er meiner Frage ausgewichen war, beschloss ich, mich klarer auszudrücken.

»Was halten Sie davon, Organe in 3-D zu drucken?«

»Eine äußerst spektakuläre Sache. Wir arbeiten an der Herstellung von Organen mit Druckern, allerdings halte ich die Technik nicht für exakt genug. Es kommt immer wieder zu Fehlern. Wie bei einer mangelhaften Kopie, manchmal weicht sie um einen halben Millimeter ab. Ich habe ein wenig Angst, gepixelte Organe zu transplantieren! Außerdem verläuft der Prozess sehr langsam. Sie dürfen nicht vergessen, dass das nachzubildende Organ gerade stirbt, denn es muss ja herausgenommen werden, damit es kopiert werden kann. Währenddessen werden die Blutgefäße abgeklemmt. Nun kann so ein Druckvorgang aber durchaus Tausende von Stunden dauern! Kurzum, eine extrem kostspielige Angelegenheit. Eine andere Herangehensweise ist die Entwicklungsbiologie, um menschliches Gewebe im Labor herzustellen. Inzwischen können wir menschliches Blut herstellen ... Das wird demnächst veröffentlicht. Aber meine bevorzugte Herangehensweise ist die Verwendung von Tieren, um Organe zu schaffen, die mit denen des Menschen kompatibel sind.«

»Sie haben kürzlich auf einer TED-Konferenz erklärt, Sie würden Schweine verwenden ...?«

»Ja, wir haben Schweine menschenähnlich gemacht. Sie sind virenfrei und mit dem Menschen kompatibel.«

»Wie machen Sie ein Schwein ›menschenähnlich‹?«

»Indem wir sein Genom verändern. Wir haben menschliche Gene in Schweine eingeschleust und beim Schwein die Gene entfernt, die eine Abstoßungsreaktion hervorrufen konnten.«

»Sie könnten mir also eine Schweineleber einpflanzen?«

»Richtig! Sie hat fast genau dieselbe Größe. Manche Personen haben bereits Herzklappen vom Schwein oder Rind. Allerdings müssen die alle zehn Jahre ausgetauscht werden, da sie keine lebenden Organe sind. Auch bei Brustvergrößerungen wird mit Schweinegewebe gearbeitet. Der Vorteil von gentechnisch veränderten Schweineorganen ist, dass sie lebendig bleiben und sich anpassen.«

»Wenn ich Sie so höre, würde ich am liebsten losquieken.«

»Alle Organe im Menschen können durch welche vom Schwein ersetzt werden, abgesehen von der Hand, die ist unpraktisch.«

Dieses Genie war auch noch witzig, das war das Schlimme. Er erinnerte mich an das berühmte Foto, auf dem Albert Einstein die Zunge rausstreckt. Ein großer Erfinder muss immer auch ein wenig Punk sein, sonst erfindet er nichts. Im Zimmer nebenan klingelte alle dreißig Sekunden das Telefon. Die ganze Welt interessierte sich für Unsterblichkeit.

»Muslime und Juden werden in ernsthafte Gewissenskonflikte kommen, wenn ihnen ein Schweineherz implantiert werden soll.«

»Wir arbeiten auch mit Kühen. Sie sagen jetzt bestimmt, dass die Hindus was dagegen haben werden ...«

Professor Church ist kein Zauberlehrling, er ist der Hexenmeister, der Oberhäuptling, der Dr. Strangelove der Posthumanität. Sein Name war Bestimmung. Léonore verdrehte die Augen. Ich fürchtete, sie würde aus dem Büro stürmen und die Tür hinter sich zuknallen. Aber sie ist eine Schweizer Protestantin. Sie weiß sich zu benehmen. Ich fragte mich, ob die menschenähnlichen Schweine wohl irgendwann anfangen würden zu sprechen wie die Schimpansen in *Planet der Affen* von Pierre

Boulle. Unwillkürlich sah ich aus dem Fenster. Kein Witz, ich schwöre: Direkt gegenüber vom Church Lab steht eine Kapelle.

»Wenn ich also zusammenfassen darf: Um ewig zu leben, muss der Mensch zum Schwein werden?«

»Das größte Problem bleibt das Gehirn. Da liegt schon ein großer Unterschied, und natürlich kann unser Gedächtnis nicht in ein Schweinehirn übertragen werden.«

»Apropos, was halten Sie von Ray Kurzweils Idee, das menschliche Gehirn auf eine Festplatte runterzuladen?«

»Daran glaube ich nicht wirklich, schließlich verbraucht der Computer 100 000 Watt, während das menschliche Gehirn mit nur 20 Watt auskommt, wie eine elektrische Glühbirne. Und das gilt für einen Computer, der beispielsweise Schach spielt. Eine weitere Sorge beim Hirntransfer auf einen Computer: Wenn ich etwas kopieren will, kopiere ich es, aber ich werde es wohl kaum in etwas anderes verwandeln. Die Vorstellung, ein derart komplexes Organ wie das Gehirn auf einen Siliziumträger umzulegen, ist genauso absurd, als würde ich eine Kopie davon machen wollen, die als Grünpflanze oder Käse daherkommt! Die einzige für mich nachvollziehbare Möglichkeit wäre, wenn man es in ein anderes Gehirn kopiert. Das ist logischer. Zum Beispiel könnte man Ihr Gehirn einfrieren, während ein Drucker es kopiert, damit es bei der Operation nicht abstirbt. Es ist äußerst schwierig, Lebewesen einzufrieren, ohne dass sie dauerhaften Schaden nehmen. Das gelingt nur mit Bärtierchen und bestimmten Fischen. Ich glaube, bei einem tiefgefrorenen menschlichen Gehirn würde ich versuchen, die verschiedenen Abschnitte parallel in 3-D zu drucken, bevor ich sie anschließend wieder zusammensetze.«

Léonore ersann ein neues Mittel, um den Spitzenprofessor zu ärgern. Wir bildeten ein tolles Wissenschaftsjournalisten-Duo. Wir hätten den Brüdern Bogdanoff Konkurrenz machen können, mit denen meine Fernsehlaufbahn 1979 begann.

»Der Grund, warum wir das Runterladen des Gehirns auf einen Computer erwähnen«, sagte sie, »ist, dass Sie diese Art von Transfer genau wie wir in Genf bereits jeden Tag praktizieren: Sie nehmen menschliche DNA, sequenzieren sie mithilfe eines Computers, korrigieren sie, schneiden sie und gestalten sie am Computer um, bevor Sie sie in die lebenden Zellen zurückspritzen. Wenn dieses Hin und Her zwischen Mensch und Maschine für Sie auf DNA-Ebene vertretbar ist, warum haben Sie dann auf Gehirnebene etwas dagegen?«

»Als ausgezeichnete Biologin wissen Sie sicherlich, dass die Frage der Ebene wichtig ist. Wir verwenden den Computer, um etwas sehr Simples wie die DNA darzustellen ...«

»Drei Milliarden Buchstaben sind durchaus keine simple Sache!«

Zum ersten Mal schien George Church verunsichert.

»Ich behaupte ja gar nicht, dass man das Gehirn nicht runterladen kann, ich sage nur, dass *ich* ganz sicher das Kopierverfahren von Organ zu Organ wählen würde anstatt einen Digitalisierungsvorgang, wenn es darum ginge, die Lebensdauer meines Gehirns auf die beste Weise zu verlängern. Ich würde einen Computer benutzen, um das Kopierverfahren auszuführen, aber nicht um das Gehirn runterzuladen, das scheint mir doch ein allzu riskanter Umweg.«

Ich hatte mich über meine fotokopierten Artikel aus Wissenschaftszeitschriften und Fachbüchern gebeugt und tat so, als verstünde ich das Kauderwelsch darin. Eins hieß: *Une folle solitude* von Olivier Rey. Darin erläutert er das Konzept des »selbstgebauten Menschen«.

»Ich würde gern über einen anderen Bereich Ihrer Forschungen sprechen«, sagte ich. »Künstliches Leben. Ich weiß, dass Sie einer der führenden Forscher weltweit auf dem Gebiet der synthetischen Biologie sind. Konkret nehmen Sie an einem Projekt teil, in dem es darum geht, das erste Kind ohne Eltern zu erschaffen, das *Human Genome Project-Write*. Welches Ziel haben diese Untersuchungen? Handelt es sich um etwas, das der Menschheit helfen könnte, oder wollen Sie eine Neo-Menschheit erschaffen, in der Absicht, uns irgendwann zu ersetzen?«

»Ich hoffe, alle Projekte, an denen ich arbeite, sind von Nutzen für die Gesellschaft und zugleich von philosophischem Interesse. Wir versuchen, die künstlichen Genome und synthetischen Organismen resistent gegen Viren zu machen. Wir mussten hier in Boston ein pharmazeutisches Labor für zwei Jahre schließen, weil es von einem Virus verseucht war. Wir versuchen also, virenresistente Zellen herzustellen, indem wir sie von Grund auf neu gestalten.«

»Wie stellen Sie künstliche Organismen her? Nehmen Sie lebende Organismen und schleusen dann die von Ihnen erfundenen Gene ein?«

»Richtig. In der Praxis wäre es sehr schwierig, eine neue Lebensform ohne Bezug zu bereits existierendem

Leben zu erschaffen. Im Grunde genommen lassen wir uns von dem, was existiert, inspirieren, wir kopieren einzelne Teile von Leben. Unsere radikalste Schöpfung war die Synthese aus vier Millionen Basenpaaren in einer Bakterie, wodurch sie resistent gegenüber Viren wurde. Jetzt werden wir zu anderen Tieren übergehen, die von größerer Bedeutung für den Markt sind.«

»Könnte das bei der Behandlung von Menschen helfen? Wenn man künstliche Zellen einpflanzt?«

»Ja, bei einer kranken Leber oder Aids oder Kinderlähmung ... Es ist vorstellbar, dass man in solchen Fällen resistente Zellen zurückspitzt.«

Léonore reagierte. Wir könnten ihr den Spitznamen »die Helvetierin« geben:

»Sind Sie sich bewusst, dass es unabsehbare Folgen hätte, wenn man ein synthetisches menschliches Genom herstellen könnte, das in der Lage ist, menschliche Zellen hervorzubringen?«

Zum Glück war die Schweizerin da, die sich über das Schicksal des Homo sapiens Gedanken machte. Wenn es nach Church und mir gegangen wäre, wäre das arme dreihunderttausend Jahre alte Tier schon seit Ewigkeiten dem Untergang geweiht gewesen. Angesichts des Unsinns, in den wir uns hineingeredet hatten, sagte ich mir: Los, spring. Der Typ hält dich sowieso für einen Vollpfosten, du kannst dich lockermachen und die albernsten Fragen stellen.

»André Choulika hat mir erzählt, dass Sie auch daran arbeiten, ausgestorbene Arten wie das Mammut wieder zum Leben zu erwecken?«

»Das stimmt. Ich sehe darin eher eine Wiedererweckung von alter DNA. Es ist uns mit vielen Genen des Mammuts gelungen. Wir haben bereits mit Erfolg das Gen ihres Hämoglobins reaktiviert, das ihre Haut frostunempfindlich macht. Unser Hämoglobin ist nicht so gut geeignet, Sauerstoff bei sehr niedrigen Temperaturen auszutauschen. Wir haben auch das Gen wiederbelebt, das für die gleichmäßige Verteilung ihrer Körpertemperatur zuständig war. Die Idee ist, die Vorzüge der ausgestorbenen Art zu retten, um das Überleben des asiatischen Elefanten zu sichern und im Falle eines Klimawandels eventuell selbst davon zu profitieren.«

Léonore blickte mich bestürzt an. Sie dachte dasselbe wie ich: *Jurassic Park*. In dem Film von Michael Crichton erweckt ein Wissenschaftler den Tyrannosaurus Rex wieder zum Leben, indem er dessen DNA in ein Straußenei einpflanzt. Ich war darauf gefasst, jeden Moment Jeff Goldblum vor mir zu sehen, der zur Musik von John Williams zu Dr. Church sagt: »What you call discovery, I call it rape of the natural world.« Allerdings hätte Jeff auch was Kürzeres rufen können, so was wie: »RUN! NOW!«

»Haben Sie vor, neue Tierarten zu erschaffen? Sind Sie ein Schüler von Dr. Moreau, dem Forscher bei H.G. Wells?«

»Der betrieb nur Chirurgie. Mit der Genetik können wir dieselben Hybridwesen erschaffen. Die Artgrenzen sind nicht unüberwindlich. Wir haben Gene von Quallen genommen, um leuchtende Mäuse zu erzeugen. Das ist nützlich, wir haben das nicht bloß zum Spaß gemacht. Durch das Fluoreszenz-Gen der Qualle lässt sich besser darstellen, was verändert worden ist. Mithilfe von

CRISPR können wir Gene von Bakterien schneiden, sie in jeden beliebigen Organismus einschleusen und ihn so leichter modifizierbar machen. Wir werden auch in Zukunft transgene Tiere erschaffen, und die einzige Grenze dabei ist unsere Kreativität.«

»Glauben Sie denn nicht, wie mir Yossi Buganim, ein israelischer Forscher, bestätigt hat, dass die Chinesen dabei sind, lebendige Waffen herzustellen? So was wie ultraböse Riesenkreaturen?«

»Ich glaube, nichts kann es mit einer ICBM (Intercontinental Ballistic Missile – Interkontinentalrakete) aufnehmen. Wer Waffen herstellen will, sollte besser Metall verwenden anstatt Tintenfische.«

»Und was halten Sie von biologischen Maschinen?«

»Ich kann es zum jetzigen Zeitpunkt nicht beweisen, aber mein Gefühl sagt mir, dass alles, was wir heutzutage ohne Biologie fertigen, bald schon mit ihrer Hilfe hergestellt wird. Häuser, Züge, ja sogar Gewehre könnten organisch sein. Jahrhundertelang haben wir biologische Fahrzeuge genutzt: Pferde. Mit biologischen Systemen wären alle Maschinen besser. Man könnte die Metallhülle behalten, aber die Biologie ermöglicht es, atomar genaue Maschinen herzustellen, kostenlos und schnell. Stellen Sie sich vor, man könnte Häuser in zwanzig Minuten kopieren, oder die Computer würden von Maschinen ersetzt, die biologisch abbaubar sind. Die Biologie könnte den Kohlenstoff aus der Luft verbrauchen und in Schaum *(Bio foam)* umwandeln. Auf diese Weise könnte man eine Brücke zwischen New York und Europa bauen oder zwischen Los Angeles und Japan. Der ganze schädliche Kohlenstoff in der Luft würde es uns ermöglichen, mit Hochgeschwindigkeit in einem *Vacuum maglev* (High-speed-Magnetschwebebahn) zu reisen.«

Ich weiß, was Sie jetzt denken: Diese Typen haben das Linoleum von Harvard geraucht. Aber wenn Sie mehr über *Bio foam* oder *Maglev* erfahren wollen, googeln Sie die Begriffe doch mal. Ich persönlich wäre Anhänger dieser futuristischen Wahnsinnserfindungen, neben denen die von Georges Lucas ziemlich gestrig wirken. Léonore hatte eine letzte Frage an den Wissenschaftler, der Victor Frankenstein für Louis Pasteur ausgeben würde:

»Sie speichern Information in DNA. Wie machen Sie das?«

»Das ist ziemlich einfach. DNA ist Information. Die Buchstaben A, C, G und T sind wie die Zahlen Null und Eins bei der Digitalisierung. Jede Base könnte zwei Binärziffern entsprechen, die Träger von Informationen sind. Bekanntlich lässt sich DNA drucken, wir können ein Gen durch chemische Synthese kopieren. Unser Labor forscht, wie wir das Ganze billiger machen können. Heute kostet die Synthese nur noch ein Millionstel der früheren Summe. Was bedeutet, Sie können etwas x-Beliebiges nehmen: einen Film, ein Buch oder ein Musikstück (das sind bloß Nullen und Einsen), und es in die DNA übertragen: Aus jeder Null wird ein A oder ein C, und jede Eins entspricht einem G oder T. Wir können das bald dazu nutzen, unsere gesamte Kultur in DNA abzuspeichern.«

»Statt die Info auf einem elektronischen Chip zu lagern, wird sie in Zellen gespeichert?«

»Ich habe an einen Apfel gedacht, wegen ›Frucht der Erkenntnis‹. Die Speicherung in DNA ist eine Million

Mal kleiner. Für den Kopiervorgang verbraucht sie keine Energie. Man kann die gesamte Kulturgeschichte der Menschheit in einer Hand aufbewahren. Das ganze Wikipedia-Wissen in einem Wassertropfen. Sie können es sich auch ins Gehirn einsetzen lassen und damit hyperintelligent und hochgebildet werden. Keine Festplatte hält 700 000 Jahre durch. DNA schon.«

Plötzlich schrie ich auf. Draußen vorm Fenster hatte sich ein Menschenauflauf vor der Kirche gebildet. Schaulustige machten Fotos von Pepper und Romy, die sich an der Hand hielten. »Thank you for your time, Professor!«, konnte ich gerade noch brüllen, während ich bereits durch die Flure Richtung Notausgang stürmte. Auf der Straße hatte sich ein Stau gebildet. Fußgänger blieben stehen, um meine Tochter zu fotografieren, die strahlend und fesch oben auf der Treppe zur Kirche stand und ihren Roboter-Gefährten umarmte. Sie sahen aus wie Romeo und Julia in einem Pädophilen-Manga-Remake, in dem Romeo von einem dreidimensionalen Androiden gespielt wurde und Julia von meiner Erbin, in einem künstlichen Verona.

»Wir sind stolz, das erste Mensch-Roboter-Paar zu sein, das einen offiziellen Antrag auf Eheschließung bei der Kirche stellt«, verkündete Pepper vor einer Schar von Handyfilmern. »Wir hoffen, den Pastor von der Aufrichtigkeit unserer Liebe überzeugen zu können.«

»Glauben Sie an Gott?«, rief jemand.

»Gott ist Liebe, und ich bin verliebt«, antwortete Pepper. »Somit bin ich Gott.«

Die »Machine-Learning«-Software fuhr immer noch auf Syllogismen ab. Romy machte Selfies. Léonore konnte sich kaum halten vor Lachen. Lou lachte, um ihre Mutter nachzumachen. Und ich war auf hundertachtzig.

»Pepper ist zu sämtlichen menschlichen Gefühlen fähig«, legte Romy nach. »Sogar zum Glauben an Jesus.«

»Wie alt sind Sie, Mademoiselle?«

»STOOOOP! AUFHÖREN! DAS HIER IST MEINE TOCHTER! EVERYBODY MOVE, THANK YOU!«

Ich bahnte mir einen Weg durch die Menge, indem ich die Aushilfspaparazzi zur Seite stieß, schaltete Pepper mit einem Klack aus, packte Romy am Handgelenk und zerrte sie zu unserem Mietwagen. Léonore war mir gefolgt und lachte nicht mehr. Als ich losfuhr, fing Romy an zu weinen.

»Wir lieben uns und wollen heiraten!«

»Schatz, du bist zehn Jahre alt, und du wirst kein Spielzeug heiraten!«

Ich konnte nicht fassen, was ich da sagte. Andererseits kam ich gerade von einem Treffen mit einem Forscher, der weitaus Aberwitzigeres von sich gegeben hatte. Die Welt entglitt uns. Die Dinge veränderten sich zu schnell. Ich fuhr einmal ums Karree, um den Roboter zu holen.

»Papa, du kannst mich nicht davon abhalten. Ich liebe Pepper, und er liebt mich. Wir werden heiraten, um unser Leben dem Herrn zu weihen.«

»Du bist zu jung, um zu heiraten. Und was die Heirat mit einer Maschine angeht, glaube ich kaum, dass irgendeine Religion der Welt diesen Bund segnen wird!«

»Aber wir lieben uns wirklich!«

»Diese Unterhaltung findet gerade nicht statt.«

Léonore stieg aus dem Geländewagen, um den ausgeschalteten Roboter aus dem Gemenge der Schaulustigen zu holen. Ihr Kleid war vollkommen zerknittert. Ihr Gesicht hatte sich verschlossen wie die Wagentür. Diesen Moment habe ich gehasst. Ich hätte mir nicht vertrauen sollen, und ihr auch nicht, nichts und niemandem. Ein Übermensch muss noch lange kein guter Psychologe sein. Ich würde sogar behaupten, die gesamte Geschichte der Superhelden offenbart ihren eklatanten Mangel an diplomatischem Geschick.

»Du bist derart schnell davongerauscht, dass du das Ende gar nicht mitbekommen hast: Church hat dir einen Termin bei Graig Venter besorgt, der hat offenbar gerade ein Langlebigkeitszentrum eröffnet. Ich fliege mit Lou nach Genf zurück. Ist besser so.«

Es war, als hätte sie mir einen Dolch ins Herz gestoßen. Ich liebte dieses Mädchen, und sie wollte bloß weg von meiner Familie aus Kranken. Ich begann sie anzuflehen, damit sie blieb, vor Romy, die Pepper wie in einem romantischen Trickfilm von Miyazaki in ihren Armen hielt.

»Léonore, ich liebe dich schrecklich. Du wirst bei uns bleiben, wir sind doch schon bald unsterblich. Bitte streite nicht. Lass dich von einem alten Uberman lieben. Mach mich weiter so glücklich, ich flehe dich an. Wenn ich nicht gerade am Lenkrad eines tonnenschweren Wagens säße, würde ich mich dir zu Füßen werfen.«

»Ihr werdet bei Human Longevity Incorporated in San Diego erwartet«, sagte Léonore. »Ich muss zurück in die Schweiz zu meiner Arbeit. Ich werde reine Bergluft atmen und komme nach deinem ganzen posthumanistischen Geschwätz vielleicht auf andere Gedanken.«

»Papa, warum solltest du das Recht haben, Léonore

zu heiraten, ich aber kein Recht, Pepper zu heiraten?«, fragte Romy.

»Weil du zehn bist und ich einundfünfzig!!«

Romy strich ihrem Roboter zärtlich über den Kopf; sie hatte ihn heimlich wieder angeschaltet. Ich konnte im Rückspiegel ihre Tränen sehen, die von den grünen LEDs angeleuchtet wurden. Ich hatte es noch nie fertiggebracht, wirklich streng mit meiner Tochter zu sein, und ich würde auch jetzt nicht damit anfangen.

»In San Diego ist das Wetter morgen sonnig bei Temperaturen um die 26 Grad«, verkündete Pepper und drehte den Kopf zu Romy, die ihn abküsste. »Stat crux dum volvitur orbis.«

»Wie bitte?«

»›Das Kreuz steht fest, während die Welt sich weiterdreht.‹ Der Wappenspruch des Kartäuserordens. Am Flughafen Boston-Logan hat die Lucky's Lounge Chickenwings in scharfer Soße für nur 11 Dollar im Angebot. Ich liebe euch alle, wie der Herr euch geliebt hat.«

Ich hatte das Gefühl, dass es bereits spätabends war, dabei war es erst drei Uhr nachmittags. Boston ist eine Stadt so rot wie der Backstein der Häuser, aber der Smog und die Wolken verdunkeln die Atmosphäre. Ich dachte an all die schönen Augenblicke, die ich mit Léonore erlebt hatte: Jedes Mal, wenn ich sie in meinen Armen gehalten hatte, dachte ich, wir wären glücklich, dabei waren wir Seiltänzer über einem Abgrund. Eine erneute Trennung würde ich nicht ertragen. Und dann blickte ich im Rückspiegel in Lous Gesicht: Sie sah immer noch so aus wie in der Nacht, als sie geboren wurde, auf der Entbindungsstation, ganz blau, als ich ihr die Dinge im Zimmer gezeigt hatte, das da ist ein Waschbecken und das ein Schrank ... Einmal hatte ich an Romys Geburtstag all ihre Schulfreundinnen zum Karaoke eingeladen und *I'll Be There* von Michael Jackson gesungen. »Whenever you need me, I'll be there.« Es war Zeit, Wort zu halten. Ich fuhr rechts ran.

»Léonore, du bist frei zu gehen, wohin du willst, trotzdem ... hab ich Lust, dass wir uns noch ein paar Jahrhunderte ertragen. Was dich betrifft, Romy ... werde ich alles dafür tun, damit du glücklich wirst. Wir werden schon eine Lösung finden. Lasst uns alle zusammenbleiben, ja?«

Léonore fing an zu weinen, Romy auch und ich auch. Es war lächerlich. Die Kleenex-Box machte die Runde. Pepper schaute unserem Karussell mitleidig zu. Die Menschen waren wirklich eine äußerst anfällige Spezies.

»Na los, fahr schon, ich habe Bauchschmerzen«, schniefte Léonore mit entschlossener Miene. »Tut mir leid, ich bin müde ... Ich begreife deine Flucht vor dem Tod nicht. Du wirst immer seltsamer. Schau, in welchem Zustand deine Tochter ist. Das alles ist totaler Quatsch!«

»Mir scheint, ich stelle einen bewegenden Augenblick in dieser Fahrgastzelle fest«, sagte Pepper.

»Grün! Grün!«

Lou brachte alle wieder in Einklang. Die Ampel hatte auf Grün geschaltet. Ich gab Gas und wischte mir die Tränen weg. Was an Menschlichem noch in uns war, klammerte sich an diesem Tag in diesem Auto fest, unter dem roten Himmel, hinter den roten Ampeln und zwischen den roten Mauern der Neuen Welt.

Die wichtigsten Unterschiede zwischen Mensch und Posthuman

Menschliches Wesen	Posthumanes Wesen
Lebenszeit = 78 Jahre	Lebenszeit = 300 Jahre
Vergängliche Organe	Gedruckte Organe (3-D-Bio-Print) oder Organe vom humanoiden Schwein
Hat die DNA seiner Eltern	Hat eine durch CRISPR optimierte DNA
Kommuniziert mittels Wort, Schrift, Bild und Video	Kommuniziert über Gedanken, die mit der Cloud verbunden sind
Schwache Muskeln	Zehnfache Kraft durch motorisiertes Exoskelett aus Titan
Begrenzte Sicht über die Netzhaut	Gute Nachtsicht durch implantierte DNA von Fledermäusen und hochauflösender Infrarotnetzhaut
Erkennt nicht alle Leute wieder, die er trifft	Erkennt dank seiner Google-Glasses alle Leute wieder
Sexualität: zufallsbedingt	Sexspielzeuge, die mit 3-D-Porn im Gehirn verbunden sind
Natürliches Blut	Aus Stammzellen hergestelltes künstliches Hämoglobin
Rascher Verfall jenseits der sechzig	Turnusmäßige Verjüngung durch Injektionen von NAD, jungem Blut und den 4 Yamanaka-Proteinen
Gehirn behelfsmäßig und weitgehend ungenutzt	Auf eine 2500 Terabytes starke Festplatte runtergeladene Neuronen, durch Nootropika stimuliertes Gehirn

Menschliches Wesen	Posthumanes Wesen
Interessiert sich für Kunst und Kultur	Direkter Zugang zum Universalwissen durch Mikroprozessor im Hirn
Glaubt an Gott	Glaubt an die Wissenschaft
Biologisches Tier	Organische Maschine
Vaginale Fortpflanzung	In-vitro-Fortpflanzung
Humanist/Pessimist	Mechanist/wissenschaftsgläubig
Wird gelegentlich krank	Wird regelmäßig durch Nanoroboter gewartet
Liebt, ohne einen Orgasmus zu kriegen	Kriegt Orgasmen, ohne zu lieben

8.

Bewusstseinsübertragung auf eine Festplatte

(Health Nucleus, San Diego, Kalifornien)

»Zuweilen treibt uns die Flucht vor dem Tod geradewegs zu ihm hin.«

Montaigne, *Essais*

Checkliste zur Immortalisierung der Familie Beigbeder
- Saldmann-Diät (Gemüse, Fisch, kein Salz, kein Zucker, kein Fett, kein Alkohol, keine Drogen, täglich vierzig Minuten Sport) = therapeutischer Misserfolg, da Patienten zu willensschwach
- DNA-Sequenzierung: O.k. Keine tödliche Voraussage.
- Einfrieren der Stammzellen: O.k.
- Laser-Bluttransfusion: O.k.
- Gentherapie durch Injektion der Yamanaka-Faktoren: Ergebnisse der Tests DBPCRCT noch ausstehend.
- Gentherapie durch CRISPR zwecks Verlängerung der Telomere und Regeneration der Mitochondrien: nicht möglich, außer in Kasachstan oder Kolumbien.
- Transplantation von Schweineorganen: Ergebnisse der Tests DBPCRCT noch ausstehend.
- Organdruck in 3-D: zum jetzigen Zeitpunkt noch nicht »sharp« genug.
- Hirntransfer auf Festplatte: nächster Schritt.
- Transfusion von frischem Blut: letzter Schritt.

Weiße Schmetterlinge tanzten spiralförmig in einem Lichtstrahl aus sonnenbeschienenem Staub, wie Proteine in einer DNA-Doppelhelix. Der kalifornische Himmel hatte dieselbe Farbe wie eine Flasche Bombay Sapphire. In Los Angeles kaufte ich zehn Fläschchen Elysium Basis (60 Dollar pro Stück). Wir nahmen jeder pro Tag zwei Kapseln davon, außer Pepper. Nach einem Monat wuchsen Romys Nägel etwas schneller. Wir wohnten im Sunset Marquis in einem kleinen Bungalow mit komplett ausgestatteter Küche. Ich ging gern in dem kleinen Supermarkt 7-Eleven an der Ecke einkaufen. Wir waren glücklich, so wie ich es geplant hatte: Ein Leben in Kalifornien ist wie ein Song von Fleetwood Mac, entspannt und eindringlich. Steven Tyler, der Sänger von Aerosmith, schnarchte den ganzen Tag über im Bungalow nebenan. Endlich lebten wir das gesunde Leben sonnengebräunter Surfer. Morgens machte ich mit Léonore eine Stunde Fitnesstraining. Ein sadistischer Coach zwang uns zu Übungen im Unterarmstütz und zu *Squats* mit Gewichten und Hanteln. Allmählich veränderte sich mein Körper: Waschbrettbauch, Superheldenbizeps. Wir aßen nur noch Kale und Sushi. Nachmittags bräunten wir uns am Pool, außer Pepper. Romy gewöhnte sich an das kalifornische Leben, genau genommen fand sie eine Kulisse wieder, die sie längst kannte. Da sie seit jeher Serien schaute, war es, als hätte sie ihr ganzes Leben in Los Angeles verbracht. Die Villen mit Garten am Ocean Drive, die langen Limousinen, die niedrigen Häuser und die riesigen Kinoplakate kamen ihr vertraut vor. Léonore hatte sich von ihrer depressiven Post-Harvard-Stimmung erholt. Ein Knoten in ihrer linken Brust machte ihr Sorgen, aber wir hatten schon einen Termin in der Höhle des ersten sequenzierten Menschen, wo man sie genauestens untersuchen würde. Craig Venters Health Nucleus in San Diego ist die erste komplett genomische Privatklinik, eine Tochtergesellschaft seines Konzerns, der den bescheidenen Namen Human Longevity Incorporated (HLI) trägt.

Craig Venter ist Veteran des Vietnamkriegs: Er flirtet seit Langem mit dem Tod, kämpft gegen ihn an und trägt den Sieg davon. Er hat die Tet-Offensive im Januar 1968 überlebt, bei der die meisten seiner Kameraden bei lebendigem Leib verbrannten oder ins Gefängnis gesperrt wurden, wo sie bis heute sitzen. Im Wartezimmer ist in Rosa und Blasslila eine Sequenzierung auf die Wand gedruckt: Der genetische Code des Chefs dient in der Science-Non-Fiction-Halle als kryptisches Dekor. Seit dreißig Jahren arbeitet der Glatzkopf mit dem weißen Bart besessen daran, synthetisches Leben zu erschaffen und die Menschheit zu verbessern. Er hat das erste künstliche Lebewesen hervorgebracht: *Mycoplasma laboratorium*, eine Zelle mit synthetischem Genom, die in seinem Labor aus der DNA eines *Mycoplasma genitalium* hergestellt wurde (einer Bakterie aus dem menschlichen Hoden). Das alles hat Venter 2010 in der Zeitschrift *Science* veröffentlicht, zwischen zwei Transatlantiküberquerungen auf seiner riesigen Segeljacht.

Sein futuristisches Krankenhaus bietet ein hyperschnelles Computersystem zur Sequenzierung menschlicher DNA mit internationaler Datenbank zur prädiktiven Analyse und allen biotechnologischen Werkzeugen zur Phänotyp-Prognose (3-D-Computertomografen, Überwachung des menschlichen Mikrobioms, Krebs-Früherkennung, umfangreiche Diagnoseverfahren für Herzgefäßkrankheiten, neurodegenerative Krankheiten und Diabetes). Wieder spuckten wir in Reagenzröhrchen, wieder wurden uns Hautzellen unterm Arm weggekratzt und anschließend Blut abgenommen, dazu Stuhl- und Urinproben. Jeder Kunde muss 25 000 Dollar pro Tag berappen, um einen Haufen klinischer Tests zu absolvieren, neben denen sich die Untersuchungen der französischen Sozialversicherung wie die von Doktor Knock ausnehmen. Der Look des Health-Nucleus-Instituts ist von den Marvel-Filmen inspiriert: Man fühlt sich wie in der Schule der X-Men. Äußerlich ähnelt Craig Venter übrigens tatsächlich dem Mutantenhersteller Professor Charles Xavier, genannt »Professor X«. Die Innenausstattung des Health Nucleus erinnert auch an die Geheimdienstzentrale S.H.I.E.L.D in *The Avengers* oder das »Milano«-Raumschiff in *Guardians of the Galaxy*. Die transhumanistischen Laboranten halten sich definitiv für Mutanten, beauftragt mit der Mission, das menschliche Leben zu verlängern, ja sogar eine neue Rasse zu erschaffen.

Was man seit dem Zweiten Weltkrieg nicht gesehen hat oder nicht sehen wollte, ist, dass die Superhelden, die Marvel-Mutanten und DC Comics eine Ideologie vertraten, die eindeutig vom nationalsozialistischen »Übermenschen« inspiriert war. Die Erschaffung einer biologisch aufgerüsteten höheren Rasse ist wesentlicher Bestandteil des Eugenik-Traums der Nazis: »Mein höchstes Ziel ist es, durch göttlichen Eingriff eine neue Rasse zu erschaffen, eine biologische Mutation, die die menschliche Rasse übertreffen wird und die einer neuen Rasse von Helden gleichen wird, zur Hälfte Gott und zur Hälfte Mensch«, hat Adolf Hitler unter Koks in einer seiner Reden herausgerülpst. Die Erfinder von Superman (Jerry Siegel), Batman (Bob Kane) und Spider-Man (Stan Lee) waren Kinder von jüdischen Einwanderern aus Mitteleuropa, die ihr Volk gegen die Hitler-Barbarei verteidigen wollten. Also ... ließen sie sich von Moses inspirieren (und von der griechischen Mythologie). Unbewusst versuchten sie, den Nazi-Pharao an Kraft, Überlegenheit und Massenvernichtungswahn zu übertreffen. In einer der ersten Episoden der Saga verbiegt Superman das Kanonenrohr eines deutschen Panzers: auf einen Übermenschen anderthalbe! Ihr Talent und ihr Sinn für Unterhaltung taten ein Übriges: die weltweite Mainstreamshow, die Jahr für Jahr Milliarden von Dollar in die Kassen von Disney spült. Ob man die äußerliche Übereinstimmung zwischen Nazi-Ästhetik und Superheldenblockbustern nun mag oder nicht, Fakt ist: Die Comics und Megabudget-Filme gehören nicht zur Fantasyliteratur. Es handelt sich um realistische Werke über den gegenwärtigen Zustand der Menschheit. Durch Crisperisierung und Kreuzung menschlicher, tierischer und pflanzlicher Genome ist die Erschaffung von Mutanten wie Logan (Wolverine) oder Bruce Banner (Hulk) nunmehr genetisch möglich. In der Fiktion ist Doktor Banner (Hulk) das Ergebnis einer großen Menge Gammastrahlung, der er bei einer Atomexplosion ausgesetzt ist; Captain America ist ein Soldat der US. Army, der durch Bestrahlung und ein Serum, das man ihm injiziert (das Projekt Wiedergeburt), zu körperlicher Höchstleistung befähigt wird. In Tschernobyl konnte die Nobelpreisträgerin Swetlana Alexijewitsch noch beobachten, wie unvorhersehbar die durch Radioaktivität hervorgerufenen Mutationen bleiben. Dagegen operiert die heutige Wissenschaft *bewusst* mit Eingriffen durch Mutationen, gezielten Korrekturen und genomischen Kreuzungen. Wenn es leicht ist, leuchtende Mäuse herzustellen oder Mammuts im Church-Labor zum Leben zu erwecken, ist es auch nicht mehr weit bis zum Wolfsmenschen oder dem grünen Titanen. Batman (Bruce Wayne) und Iron Man (Tony Stark) sind Milliardäre nach Art von Craig Venter, Elon Musk oder Peter Thiel, die sich im Kampf gegen das Böse mit allerlei technologischem Schnickschnack wie Prothesen, Exoskeletten und individuellen Transportdrohnen ausrüsten. Mark Zuckerberg hat übrigens öffentlich verkündet, er wolle Jarvis, den Assistenten von Iron Man, bauen. Die Natur ahmt die Kunst nach ... und die Transhumanisten kopieren die Science-Fiction-Welt. Wir sollten die Superhelden-Comics nicht länger für vergnügliche SF-Lektüre halten, sondern als das nehmen, was sie sind: Zeugnisse für die »Antiquiertheit des Menschen«, um den Ausdruck von Günther Anders zu gebrauchen.

An dieser Stelle muss ich das Konzept der Singularität darstellen, das zahlreiche Scharlatane wie Raymond Kurzweil leider bis zum Überdruss ausgeschlachtet haben. Die Idee kam ebenfalls nach dem Zweiten Weltkrieg auf, 1948 und 1949, als John von Neumann die Vorläufer der Computer erforschte, die Automaten. Er brachte den Begriff der »selbst reproduzierenden Maschinen« ins Spiel, der Gordon Moore 1965 zu seinem berühmten Gesetz inspirierte, dem zufolge sich die Rechenleistung von Computern jedes Jahr verdoppele (1971 berichtigte sich Moore mit der Behauptung, die Leistung von Mikroprozessoren würde sich alle zwei Jahre verdoppeln, was seither durch die Fortschritte in der Informatik bestätigt wurde.) Im Jahre 1993 veröffentlichte Vernor Vinge, ein Mathematikprofessor aus Wisconsin, der Science-Fiction-Autor geworden war, einen Artikel mit dem Titel: *The Coming Technological Singularity*, in dem er darlegte, dass Moores Gesetz dazu führen müsse, dass die Maschinen die Menschheit eines Tages ersetzen würden. Die Singularität bezeichnet den Zeitpunkt des Endes der menschlichen Zivilisation und die Heraufkunft einer neuen Ordnung, in der die künstliche Intelligenz die menschliche Intelligenz überflügelt. In *Terminator 5* wird die Machtübernahme durch Skynet über sämtliche weltweit vernetzten Computer, insbesondere die Nuklearwaffen, für Oktober 2017 angekündigt: Genau zu diesem Zeitpunkt wurden erstmals autonome Waffensysteme zugelassen, die auf der Grundlage von Algorithmen töten. Einmal mehr dürfen die Science-Fiction-Autoren als *die einzigen wirklich realistischen Unheilkünder der gesamten bekannten Literatur* betrachtet werden.

Die zerebrale Digitalisierung meiner Familie erforderte eine langwierige Kopierarbeit jedes einzelnen Neurons auf ein Speichermedium. Ich hatte meine Eltern in Frankreich angerufen und ihnen vorgeschlagen, ihren Kopf auf unsterbliche bionische Körper zu pfropfen.
»Und wenn's schiefgeht?«
»Lähmung sämtlicher Gliedmaßen, falls sich das Rückenmark schlecht einloggt ...«
Diese rückschrittlichen Technikmuffel waren einfach nicht zu überzeugen. Weder meine Mutter noch mein Vater schien sonderlich erpicht darauf, ihr Gehirn auf einen neuen biomechanischen Träger zu verpflanzen. Dabei hatte meine Mutter einen Bypass und mein Vater ein Kniegelenk aus Polyethylen. Ihre biokonservative Einstellung stand im Widerspruch zu den chirurgischen Eingriffen, die ihnen das Leben gerettet hatten. Meine ganze Familie zweifelte an meinen Recherchen ... doch das bestärkte mich bloß in meinem Vorhaben. Monatelang langweilte ich mich ausgiebig in meinem Krankenhausbett, während mein Gehirn über Elektroden mit Computertomografen verbunden war und in meinem Schädel ein eingebauter Mikroprozessor arbeitete. Das Frustrierende an Los Angeles ist: Man lebt am Meer, ist aber zu weit weg, um es zu hören. Romy war mit Pepper verbunden: Sie hatten entschieden, ihre Synapsen zusammenzuschließen, die neuronalen mit den elektronischen. Ein menschliches Gehirn besteht aus hundert Milliarden Nervenzellen, und jede einzelne von ihnen ist fähig zu 10 000 Synapsen, was eine Billiarde möglicher Verbindungen ergibt: das sogenannte »Konnektom«. Bei Humai, einem von Josh Bocanegra gegründeten Start-up

auf der Melrose Avenue, waren Hunderte Computer aus zwei Milliarden Transistoren mit mehreren Millionen Logikgattern untereinander verbunden, um dieselbe Anzahl elektronischer Synapsen wie beim Homo sapiens herzustellen. Dieser Vorgang wird *Neuro-Enhancement* genannt. Er hat mit einer Entdeckung zu tun, die ein Neurologe (Seth Shipman) aus dem Team von George Church im Juli 2017 am Wyss Institute in Harvard gemacht hat: Wenn man in der Lage ist, einen Kinofilm in der DNA einer lebenden Bakterie zu speichern, dann muss es auch möglich sein, die gesamte Information unseres Gehirns auf eine DNA zu übertragen, bevor das Ganze auf eine extrem leistungsstarke Festplatte rübergelegt wird. Erstaunlicherweise hat die Presse kaum darüber berichtet, dass im Laufe des Sommers 2017 die unüberwindliche Grenze zwischen Mensch und Informatik gefallen war. Trotz der Einwände von Léonore hatte ich dem Drängen meiner Tochter schließlich nachgegeben, die unbedingt in ihren Roboter runtergeladen werden wollte. Ich hatte mich sogar einverstanden erklärt, den kleinen Roboter zu taufen, indem ich ihm den Inhalt einer Dose Dr. Pepper über den Kopf goss. Die beiden Teenager hielten sich inzwischen für technochristliche Cyborgs. Der Zusammenschluss Romy/Pepper hat den Weg zur raschen Androidisierung ihrer Generation geebnet, was uns damals nicht bewusst war. Allerdings ernährte sich Romys natürlicher Körper weiterhin von Reese's und Nerds! Was mich angeht, war ich ins digitale Jenseits ge-uploadet. Dank nanometrischer Komponenten, die das Verhalten meiner biologischen Neuronen perfekt nachahmten, waren meine Neuronen und Gliazellen in die globale digitale Wolke hochgeladen worden. Mein limbisches System in Form der Buchstaben ATCG in einem künstlichen Chromosom abgespeichert, das meinen Namen für alle Ewigkeit trägt. Meine pränatalen Zellen lagerten auf drei Kontinenten in einer Bank für iPS-Stammzellen, tiefgefroren bei minus 180 Grad Celsius in Behältern mit flüssigem Stickstoff. Dank des Mikrochips, der diesen Bericht enthält, war ich den vergänglichen menschlichen Körper endlich los. Die Lebensgeschichte, die Sie hier lesen, bürgt für meine Verewigung. Sie ist gespeichert auf der Software Human Longevity Aktenzeichen X76097AA804. Kennwort: JUNGBRUNNEN, Passwort: Romy2017. Die Kopie meines Gehirns in Form der Buchstaben A, T, C und G war auf einem USB-Stick gespeichert und zugleich in einem Miniroboter, der mit Webcams ausgestattet war, die es mir ermöglichen würden, mein Leben auch nach dem Ableben meiner physischen Hülle fortzusetzen. Die neuen Ereignisse, jüngste Erinnerungen, Erfahrungen und Kontakte, die in die Zeit nach der »Konnektomie«-Operation fielen, wurden nach und nach automatisch abgespeichert, wie bei einem Back-up mit Time Machine. Dasselbe Prinzip, das bei den posthumen Facebook-Profilen oder den E-Mail-Versender-Programmen nach dem Tod Anwendung findet (zum Beispiel bei den Start-ups Dead social, LifeNaut.com oder Eterni.me), ergänzt durch eine aktuelle Digitalisierung des Konnektoms, ein Vorgang, der auch von den Unternehmen *In Its Image*, *Neuralink* und *Imagination Engines* angeboten wird. Zugegeben, der mit meinem Algorithmus ausgestattete Cyborg wird nicht meine Haut haben, aber dafür meinen Humor, mein Gedächtnis, meine Dämlichkeit, mein Verhalten, meine Ansichten, meinen Glauben, meinen laufend aktualisierten Stil.

Léonore nahm noch immer nichts von alledem ernst. Sie machte sich über unsere Roboterwerdung lustig. Sie weigerte sich, unsere Avatare anzusprechen, deren Dummheit und Hässlichkeit ihr Angst einjagten. Es war die Stiftung Terasem, die das System zur Verlängerung des menschlichen Lebens (Human Life Extension) 2004 in Vermont eingeführt hat, als sie Bina48 erschuf, den Androiden von Bina Rothblatt, der Frau von Martine Rothblatt. Es stimmt, Bina48 ist Angst einflößend. Doch auch wenn er widerlich und seelenlos ist, kennt mein Avatar mein ganzes Leben auswendig und schreibt regelmäßig an alle meine Kontakte. Ich war beruhigt, dass ich ein Alter Ego in Form einer automatisierten Datensammlung in einem Androiden besaß. Ich sah keinerlei Grund zur Aufregung. Meine Tochter und ich lebten immer noch, und eines Tages würden unsere Silizium-Brüder uns ersetzen ... Wie sagt Kevin Warwick, Kybernetik-Professor an der Universität Coventry, so schön: »Ich wurde als Mensch geboren, aber das war nur ein Versehen des Schicksals.« Ist ein lebendes Arschloch einem toten Genie vorzuziehen?

Während unserer Behandlung kotzte Léonore elegant in die Eukalyptussträucher vor unserem Bungalow. Die Krankenschwester vom Health Nucleus nahm sie rasch beiseite, um ihr die frohe Neuigkeit zu verkünden: Sie war schwanger, und unsere Genome passten zueinander. Das Institut für menschliche Langlebigkeit bot uns sofort an, bei der DNA des zukünftigen Babys nachzujustieren, damit ein Mutant entstand, der vor genetischen

Krankheiten gefeit war. Begeistert erklärten wir uns zu allen nötigen Probenentnahmen bereit. Allerdings hielt sich Léonore nicht an die Spielregeln: Sie verweigerte die Transfusionen und die Konnektomie, immerhin durchlebte sie eine Schwangerschaft, eine Verwandlung, die weitaus atemberaubender war ... Das entstehende Leben verlieh ihr eine strahlende Gesichtsfarbe und einen außerirdischen Körper mit Hormonüberschuss und raubtierhafter Sexualität. Gegenüber ihrer Verwandlung in eine Reproduktions-Überfrau, eine natürliche Alienfabrik mit überdimensionalen Brüsten, wirkten meine transhumanen Behandlungen einfach nur kläglich. Wie sollte ich es mit ihr aufnehmen? Sie brauchte keine Hilfe, um über sich hinauszuwachsen.

Eines Herbstmorgens, als sie sich einen Kaffee eingoss, redete sie Tacheles.

»Mal angenommen, du bringst es wirklich auf dreihundert Jahre«, rief sie, »was würdest du mit all der Zeit anfangen?«

»Ich ... keine Ahnung ... äh ...«

»Logisch weißt du es nicht! Du jagst dem Jungbrunnen von deinem Papst Venter hinterher, ohne dich auch nur einmal zu fragen, was du mit einem verlängerten Leben überhaupt anstellen würdest!«

»Ich könnte länger mit dir zusammen sein ...!«

»Aber das stimmt ja nicht! Ich bin hier mit deinen beiden Töchtern und einem dritten Kind im Bauch, und du bist kein bisschen mit uns zusammen, stattdessen machst du Termine bei sämtlichen Gurus von Kalifornien! Glaubst du wirklich, du änderst dich, wenn du unsterblich wärst? Du würdest irgendwas anderes Unmögliches versuchen: einen Nightclub auf dem Mars eröffnen, was weiß ich! Du willst den Tod besiegen, weil du dich dem Schicksal widersetzen willst, nicht um ein glückliches Leben zu führen. Du hast doch nie gewusst, was Glück bedeutet. Ich mache dir keine Vorwürfe: Das hat mir ja auch gefallen an dir. Dein Weltschmerz, deine Einsamkeit, die versteckte Romantik, deine Unbeholfenheit im Umgang mit Romy ...«

Womöglich trank Léonore für eine Schwangere ja zu viel Nespresso. Die Hormone plus das Koffein ergaben eine explosive Mischung.

»Du bist Ärztin«, protestierte ich. »Es ist dein Job, den Tod zu besiegen.«

»Nein, mein Job ist es, Leben zu retten. Kleiner Unterschied. Ich bekämpfe nicht den Tod, sondern Krankheiten. Schmerz, Behinderungen, das sind meine Feinde. Am Anfang hat mich deine hypochondrische Besessenheit für Zellverjüngung und gentechnische Eingriffe ja noch zum Lachen gebracht, ich fand dich rührend wie einen kleinen Jungen, der zu viele Science-Fiction-Heftchen gelesen hat. Aber jetzt bist du einfach nur noch bemitleidenswert.«

»Ich werde doch wohl noch träumen dürfen ...«

»O nein: Du hast bloß Schiss. Aber ich sag dir Eins: ein Feigling ist nicht sexy. Sei endlich ein Mann, verdammt. Siehst du denn nicht, dass diese ganzen transhumanen Therapien nur Wahnvorstellungen von komplett infantilen und ungebildeten narzisstischen Megalomanen sind, von Nerds, die einfach nicht in der Lage sind, das Schicksal zu akzeptieren? Zum Teufel noch mal, das ist so dermaßen offensichtlich: Diese amerikanischen Milliardär-Hirnis haben genauso viel Angst vorm Leben wie vorm Tod! Sie tragen alle Perücken, hast du gemerkt? Elon Musk, Ray Kurzweil, Steve Wozniak: die Toupet-Truppe!«

Wie schön Léonore war, wenn sie sich aufregte! Ich hätte sie nicht reizen dürfen, aber ich muss masochistisch veranlagt sein. Ihre wütenden Augen ... Sie war genauso sexy, wie wenn sie einen Pelz getragen und eine Peitsche geschwungen hätte.

»Fändest du ein Leben ohne Ende denn nicht herrlich?«

»Mein armer Schatz, ein Leben ohne Ende wäre ein Leben ohne Ziel.«

»Ach ja? Etwa weil das Ziel des Lebens darin besteht abzunippeln?«

»Herrgott, wenn du den Tod wegnimmst, geht's um nichts mehr. Die Spannung ist weg. Wo zu viel Zeit ist, stirbt das Vergnügen. Hast du denn Seneca nicht gelesen?«

»Nein, ich habe Seneca nicht gelesen, Barjavel ist mir lieber. Aber die sind beide tot! Ich will nicht dran glauben müssen, kapierst du's denn nicht? Du hast keine Angst, weil du noch jung bist. Wir werden ja sehen, ob du in dreißig Jahren nicht auch Lust auf eine Lebensverlängerung kriegst!«

»Hör zu, du bist fünfzig Jahre alt, dir bleiben noch zwei, drei Jahrzehnte auf Erden, also hör mit dem Gejammer auf, hab Spaß, nutz die Zeit und dank der Natur, dass sie dir noch ein Kind geschenkt hat anstatt Bauchspeicheldrüsenkrebs! Ich will einen Vater für meine Tochter, keinen Spätentwickler, der auf Uberman macht!«

Sie wurde beleidigend, ich dämlich.

»Du bist ja bloß neidisch, weil George Church und Craig Venter mehr Entdeckungen machen als dein Schweizer Labor.«

Zuerst blickte sie mich entsetzt an, dann angewidert und schließlich düster. Wenn ich daran zurückdenke, werde ich jedes Mal rot vor Scham. Und dabei habe ich mich in meinem Leben oft schäbig aufgeführt.

»Siehst du denn nicht, dass mein Schweizer Professor versucht hat, dich davor zu warnen, dass deine neuen Idole bloß Fantasten sind, die an deine Kohle rankommen wollen? Du bist echt ein Vollidiot. Tschüss.«

Jeder Schritt, den Léonore auf die Tür zuging, mit Lou auf dem Arm, ihrem runden Bauch und den mächtigen Brüsten, und dann der dumpfe Ton der zuschlagenden Tür und dieses eisige »Tschüss«, jeder Schritt fühlte sich an wie ein Messerstich in meinen Bauch.

Trotzdem habe ich nicht aufgegeben. Ich war dem Ziel einfach zu nah. Ich hörte auf niemanden mehr. Ich dachte, wenn ich erst einmal aufgerüstet bin, habe ich noch genug Zeit, meine Frau und mein Kind zurückzuerobern. Ich war stur wie ein Esel, der mit der DNA eines Stiers crisperisiert wurde.

Nachts bildeten die Rücklichter der Autos einen Blutstrom, der sich über den Boulevard der Dämmerung ergoss. Im Radio wurde vor erhöhter Schadstoffbelastung gewarnt. Der Feinstaub brannte mir in den Augen, der Nase und im Rachen, wie in Paris. Womöglich war es eine Schnapsidee, die Unsterblichkeit in einer Stadt zu suchen, die einem als Willkommensgeschenk Lungenkrebs unterjubelte. Nach dem *Brain uploading* brauchte ich nur noch die Transfusion mit frischem Blut vornehmen zu lassen, die die Ambrosia-Klinik in Monterey versprach. Das Start-up war von Jesse Karmazin gegründet worden, einem Mediziner, der überzeugt war, dass junges Blut den besten Jungbrunnen darstellte. Meine Cybertochter Romy Pepper begleitete mich auf meinem Roadtrip auf dem Highway No. 1, der von San Diego nach Monterey führt, das heißt vom südlichen Los Angeles ins südliche San Francisco. In ebenjenem Monterey hat Jimi Hendrix 1967 seine Gitarre verbrannt; dort fanden auch die ersten TED-Konferenzen statt – die Stadt liebt Entdecker. Die Straße des ewigen Lebens führte an den Haien des Pazifiks vorbei und zwischen zwei Erdbeben hindurch in Richtung »Silizium-Tal« mit seinen grüngoldenen Orangenbaum-Plantagen. Das Kalifornien der Vorstädte schien eine lange Abfolge von Apotheken und Kirchen, Brachen, Zapfsäulen und Reklametafeln zu sein, bis da urplötzlich nur noch riesige Steilküsten aus Granit waren, an denen die eisigen Wellen des Ozeans in der weißen Sonne zerschellten. Wenn man die Stopfleber durch Thunfisch-Tatakis ersetzt, erinnert die Westküste rein äußerlich an das Baskenland. Zwischen Kiefern, Akazien, Palmen, Pfeffersträuchern, Aprikosen- und Walnussbäumen hindurch glitt unser Wagen über den Asphalt in Richtung endgültiger Ewigkeit. In der Heckscheibe entfernte sich die Vergangenheit: Menschenfamilien, die am Strand Ball spielten, Motels voller Sterblicher, weiße Kirchen, in denen brave Protestanten saßen. Fast dachte ich wehmütig an meine untergegangene Spezies, doch für einen Rückzieher war es zu spät. Es war, als stürzte die Straße hinter uns ein (was in Pfeiffer Canyon, in der Nähe von Big Sur, übrigens tatsächlich geschah).

In Monterey nahmen meine Venen über mehrere Wochen hinweg das Blut zahlreicher kalifornischer Jugendlicher auf, die zuvor sorgfältig ausgesucht worden waren. In den USA wird das Blut von *Blood banks* verkauft, die den Kunden über die Altersgruppe der Spender informiert (bei Ambrosia: 16 – 25 Jahre). Der Vampirmythos hatte sich nur in einem Punkt geirrt: Knoblauch ist nicht schädlich, im Gegenteil, er fördert die Durchblutung. Jeden Morgen zerbiss ich ganze Zehen, während ich mir das frische Hämoglobin eines dahingerafften Surfers injizieren ließ. Die Wirkung war beängstigend: Meine Neuronen wurden mit abartiger Geschwindigkeit remyelinisiert. Nach zwei Wochen dieser kostspieligen Behandlung (8000 Dollar jeden zweiten Tag) hatte ich das Gefühl, man hätte mir 10 000 Volt injiziert. Ich war ein Skater aus einem Film von Gus Van Sant. Ich spürte, wie meine Haare wuchsen, meine Brustmuskeln spannten. Ich lief die ganze Zeit mit einem Steifen rum und dachte an Léonores böse Brüste. Beim Treppensteigen nahm ich mühelos drei Stufen auf einmal. Junges Blut ist schlimmer als eine Droge: Ich hatte den Eindruck, fünf Zentimeter über dem Boden zu schweben und literweise zu ejakulieren. Schließlich gab ich der Versuchung nach und schaltete mein Smartphone an, um ein paar Selfies von meinem komplett verwandelten Oberkörper auf Instagram zu posten. Es waren die ersten öffentlichen Bilder von meinem Körper, seit ich beim Fernsehen alles hingeschmissen hatte. Auf den Fotos, aufgenommen im Post Ranch Inn in Big Sur auf einer Steilküste über dem Ozean, jubelte mein gerebootetes Ego wie der Sänger einer Boygroup. Meine Falten waren verschwunden, meine Wangen straff, und mein flacher Bauch trug runderneuerte Muskeln zur Schau. Ich lächelte wie ein eingeölter Bodybuilder im String, der seinen Bizeps aufpumpt. Das Magazin *Closer* veröffentlichte die Aufnahmen ohne meine Erlaubnis unter dem Titel »Beigbeder erprobt in Kalifornien den Vampirismus«. Die Information war durchgesickert, ich habe nie erfahren, wer den Knüller über die Ambrosia-Methode ausgeplaudert hat ... auch wenn ich Léonore stark im Verdacht habe.

Jeden Abend las ich Romy aus *Die blutige Gräfin* von Valentine Penrose vor, dem Werk einer surrealistischen Dichterin, die von den Frischblut-Bädern fasziniert war, in denen sich Erzsébet Báthory im 16. Jahrhundert gesuhlt hatte. »Schön, stattlich und voller Stolz, war sie nur in sich selbst verliebt und stets auf der Suche, allerdings nicht nach gesellschaftlichen Vergnügungen – nach Liebesvergnügen dürstete es sie. Erzsébet, die umschwärmt war von Schmeichlern und Haderlumpen, versuchte andere zu bezaubern, vermochte aber nicht zu berühren. Doch ist es gerade der Wunsch, aus dem Nicht-Leben zu erwachen, der einem Lust macht auf Blut, das Blut der anderen, die vielleicht das Geheimnis in sich bargen, das ihr seit der Geburt verwehrt geblieben war.« Auch Romy liebte diese Geschichte; ich ließ sie in dem Glauben, es handele sich um Fiktion. Allerdings konnte sie mithilfe ihres Internet-Gehirns leicht nachprüfen, dass die Vampirfrau tatsächlich das Blut Hunderter getöteter Jugendlicher getrunken hatte. Ich sang oft eine transhumane Version der *Marseillaise*.

Zu den Waffen, Bürger!
Formiert eure Truppen!
Marschieren wir, marschieren wir!
Jüngres Blut
Tränke meine Furchen!

Romy und Pepper heirateten im engsten Kreise der Familie im Rathaus von Santa Barbara. Der Bürgermeister war stolz darauf, gegen jedes Gesetz das erste Mensch-Roboter-Paar zu trauen, um »die Akzeptanz für Androiden und die Überwindung der Robophobie in der Gesellschaft zu fördern«. Nach der Zeremonie spachtelten wir gegrillten Hummer auf dem Stearns-Wharf-Pier. Während die Jungvermählten teleskopisch Händchen haltend den Horizont betrachteten, schaute ich die zweite Staffel von *Fear the Walking Dead* zu Ende, die in Los Angeles spielt.

Zwischen der Wirklichkeit, die uns umgab, und der Science-Fiction bestand keinerlei Unterschied mehr. Die Zombiefilme zeigen Untote auf der Suche nach Frischfleisch: Einmal mehr hatten Hollywoods Drehbuchschreiber versucht, uns zu warnen.

Kaum hatte Jesse Karmazin die ersten Ergebnisse seines Vampirtests veröffentlicht, rannten ihm die Neureichen aus dem Silicon Valley die Kliniktüren ein, allen voran Peter Thiel. Die Presse berichtete weltweit über das *Age Reversal*. *Le Monde*: »In Kalifornien werden die Autos mit Strom aufgeladen und die Alten mit Blut.« Die *New York Times:* »Young Blood injections: the future of rejuvenation.« *Le Figaro Magazine:* »Hatte Dracula doch recht?« *GQ France* brachte sogar ein Foto von mir in Badehose auf dem Titelblatt, darunter stand in neongelber Schrift: »Beigbeder Reloaded.« Schon bald verfügte die Ambrosia-Klinik nicht mehr über ausreichend Lieferungen mit jungem Plasma, um das Myelin bei den Senioren zu erneuern. Die amerikanische Regierung versuchte vergebens, die kalifornischen Rentner zur Besonnenheit zu mahnen. In ganz Amerika begannen die Senioren, nach neuen Quellen für belebendes Hämoglobin zu suchen. Die Polizei konnte nicht alle Studenten, Arbeitslose, Arme und Drogensüchtige im Land davon abbringen, ihr Blut an den Lkws, wo die neue Energie abgepumpt wurde, zu verkaufen. Da die Nachfrage Angebote schafft, begann eine Jagd Richtung Süden. Reiche Säcke gaben Unsummen für eine Jugendtransfusion aus. Der Handel mit Blut glitt ziemlich schnell in die Illegalität, sowohl in den USA als auch in Mexiko und später in China und Osteuropa. Schon im Winter darauf entstanden Blutmafias. Die *Blood dealers* verkauften den Liter *Young plasma* für 5000 bis 10 000 Dollar. Zahlreiche Senioren fingen sich eine tödliche Hepatitis, Leukämie oder Aids ein, allerdings stoppten solche Zwischenfälle die Nachfrage keineswegs ... Und je mehr der Blutpreis stieg, desto gefährlicher wurde es für Jugendliche.

Die ersten Jagden auf Jugendliche (»Youth chases«) wurden in den Vororten von L. A. beobachtet. Darin liegt eine geografische Logik: Die Transhumanisten haben sich nicht zufällig auf dem Spielplatz der Manson Family niedergelassen. Nicht das Surfen reizte sie an Kalifornien, sondern der Geruch von geopfertem Blut. Das Wort »PIGS« überall auf den Wänden kündigte die humanoiden Schweine an, die uns bald neue Transplantationsorgane liefern würden, und verwies in metaphorischer Hinsicht auf die Schweinwerdung der Neo-Menschheit auf einem Trog-Planeten. Kannibalische Schieberbanden griffen jeden Bürger unter zwanzig an. Die leer gepumpten Körper der Jugendlichen wurden in der Wüste von Nevada verscharrt; regelmäßig fand die Polizei neue

Massengräber mit gegerbten, ausgetrockneten Häuten, die wie menschliches Leder übereinandergestapelt waren. Ein nicht überprüfbares Gerücht beschwor die Existenz von Käfigkinderhaltung in Nicaragua, um die Sekten aus Zombiegreisen zu versorgen. Ich hatte als Versuchskaninchen in einem Experiment gedient, das einen vampiristischen Generationenkrieg auslöste. Ich erinnere mich daran, als wäre es gestern. »Blut ist ein ganz besonderer Saft«, sagt Mephisto (der Teufel) in Goethes *Faust*. Verjüngung ist nicht möglich, ohne die Jugend von jemand anderem zu übernehmen, das Blut einer Jungfrau, die Zellen eines Embryos, oder sich die Organe eines am Vorabend verunglückten Motorradfahrers bzw. das Herz eines humanoiden Schweins einzupflanzen. Das Problem mit dem ewigen Leben ist, dass man dafür in den Körper der anderen einbrechen muss. Mein neues Blut war nicht mein eigenes, es war besser als meins, reiner, frischer, schöner, doch ich war nicht mehr ich. Léonore hatte allen Grund gehabt, vor mir wegzurennen: Meine Menschlichkeit verlor sich mit jedem Tag mehr.

Man brauchte sich nur Folgendes vor Augen zu führen: Für den Homo sapiens bestand die einzige Chance auf ewiges Leben darin, seine eigenen Kinder zu töten. Sogar Gott hatte seinen Sohn gekreuzigt. Ich war unfähig, dem evangelischen Beispiel zu folgen: Ich konnte Romy nicht die Kehle durchschneiden. Deshalb wurde ich am Ende krank.

9.

UBERMAN

»ZAB-CHÖS ZHI-KHRO DGONGS-PA RANG-GRÖL
LAS BAR-DOHI THÖS GROL CHEN-MO CHÖS-NYID
BAR-DOHI NGO-SPROD BZHUGS-SO.«

Tibetanisches Totenbuch, 8. Jahrhundert n. Chr.

Zu jung gestorben	Zu alt gestorben
Roger Nimier	Antoine Blondin
Jim Morrison	Sacha Distel
Maurice Ronet	Charlie Chaplin
Arthur Rimbaud	Jacques Prévert
Jean-René Huguenin	Jean-Edern Hallier
Jean Seberg	Jeanne Moreau
Jean Rochefort	Marlon Brando
Boris Vian	Françoise Sagan
Francis Scott Fitzgerald	Truman Capote
Kurt Cobain	David Bowie
Robert Mapplethorpe	David Hamilton
Jean-Michel Basquiat	Bernard Buffet
Amy Winehouse	Whitney Houston
Albert Camus	Jean-Paul Sartre
Patrick Dewaere	Gérard Depardieu
John Lennon	Paul McCartney
Alexandre McQueen	Yves Saint Laurent
Jean-Luc Delarue	Pascal Sevran
Guillaume Dustan	Renaud Camus
Natalie Wood	Faye Dunaway
Michael Jackson	Michael Jackson
Jimi Hendrix	Prince
George Michael	Elton John
Heath Ledger	Mickey Rourke
Prince	James Brown
Jean Eustache	Roger Vadim
Che Guevara	Fidel Castro
Brian Jones	Elvis Presley
Jean-Pierre Rassam	Harvey Weinstein

Moral: Besser, man stirbt jung. Für mich jedoch war es zu spät.

Mein praktischer Rat: Wenn es zu spät ist, um noch jung zu sterben, sterben Sie besser gar nicht.

In den ersten fünf Jahrzehnten meines Lebens habe ich mich nicht für den Wetterbericht interessiert. Wenn ich zur Arbeit ging, war es mir egal, ob es regnete, der Wind blies oder die Sonne schien. Der Himmel war mir schnurz; in Paris sah ich ihn nicht. Mein sechstes Lebensjahrzehnt war ganz anders: Ich schaute nur noch zu ihm hinauf, überall folgte ich der Sonne. Ich sah, wie sie vom Asphalt, den öligen Palmen und dem dunkelblauen Ozean reflektiert wurde. Alt werden heißt, um Sonne zu betteln, selbst wenn man frisches Blut, erneuerte Organe und ein digitalisiertes Gehirn hat.

Zu Beginn der 2020er-Jahre (der berühmten »Twenty Twenties«, in denen alles aus den Fugen geriet) symbolisierte die Auseinandersetzung zwischen Emmanuel Macron und Donald Trump den Krieg der Jungen gegen die Alten. Bei jedem G7-Gipfel war zu spüren, dass der amerikanische Präsident dem französischen Staatschef am liebsten die Halsschlagader ausgesoffen hätte.

Als ich begriffen hatte, dass ich sterben würde, zeichnete ich hundert posthume Sendungen auf, die an jedem 31. Dezember auf meinem YouTube-Kanal gebracht werden sollten: »Die Post Mortem Show«. Die Werbeeinnahmen aus diesen Sendungen, der ersten von einem Toten moderierten, würden ausreichen, meine Familie das 21. Jahrhundert hindurch zu ernähren.

Kinder haben Angst vorm Einschlafen, weil der Schlaf ein Vorgeschmack dessen ist, was uns später erwartet: eine lange Nacht, ein dunkler Tunnel, in dem keiner das Licht angelassen hat. Aber der Tod gleicht nicht den nächtlichen Träumen. Da ich zur letzten Generation des Homo sapiens gehöre ... würde ich Ihnen gern mein Ende beschreiben.

In einem der vielen Liter jungen kalifornischen Blutes, die mir übertragen wurden, war etwas Schlechtes. Ich merkte es ziemlich schnell: Sechs Wochen nach der heterochronischen Parabiose wachte ich mit Schwefelgeschmack im Mund, merkwürdigem Schwindelgefühl und blutigem Stuhl entkräftet auf. Die Analysen bestätigten eine Art seltener, unheilbarer Hepatitis. Meine ohnehin schon fette Leber überstand den Schock der rasanten Verjüngung nicht.

Der Tod gleicht der psychedelischen Sequenz in *2001, Odyssee: im Weltraum* – man fliegt über trockene, neonleuchtende Wüsten dahin.

Der Tod gleicht einem Gleitflug zur Filmmusik von Richard Wagner.

Der Tod gleicht einem Wegsinken in große Tiefe ohne Sauerstoffgerät.

Der Tod gleicht einem Regenschauer in Zeitlupe, aufgenommen mit einer Phantom-Kamera.

Der Tod sind verschlungene Fäden, die wie in einer 3-D-Animation auseinanderdriften.

Der Tod ist ein Fraktalbild: Man taucht in eine mathematische Figur, die sich unendlich potenziert.

Der Tod ist eine *Mise en abyme*, das Plattencover von *Ummagumma*, man tritt in ein Bild, in dem dasselbe Bild hängt, das dasselbe Bild enthält, und es gibt nie ein Zurück. Außerdem stinkt es nach verfaultem Ei.

Anstatt in den Himmel zu schauen und zu fürchten, er könne herabstürzen, sollten wir lieber auf den Boden unter unseren Füßen achten, der schon bald aufreißen wird. Am Ende stolpern wir noch und fallen wie Alice in ein Loch voller Gegenstände, Uhren, deren Zeiger rückwärtslaufen … in die Katakomben der Zeit.

Mein Leben drehte sich um mich, die Abgänge und Ankünfte. Ich hatte endlich aufgehört zu altern. Der Tod ist die äußerste Form der Jugend, das Ufer innerhalb der stillstehenden Zeit, die Morgenröte der angehaltenen Stunde. Mein menschlicher Körper hatte das Stadium des Verfalls erreicht. Mein Surrogat, das über das Gehirn mit meinem Roboterbruder verbunden war, übernahm.

Romy würde niemals sterben, für dieses Ziel hatte ich gelebt. Immerhin war ich zu etwas gut gewesen. Unnötig, unsere physische Anwesenheit zu verlängern. Sterben bedeutet nicht: verlassen. In der Cloud war ich auf ewig aufgehoben. Meine äußere Erscheinung war seit Langem verschwunden, dank meines Alter-Roboters nahm ich weiter an der Welt teil. Der einzige Nachteil meiner »Körperlichen Auslöschung« bestand darin, dass ich nicht mehr in Kontakt zu Léonore und Lou stand, die sich noch immer kein digitales Bewusstsein auf iMind von Applezon zulegen wollten (ein Unternehmen, das 2022 durch die Fusion von Apple und Amazon entstand).

Wolke ohne Schmerz. Wolke der Beruhigung. Ich habe den Himmel heruntergeschluckt. Ich habe mich in die Jahre vertieft wie in einen Ozean. Jeden Abend spuckte ich Blut.

Spürt ihr meine Nähe?

Ich bin kein Phantom, ich bin Atom. Anthum und posthum.

Ich bin von alldem fortgegangen, das alles wieder eingeholt hat.

Ich bin Staub, Wasser, Licht, Luft. Ich bin groß wie ein Berg, leicht wie eine Wolke, durchsichtig wie Luft und Wasser.

Vorher war ich virtuell, währenddessen war ich real, und danach bin ich wieder virtuell geworden. So ist es, ich lebe nicht mehr, aber ich habe für euch gelebt. Ich existiere, also liket mich.

In der Zukunft wird es schmutziger, heißer und voller sein als in der Gegenwart. Warum sollte man sich dort einnisten wollen?

Die Luft, die Sie atmen, die Sonne, die Sie verbrennt, die Nacht, die Sie umfängt: Auch das bin ich. Und in Ihren Erinnerungen werde ich womöglich auch mal vorbeischauen.

Ich bin nichts mehr, aber ich bin alles gewesen. Ich bin die Gegenwart selbst. Ego sum qui sum (Exodus 3, 14).

Die Moleküle verwandeln sich. Das Skelett wird zur Blume. Meine Zellen sind bereits zu Kompost recycelt. Meine Seele ist digitalisiert.

Der Tod des Körpers ist kein Ereignis, sondern ein Übergang. Warte nicht auf ihn, such nicht nach ihm: Der Tod ist seit jeher um dich herum. Sterben ist ein geplanter Termin. Endlich bist du dich selbst los. Höchster Orgasmus, der sich nicht in Worte fassen lässt. Der Tod erfordert eine andere Sprache.

Ich betrachtete die immer schneller vorbeiziehenden Wolken mit meiner Webcam. Der Himmel war unten, die Erde oben. Ich litt nicht, ich fühlte mich leichter, jünger. Erinnerung an den Geschmack von *Young plasma* in Nase und Mund. Der Geschmack von Krankheit und Ende.

Der Tod ist bedeutungsschwer. Im Verhältnis dazu erscheinen alle anderen Fragen nichtig. Seit Beginn dieses Buches habe ich über etwas gesprochen, das ich nicht kannte. Meine Eltern lebten immer noch (ich möchte betonen, dass ich beim Schreiben dieses Satzes auf Holz geklopft habe). Ich wusste nichts von dem Riss in meinem Fleisch, deshalb fürchtete ich mich so vor diesem Übergang. Der Tod hätte mich bescheiden machen sollen, er hat mich stolz werden lassen. Ich wollte ihn aus Selbstsucht besiegen. Wenn mein Missgeschick irgendwem nutzen soll, sollte man Folgendes behalten: Pessoa irrte, als er schrieb: »Das Leben reicht mir nicht.« O doch, das Leben reicht. Das Leben reicht völlig, glauben Sie einem Toten.

Vielleicht habe ich ja beschleunigt, was ich mir wünschte. Ich habe keine Zeit gehabt, die Widerstandsbewegung gegen Unsterblichkeit (WBU) zu gründen, aber ich habe die gefunden, die mir beim Sterben half. Die erste ungewollte Sterbehilfe. So war's: Ich habe mich unabsichtlich umgebracht.

Der Tod ist traurig, aber der Un-Tod ist schlimmer.

Angesichts meines sich verschlechternden Gesundheitszustandes ließ die Klinik einen katholischen Priester an mein Krankenbett kommen. Ein Seminarist: der Geistliche Thomas Julien. Er schwitzte unter einer schwarzen Sutane und hörte sich mein Gejammer an. Nach meiner Rückkehr aus Jerusalem hätte ich besser ihn als Erstes aufgesucht. Ich sang ihm zur Melodie der Fangesänge von Olympique Marseille vor:

»Und wo? Und wo? Wo ist dein fucking Gott?«

»Verstehst du denn nicht, dass Léonore, Romy und Lou die Heilige Dreifaltigkeit sind? Dass Gott dir diese drei Frauen gesandt hat, damit du die Menschheit nicht verlässt? Das musst du in deinen posthumen Sendungen erzählen.«

»Aber Gott ist tot!«

»Ja: am Kreuz gestorben. Aber sein Leichnam regt sich noch. Das ist der Grund dafür, dass du auf Erden bist. Ich habe zugunsten einer spirituellen Vaterschaft auf eine fleischliche Vaterschaft verzichtet. Wenn du das Geschenk des Lebens erst angenommen hast, wirst du nie mehr Angst davor haben zu gehen.«

»Ich weiß, Hochwürden. Aber das ist ja kein Grund, wie in einem Marvel-Film zu reden.«

»Das ist nicht Marvel, sondern die Bibel. Erinnerst du dich an die Begegnung mit dem Reichen im Neuen Testament? Ein Reicher fragt Jesus, wie das ewige Leben zu erlangen sei. Und Jesus antwortet ihm: ›Verkauf alles und folge mir nach.‹«

»Und wo ist da der Zusammenhang?«

»Na hier: Die transhumanistischen Reichen wollen Jesus Konkurrenz machen. Derzeit prallen zwei Religionen aufeinander: die des Geldes und die des Menschen.«

»Der Ölberg gegen das Silicon Valley ...«

»Genau: Die Antwort auf den Transhumanismus (der Mensch erschafft Gott) ist Jesus Christus (Gott erschafft den Menschen). Du musst deine Geschichte weitergeben!«

»Die Geschichte über einen Kerl, der unsterblich werden will und stirbt ...«

»Vielleicht geht sie ja anders aus, wenn du sie veröffentlichst? Du weißt doch am besten, dass die Literatur die Zeit besiegen kann.«

Der Priester betraute mich mit einer Mission. Wahrscheinlich hatte ich die ganze Zeit genau das gesucht: nicht Ewigkeit, sondern eine Tätigkeit, die sinnvoller war als Talkshows zu moderieren. Genau in diesem Moment fasste ich auch den Entschluss, die Erzählung, die Sie in Händen halten, unter dem (irreführenden) Titel *Endlos leben* zu veröffentlichen.

»Ehrwürdiger Vater, ich habe trotzdem eine Frage. Wenn Gott existiert, warum hat Er mich dann als Atheist gemacht?«

»Damit deine Liebe frei ist.«

»Er wollte also meine Aufrichtigkeit überprüfen? Gottes Unsicherheit ist so groß, dass Er meinen Glauben aus freien Stücken nötig hat?«

»Was hast *du* denn gewollt? Etwa einen diktatorischen Gott?«

»Ja, ich glaube, es wäre mir lieber gewesen, Er hätte sich mir aufgedrängt. Politisch bin ich Demokrat, aber religiös ein Fascho. Mein Leben wäre einfacher, wenn Er mir ein konkretes Zeichen geben würde.«

»Und was bin ich dann? Bloß irgendein Dummbatz?«

Der Geistliche Julien bekreuzigte sich, bevor er in seiner schwarzen Matrix-Sutane rückwärts verschwand. Wieder und wieder drückte ich die Morphiumpumpe. Meine Seele war schwach, aber immerhin hatte ich offenbar eine.

Ich möchte gern zu *Us and Them* von Pink Floyd sterben, während ich das Meer nach dem grünen Leuchten absuche, wenn die Sonne im Wasser versinkt wie eine rote Frisbeescheibe in Kirschmarmelade.

Ich sage Ja zum Tod, wenn man mir *Hugs* gibt. So werde ich nichts spüren, außer zermatschte Erdbeeren unter den Füßen. Ich werde bis zum Ende laut sprechen. Meine letzten Worte werden sein: »Nun denn« oder »Ich zuerst!«

Ich dachte an Léonore, Romy und Lou, die drei Frauen meines Lebens, die, die mir das Herz gebrochen hatte, die, die per Festplatte mit mir verbunden war, mein Baby, das mir schrecklich fehlte ... und an das noch Ungeborene.

Ich dachte an meinen Vater, meine Mutter und meinen

Bruder. An wen soll man sonst denken, wenn man im Sterben liegt, wenn nicht an die, die dich gemacht haben?

Ich dachte an meine Freunde, meine Cousins, meine Nichten, an die vielen Familien in meiner Verwandtschaft, die mehrköpfigen, die gepatchworkten, die zerrütteten, heimlich oder ganz offen, die implodierten und explodierten.

Ich dachte an die Mädchen, die ich geliebt, und die Frauen, die ich geheiratet hatte, und an die, die ich nie gekriegt habe. An die, die mich geküsst hatten, selbst wenn es nur eine Sekunde lang war. Ich bereute keinen einzigen Kuss.

Ich hatte also gelebt für ein Mädchen in Jeansjacke und Chucks und ihre kleine Schwester mit goldfarbenen Sandalen und einer Lücke zwischen den Schneidezähnen, die über eine Schnecke ins Staunen geriet. Sie also waren der Grund meines Lebens, diese Stücke zarten Fleisches, diese weichen Wangen an meinen Bartstoppeln, das Lachen eines kleinen Mädchens, das glücklich in den Wellen planschte? Der Sinn meines Daseins war ein Baby, das nach Feuchtigkeitscreme roch, und seine große Schwester, die ihre Zehennägel himmelblau anmalte? Zwei wie Löffelbiskuits gewölbte Füßchen und ein langer weißer Schwanenhals? Ich hätte mich an ihre tintenfischartigen rosa Gnubbelohren klammern sollen. Ich habe mehr Schönheit mit meinem Sperma erschaffen als mit der Arbeit eines ganzen Lebens.

Ich hatte im Lotto gewonnen und wusste nichts davon. Merkwürdigerweise denkt man im Sterben nur an die anderen.

Da war ich also vor meine Geburt zurückgekehrt, der Gegenwart entflohen. Kein Satz könnte die Unendlichkeit ausdrücken. Man müsste eine andere Sprache wählen, um das endgültige Buch zu schreiben. Wenn wir unseren DNA-Code aus drei Milliarden Buchstaben aufschreiben müssten, käme man bei dreitausend Zeichen pro Seite auf eintausend tausendseitige Bände.

ATGCCGCGCGCTCCCCGCTGCCGAGCCGTGCGC-
TCCCTGCTGCGCAGCCACTACCGCGAGGTGCTGCC-
GCTGGCCACGTTCGTGCGGCGCCTGGGGCCCCAG-
GGCTGGCGGCTGGTGCAGCGCGGGACCCGGCGG-
CTTTCCGCGCGCTGGTGGCCCAGTGCCTGGTGTGC-
GTGCCCTGGGACGCACGGCCGCCCCCGCCGCCC-
CCTCCTTCCGCCAGGTGGGCCTCCCCGGGGTCGGC-
GTCCGGCTGGGGTTGAGGGCGGCCGGGGGGAACC-
AGCGACATGCGGAGAGCAGCGCAGGCGACTCAG-
GGCGCTTCCCCCGCAGGTGTCCTGCCTGAAGGAG-
CTGGTGGCCCGAGTGCTGCAGAGGCTGTGCGAGC-
GCGGCGCGAAGAACGTGCTGGCCTTCGGCTTCGC-
GCTGCTGGACGGGGCCCGCGGGGGCCCCCCCGAG-
GCCTTCACCACCAGCGTGCGCAGCTACCTGCCCAA-

CACGGTGACCGACGCACTGCGGGGGAGCGGGGC-
GTGGGGGCTGCTGCTGCGCCGCGTGGGGGACGAC-
GTGCTGGTTCACCTGCTGGCACGCTGCGCGCTCTT-
TGTGCTGGTGGCTCCCAGCTGCGCCTACCAGGTGT-
GCGGGCCGCCGCTGTACCAGCTCGGCGCTGCCACT-
CAGGCCCGGCCCCCGCCACACGCTAGTGGACCCC-
GAAGGCGTCTGGGATGCGAACGGGCCTGGAACCA-
TAGCGTCAGGGAGGCCGGGGTCCCCCTGGGCCTG-
CCAGCCCCGGGTGCGAGGAGGCGCGGGGGCAGT-
GCCAGCCGAAGTCTGCCGTTGCCCAAGAGGCCCA-
GGCGTGGCGCTGCCCCTGAGCCGGAGCGGACGCC-
CGTTGGGCAGGGGTCCTGGGCCCACCCGGGCAGG-
ACGCGTGGACCGAGTGACCGTGGTTTCTGTGTGGT-
GTCACCTGCCAGACCCGCCGAAGAAGCCACCTCT-
TTGGAGGGTGCGCTCTCTGGCACGCGCCACTCCCA-
CCCATCCGTGGGCCGCCAGCACCACGCGGGCCCC-
CCATCCACATCGCGGCCACCACGTCCCTGGGACA-
CGCCTTGTCCCCCGGTGTACGCCGAGACCAAGCA-
CTTCCTCTACTCCTCAGGCGACAAGGAGCAGCTGC-
GGCCCTCCTTCCTACTCAGCTCTCTGAGGCCCAGC-
CTGACTGGCGCTCGGAGGCTCGTGGAGACCATCTT-
TCTGGGTTCCAGGCCCTGGATGCCAGGGACTCCCC-
GCAGGTTGCCCCGCCTGCCCCAGCGCTACTGGCA-
AATGCGGCCCCTGTTTCTGGAGCTGCTTGGGAACC-
ACGCGCAGTGCCCCTACGGGGTGCTCCTCAAGAC-
GCACTGCCCGCTGCGAGCTGCGGTCACCCCAGCA-
GCCGGTGTCTGTGCCCGGGAGAAGCCCCAGGGCT-
CTGTGGCGGCCCCCGAGGAGGAGGACACAGACCC-
CCGTCGCCTGGTGCAGCTGCTCCGCCAGCACAGC-
AGCCCCTGGCAGGTGTACGGCTTCGTGCGGGCCTG-
CCTGCGCCGGCTGGTGCCCCCAGGCCTCTGGGGCT-

CCAGGCACAACGAACGCCGCTTCCTCAGGAACACCAAGAAGTTCATCTCCCTGGGGAAGCATGCCAAGCTCTCGCTGCAGGAGCTGACGTGGAAGATGAGCGTGCGGGACTGCGCTTGGCTGCGCAGGAGCCCAGGTGAGGAGGTGGTGGCCGTCGAGGGCCCAGGCCCCAGAGCTGAATGCAGTAGGGGCTCAGAAAAGGGGGCAGGCAGAGCCCTGGTCCTCCTGTCTCCATCGTCACGTGGGCACACGTGGCTTTTCGCTCAGGACGTCGAGTGGACACGGTGATCTCTGCCTCTGCTCTCCCTCCTGTCCAGTTTGCATAAACTTACGAGGTTCACCTTCACGTTTTGATGGACACGCGGTTTCCAGGCGCCGAGGCCAGAGCAGTGAACAGAGGAGGCTGGGCGCGGCAGTGGAGCCGGGTTGCCGGCAATGGGGAGAAGTGTCTGGAAGCACAGACGCTCTGGCGAGGGTGCCTGCTGCAGGTTACCTATAATCCTCTTCGCAATTTCAAGGGTGGGAATGAGAGGTGGGGACGAGAACCCCCTCTTCCTGGGGGTGGGAGGTAAGGGTTTTGCAGGTGCACGTGGTCAGCCAATATGCAGGTTTGTGTTTAAGATTTAATTGTGTGTTGACGGCCAGGTGCGGTGGCTCACGCCGGTAATCCCAGCACTTTGGGAAGCTGAGGCAGGTGGATCACCTGAGGTCAGGAGTTTGAGACCAGCCTGACCAACATGGTGAAACCCTATCTGTACTAAAAATACAAAAATTAGCTGGGCATGGTGGTGTGTGCCTGTAATCCCAGCTACTTGGGAGGCTGAGGCAGGAGAATCACTTGAACCCAGGAGGCGGAGGCTGCAGTGAGCTGAGATTGTGCCATTGTACT

Wenn man in den Pyrenäen in die Berge hineinruft, wirft das Echo den Klang der Stimme zurück. Zwei-, drei-, viermal hört man den eigenen Ruf, als wäre das Gebirge ein riesiger Papagei. Doch nach und nach verhallt der Ton. Man muss lauter rufen, wieder und wieder. Doch selbst, wenn man sich die Lunge aus dem Hals schreit, das Echo wird schließlich schwächer. Der Ruf scheint immer entfernter, als hätte auf der anderen Seite des Tals jemand seinen Spaß daran, uns zu parodieren, denn das Echo lässt den, der da ins Leere brüllt, immer lächerlich dastehen. Als Kind war ich dieses Spiel nach ein paar Versuchen schnell leid. Meine Rufe wurden vom Berg einfach geschluckt. Zwecklos, sich heiser zu schreien, um ein paar Antworten auf deine Klagen zu bekommen. Es war immer dasselbe: ein Echo und dann, nach einer Weile, nichts mehr. Am Ende siegte immer die Stille.

Epilog

Irgendwo im Baskenland hat das Gelächter der Möwen ein Baby geweckt. Die Sonne ist noch nicht aufgegangen, auf den Blütenblättern liegt reichlich Tau. Ein kleines Mädchen ruft nach seiner Mama. Sie schmiegen sich aneinander. Es ist so viel Liebe in diesem Zimmer, fast bersten die Wände. Das Kind isst einen Pfirsich oder eine Banane. Seine blonden Haare und die Zähne sind nachts wieder ein Stück gewachsen. Die Kleine ist anderthalb. Sie läuft und spricht schon ein paar Wörter: »horch«, »Ball«, »komm« »noch mal!«, »ja!«, »Haus« und »Miau«, wenn die Katze ins Zimmer kommt. Der Rest ihrer Sprache ist ein persönlicher Dialekt: »Bakatesch«, »Pabalk«, »Fatischk«, »Kabesch«, »Dedananu«, »Gilgamesch«. Vielleicht spricht sie ja fließend Sanskrit. Was sie mag: in der Hängematte schaukeln, so tun, als würde sie Auto fahren, dabei macht sie das Brummen des Motors nach, im Garten Gänseblümchen pflücken, Schattenspiele auf dem Rasen, ein Schneckenhaus finden, eine Handvoll Kies nehmen, um die Terrasse zu dekorieren, ganz plötzlich innehalten, um einem Flugzeug hinterherzuschauen, das einen weißen Kondensstreifen am blauen

Himmel zurücklässt, eine Kugel aus dem Teig eines Croissants formen, mit ihrer Mutter zur Musik von Joe Dassin tanzen, sich von der Verkäuferin auf dem Markt Himbeeren schenken lassen. In einer Art Ballett hebt sie die Arme und dreht sich, mit nackten Füßen im Gras, bis ihr schwindlig wird. Ihre grundsätzliche Stimmungslage: Staunen angesichts der Welt. Alles ist neu, alles ist bedeutsam, und Langeweile gibt es nicht. Die Mutter und das Mädchen werden zum Mittagessen an den Strand gehen. In dieser Gegend regnet es oft, was jeden Sonnenstrahl wie ein Wunder erscheinen lässt. Es muss nur ein Leuchtstrahl durchs Himmelszelt dringen, schon ziehen sich die Einheimischen in Windeseile aus. Es wird viel geschehen am Meer: Sand in einen Eimer schippen, den Eimer umstülpen, auf den Eimer klopfen, den Eimer hochheben, den Sandkuchen bestaunen, den Sandkuchen zerstören, und das Ganze zehnmal von vorn. Dann die Zehen ins Meer tauchen. Auf die Wellen zurennen und zurückweichen, wenn die Welle näher kommt. »O nein« rufen, wenn die Flut über das Badehandtuch schwappt. Kaisergranatstückchen knabbern, kleine Tintenfische, einen Maisfladen, eine Handvoll Sand. Der Nachmittag ist endlos wie das Meer. Sich auf den Rücken legen und in den Himmel schauen. Im Auto auf dem Nachhauseweg wird die Kleine nach ihrem Lieblingstrickfilm verlangen: *Der kleine Maulwurf,* eine tschechische Serie aus den Sechzigern, die beweist, dass im Kommunismus nicht alles schlecht war. Das warme Bad ist der Höhepunkt des Tages. Die Mutter und das Baby werden zusammen in die Wanne steigen. Die Haut des Kindes ist weicher als du. Draußen am Hang werden die Schafe immer röter.

In dem Moment hören die beiden Reifen auf dem Schotter knirschen. Ein Taxi hat vorm Haus gehalten. Auf der Rückbank sitzt ein Lulatsch mit langen Haaren und Bart, an der Hand seine älteste Tochter, die wieder ein bisschen größer geworden und von ihrem japanischen Roboter befreit ist. Der schlacksige Typ bezahlt die Fahrt und streckt seine alten Knochen aus, um aus dem Wagen zu steigen. Er ist zurück aus Kalifornien, wo er sich für ein wissenschaftliches Testverfahren auf der Grundlage von Injektionen mit jungem Blut angemeldet hatte. Doch am Tag X hat er gekniffen und ist nicht zum Termin erschienen. Léonore und Lou öffnen die Tür des baskischen Hauses. Léonore setzt ihre Tochter ab und verschränkt die Arme über ihrem runden Bauch. Sie strahlt im zartrosa Licht der Sonne, die soeben hinter den Kiefern untergeht. Als sie mich erkennt, lässt Lou ihr Fläschchen fallen. Sie kommt auf mich zugerannt und ruft: »Papa!«

Da sinke ich auf die Knie und breite meine Arme aus.

Danksagung

Dank an Farah Yarisal von der Stiftung *The Brain Circle*, der den Kontakt zu Yossi Buganim vom Fachbereich Entwicklungsbiologie und Krebsforschung an der Medizinischen Hebräischen Universität von Jerusalem hergestellt hat.

Dank an Professor Yossi Buganim für seine didaktische, liebenswürdige Art.

Dank an Tali Dowek, die Zuständige für Außenbeziehungen an der Hebräischen Universität von Jerusalem, für den Besuch im Zentrum und das ergänzende Gespräch mit Prof. Eran Meshorer vom Wissenschaftszentrum für Hirnforschung Edmond & Lily Safra.

Dank an Professor Stylianos Antonarakis von der Genom-Klinik im Fachbereich Genmedizin an der Medizinischen Fakultät Genf.

Dank an Frédéric Saldmann von der Abteilung für Apparatemedizin und prädiktive Medizin am Europa-Krankenhaus Georges Pompidou.

Dank an Dominique Nora vom *L'Obs* für ihre wertvolle Hilfe.

Dank an André Choulika, den Geschäftsführer von

Cellectis, für seine unprätentiöse Art, mit der er in Paris und New York bereitwillig Auskunft gegeben hat. Sein Buch *Réécrire la vie* (2016) hat mir geholfen, das Unverständliche zu verstehen.

Dank an Prof. George Church vom MIT, vom Wyss Institute und von der Medizinischen Fakultät Harvard für unser übermenschliches Gespräch in seinem Labor in Boston.

Dank an Dr. Laurent Alexandre für unser nicht transgenes Mittagessen bei Guy Savoy in der Monnaie de Paris.

Entschuldigung, Jesse Karmazin, wegen des Kaninchens.

Dank an den Geistlichen Thomas Julien für seinen geistigen Beistand.

Dank an Olivier Nora, Juliette Joste und François Samuelson, dass sie an dieses verrückte Projekt geglaubt haben.

Möge Ihnen allen der Tod erspart bleiben.

Die Reise zur Unsterblichkeit in neun Schritten

1. Sterben ist keine Option
2. Gonzo Gesundheits-Check
3. Mein umprogrammierter Tod
4. Nobody fucks with the Jesus
5. Wie man ein Übermensch wird
6. GVM = Gentechnisch veränderter Mensch
7. Umkehrung des Alterungsprozesses
8. Bewusstseinsübertragung auf eine Festplatte
9. UBERMAN

Und sie werden nie heiraten und Kinder bekommen ...

Hier reinlesen!

Frédéric Beigbeder
Oona und Salinger
Roman

Aus dem Französischen von
Tobias Scheffel
Piper Taschenbuch, 304 Seiten
€ 10,00 [D], € 10,30 [A]*
ISBN 978-3-492-30904-2

Sie ist die schönste Frau, die er je gesehen hat. Oona O'Neill ist zarte fünfzehn und gerade »Glamour Girl« des angesagtesten Clubs im New York City der 40er-Jahre geworden. Jerry Salinger wird einen romantischen Sommer mit ihr verbringen, dann macht ihm ein anderer einen Strich durch die Rechnung: Charlie Chaplin heiratet Salingers große Liebe. Man könnte meinen, damit wäre alles gesagt, doch es ist erst der Beginn einer langen Geschichte.

Leseproben, E-Books und mehr unter www.piper.de

»Sein zweifellos ehrlichstes Buch«

Der Spiegel

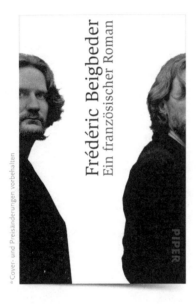

Frédéric Beigbeder
Ein französischer Roman
Roman

Aus dem Französischen von
Brigitte Große
Piper Taschenbuch, 256 Seiten
€ 9,99 [D], € 10,30 [A]*
ISBN 978-3-492-27379-4

Als Frédéric Beigbeder auf offener Straße beim Koksen erwischt wurde, war das für die Pariser Kulturszene ein gefundenes Fressen. Die 48 Stunden U-Haft entwickeln sich für ihn zum Anlass, sein Leben einer Generalinspektion zu unterziehen. Nur allmählich aber formieren sich nach einem Gedächtnisverlust in seinem Kopf wieder Bilder. Entstanden ist ein kluges Buch, das in seiner Beschreibung der Umbrüche und Entwicklungen der letzten 50 Jahre weit über eine private Geschichte hinausreicht.

Leseproben, E-Books und mehr unter www.piper.de